고은이라는 타자

청동거울 문화점검 52

고은이라는 타자

2011년 1월 1일 1판 1쇄 인쇄 / 2011년 1월 11일 1판 1쇄 발행

지은이 한원균 / 펴낸이 임은주 / 펴낸곳 도서출판 청동거울 / 출판등록 1998년 5월 14일 제13-532호
주소 (137-070) 서울 서초구 서초동 1359-4 동영빌딩 / 전화 02)584-9886~7
팩스 02)584-9882 / 전자우편 cheong1998@hanmail.net

편집주간 조태봉 / 책임편집 김은선 / 관리 염성자

필름출력 (주)디아이씨에스 / 인쇄 평화프린팅, 남성문화사 / 제책 정문제책

책값은 뒤표지에 있습니다.
잘못된 책은 바꾸어 드립니다.
지은이와의 협의에 의해 인지를 붙이지 않습니다.
이 책의 내용을 재사용하려면 반드시 저작권자와
도서출판 청동거울의 허락을 받아야 합니다.
© 2011 한원균

Copyright © 2011 Han, Won Gyun
All right reserved.
First published in Korea in 2011 by CHEONGDONGKEOWOOL Publishing Co.
Printed in Korea.

ISBN 978-89-5749-134-8 (93810)

이 도서의 국립중앙도서관 출판시도서목록(CIP)은 e-CIP 홈페이지
(http://www.nl.go.kr/ecip)에서 이용하실 수 있습니다. (CIP제어번호: 2010004688)

청동거울 문화점검 52

고은 高銀 이라는 타자 他者

한원균 지음

청동거울

내가 고은의 문학에 관심을 갖게 된 것은 몇 가지 계기가 있다.

첫 번째 일은 1983년으로 기억한다. 그해 대학에 입학하고 난 어느 봄날, 학과 전체 학생들과 교수들은 대성리로 모꼬지(당시는 MT라고 불렀다)를 떠났다. 국문학과의 엠티에는 항상 백일장이 빠지지 않았는데 의례 그렇듯이 많은 학생들은 술에서 덜 깨어나 있었고, 때로는 무엇인가 알 수 없는 오만함과 반항의식으로 자신들의 열정을 확인하는 바람에 시를 적어내는 학생 수는 그리 많지 않았다. 나같이 순진한 저학년들만 조교의 말에 따라 작품을 냈는데, 뜻밖에도 내 시가 장원으로 뽑히게 된 것이다. 그때 받은 부상이 고은의 시선집 『부활』이었다. 정확한 의미를 파악하기란 역부족이었지만, 나는 그 시집을 한동안 옆구리에 끼고 다녔고 처음으로 고은이란 시인이 있다는 것을 알았다.

두 번째 일은 전역 후에 복학을 했던 1987년 봄에 있었다. 그해 봄날은 그 어느 때보다 최루탄이 많이 터졌고, 강의는 거의 이루어지지 않았다. 6·10 항쟁과 6·29 선언으로 이어졌던 한국민주운동사의 중요한 시기에 나는 복학생이라는 이유로 시위에 참여한 여학생들을 보호하는 임무(?)를 띠고 거리에 한두 번 나섰던 적이 있다. 그때 여의도의 한 교회에서 문인들의 시국선언이 있다는 말을 듣고 우연히 구경하러 갔었는데, 고은 시인이 연사로 나와서 이렇게 외치는 것이었다. "분노는 힘입니다!" 시인의 목소리는 정신을 놓아버릴 만큼 컸고, 나는 시인의 열정에 가득찬 연설에 완전히 매료되었다. 그 다음에 이어진 강연 내용은 무엇인지 정확히 기억나지 않지만, 나는 그 말에서 헤겔 논리학의 한 구석에 나오는 "모순은 전체이다"라는 명제를 떠올렸다. 나는 그때 헤겔의 『정신현상학』과 『논리학』 등의 책을 읽고 있었다. 그 역시 낭만적 열정이 만들어 낸 일종의 풍경이었음을 나는 뚜렷하게 기억한다.

좀 더 결정적인 계기는 1993년에 만들어졌다. 당시 나는 박사학위 과정에 갓 입학해 있었을 때이고, 김재홍 선생님의 한국 현대시인들을 정리하는 강의를 들었다. 그때 선생님은 고은과 미당, 그리고 김지하 시인 정도는 박사논문으로 정리해 둘 필요가 있다는 말씀을 하셨고 그 강의를 수강하던 나와 K, H, 세 사람은 각각 이 시인들을 박사학위논문으로 작성하기로 결의(?)하게 되었다. 나는 『고은 시 연구』로 1999년에 박사학위를 받았고 김지하와 미당에 관한 연구도 차례로 학위논문으로 제출되었다.

고은의 시쓰기는 최근에 완간된 『만인보』에서 절정에 이르렀다고 보인다. 이 작품에 대한 시인의 특별한 관심과 애착은 그의 산문 도처에서 확인되고 있으며 최근에 자주 노벨상 후보로 거론되는 이유 역시 『만인보』와 깊은 연관을 갖는다. 이 작품은 여러 가지 의미와 한계를 동시에 보여주는 작품으로 평가된다. 많은 연구자들은 시집의 분량과 함께 한 가지 주제를 갖고 수십 년 동안의 시쓰기가 가능했다는 점에 대해 놀라고 있다. 더욱이 작품 곳곳에서 확인할 수 있는 흥미로움은 『만인보』에 실린 작품 하나하나가 독립된 세계를 이루고 있으면서 언어적 운치 역시 높은 완성도를 보인다는 점에서 찾을 수 있다. 이에 대한 문단적 관심은 이미 여러 차례 곳곳에서 확인되기도 했다. 나는 여기에 『만인보』 읽기의 새로운 방법 하나를 더하고자 한다. 한국전쟁과 4·19 혁명, 군사 쿠데타와 독재정권으로 이어진 한국의 근대화 과정을 제외하고는 고은 시를 이해하기 어렵듯이, 『만인보』가 이 같은 시련의 시기를 살았던 사람들의 삶을 근대적 주체의 탄생으로 묘사하고자 했다는 점을 강조하고 싶었다. 이는 물론 하나의 가설이자, 방법론적 실험이라고 할 수 있다. 앞으로 이에 대한 학문적 관심을 심화하여 『만인보』의 문학적 의미를 구명하고자 한다. 한 가지 아쉬운 점은 시집에 실린 개별적인 작품들이 과연 얼마나 외국어로 번역될 수 있는가 하는 것이다. 특유의 어법과 화술을 고스란히 외국어로 전달할 수 없다는 사실은, 시인이 매우 많은 인물을 시화했다는 일회적 관심에 그쳐버릴 가능성을 초래할 수 있다.

왜 고은인가 하는 물음은 1990년대로 거슬러 올라가야 분명한 답을 할 수 있다. 현실사회주의권이 몰락하고 독일이 통일되었으며, 소비에트 연방이 해체되던 시점에 한국문학이 체험했던 놀라운 변화들과 고은의 문학은 상관성을 지닌다. 여전히 지속적으로 변화된 상황을 맞이하여 변하지 않는 열정으로 이 땅 위의 삶에 대해 노래했다는 점이 그것이다. 지금, 여기의 삶이라는 해묵은 질문이 진정으로 무의미한 것인지 진지하게 되물어야 하는 이유도 여기 있다. 고은의 시를 제외하고는 저 독재시대의 눈물겹던 투쟁의 노래도, 2000년대 들어 나타난 유희와 쇄말적인 언어도 설명할 수가 없다. 그들의 시에 대해서 고은은 거울이자, 우리 시대의 타자이며, 시와 정치의 상관성을 외화(外化)하는 기호이기 때문이다.

고은에 대한 나의 박사학위 논문은 1999년에 제출되었고, 2001년에는 학위논문을 수정, 보완한『고은 시의 미학』(한길사)을 출간했다. 이후 고은에 대한 관심은 지속되어 학위논문에서 심도있게 다루지 못한 주제들을 하나씩 논문이나 평론으로 작성하게 되었다. 김현이 붙여준 '누이 콤플렉스'라는 용어에 대한 시인 자신의 내면성을 드러내는 일은 무엇보다도 흥미로웠고, 이를 통해서 고은 시가 어떤 변화과정을 겪게 되는지 좀 더 가까이서 들여다보게 된 것은 의미있는 일로 생각되었다. 산문집『우주의 사투리』는 고은 시인이 그동안 강연이나 투고를 통한 산문 모음집이다. 그런데 이 산문집 속에 담긴 시인의 내면성은 다분히 문제적인 의미를 지닌다고 판단되었다. 그것은 해방공간 임화가 보여주었던 정치적 욕망과 시적 진실, 혹은 시적 욕망과 정치적 진실 사이의 길항관계와 유사하다는 판단이 들었기 때문이다. 고은 문학에 관심이 있는 사람이라면 이 산문집이 지니고 있는 매력을 간과할 수 없을 것이다. 이 산문집은 내게 분석의 욕망과 비평의 의지를 확인하게 하는 중요한 텍스트였다. 이 책을 읽으면서 나는 시인 고은과 마주앉아 이야기를 나누는 듯했고, 바이칼 호수를 앞에 둔 이르쿠츠크의 어느 호텔방에서 보드카를 나누어 마시며 체첸 공화국 사태와 민족주의에 대해서 이야기하던 시간이 생각나기도 했다.

「변화와 동일성의 시학」은 한길사 판을 대폭 수정한 논문인데, 고은 문학을 중간 결산하기 위해서 반드시 필요한 글이라 여겨 함께 싣게 되었다. 4장 〈고은이라는 타자〉와 5장 〈발견과 여정〉은 내 평론집 『비판과 성찰의 글쓰기』(2005)에 실렸던 글인데, 이번 책의 성격이 고은에 대한 중간 결산의 의미를 지닌다고 생각하여 재수록하게 되었다. 새롭게 써서 발표한 논문과 이미 발표했던 평론을 한데 모으는 과정에서 중복되는 부분도 발견되었지만, 각각 하나의 독립된 글이라는 생각에서 수정하지 않았다.

'살아본 만큼 쓴다'는 논리에 기댈 경우 한국에서 노벨문학상 후보가 거론된다는 점은 고무적인 일이 아닐 수 없다. 한국적인 삶과 글쓰기가 세계의 독자들과 소통할 수 있다는 점은 의미있는 상황변화일 수 있다. 고은이 아니더라도 한국의 어떤 시인, 작가가 노벨문학상을 수상한다면 근대한국문학사에 전기를 마련하는 일이 될 것이다. 그러나 노벨문학상은 절대로 만들어질 수 없다. 정치적 관점이나 역학관계를 통해서 문학이 완성될 수는 없지 않는가. 오로지 치열한 작가의식과 수준 높은 작품만이 최종적 관심의 대상이 될 수 있을 것이다. 번역을 통한 지속적인 소통의지만이 가능한 최대치의 정치적 후원 행위라고 할까. 시인 고은이 노벨문학상을 받을 수도, 그렇지 않을 수도 있음은 오로지 전적으로 고은 문학 자체에 달린 문제이다. 그의 시에 대한 학문적 관심 역시 절대 이와 같은 원칙에서 벗어날 수 없으며, 또 그래야만 할 것이다.

　이 책이 고은 문학에 대한 새로운 관심과 논의의 출발이 되었으면 좋겠다. 더욱 진지한 연구와 심도있는 토론을 통하여 고은 문학의 내면이 드러나고 여러 사람이 공유할 수 있는 문학적 접점이 찾아지길 기대해 본다. 고은의 열정과 시쓰기는 당분간, 여전히 지속될 것이다. 먼 태평양으로 나갔다가 다시 자신이 태어난 고향으로 돌아오는 연어의 삶을 통해 정신의 근원과 자신의 본질에 대해 성찰했던 호흡 깊은 시집 『머나먼 길』에 이런 구절이 있다.

> 나는 누구이기 전에 누구인가
> 내 본능이나
> 내 의지
> 내 숨겨진 감각이야말로
> 누구인가
> 어떤 정의(定義)보다 거룩한 질문 이전의 그 누구
> 그러나 낮은 소리로 들릴 듯 말 듯 속삭이자
> 나는 누구인가

　그가 누구인지 증명할 수 있는 것은 오로지 그의 시뿐일 것이다.
　여러가지 어려운 상황 속에서도 책을 출간해 주신 청동거울 식구들에게 진심으로 감사드린다.

2010년 11월
초겨울의 연구실에서

| 차례 |

『만인보』와 근대적 주체

1. 서론

고은의 『만인보』[1]는 1986년에 1권이 발간된 이후 2009년 현재까지 모두 26권으로 간행된 시집이다.[2] 단일 주제로 쓰여진 시집 가운데 가장 많은 권 수를 기록하고 있는 『만인보』는 한국 시문학사상 유래가 없는 현상이다. 『만인보』는 시인의 진술에 의하면 '민족을 개체의 생명성으로부터 귀납하는 수작'[3]이다. 민족이라는 추상적 개념보

---

1 『만인보』에 대한 영문제목을 음가 중심으로 Man-In-Bo로 하는 것은 서구 독자들에게 혼란을 초래할 가능성이 높아서 '여러 사람들의 삶'이라는 의미에서 *Ten Thousand Lives*가 타당하다고 판단된다. 시집의 영문명은 Ko Un, ***The Sound of My Waves***, Selected Poems by Ko Un, Translated from the Korean by Brother Anthony of Taizé and Young-Moo Kim, Cornell East Asia series, Cornell University, New York, 1993을 참조하는 것이 타당하다고 판단된다.

2 『만인보』는 1986년에서 1997년까지 15권이 간행되었고, 이후 2009년까지 26권이 출판되었으며 2010년 초에 30권으로 완간되었다.

다는 개인적 삶의 구체성에 천착하는 일이 중요하다는 그의 진술은 이 시집이 구성되는 방법론적 원리로 이해할 수 있다. 1980년 신군부의 정권탈취 과정에서 '내란 음모죄와 계엄법 및 계엄교사'라는 죄목으로 육군교도소 특별 감방 7호실에 구금되었을 당시 고통스러운 상황에서 지난 시절 만났던 인물들을 기억하는 일이 생존의 절대적 수단이 되었다는 사실[4]은 시집 구성의 동인(動因)에 해당한다.

『만인보』의 구성 원리와 계기를 이와같이 이해하는 일은 시인의 전기적인 맥락에 비추었을 때만 타당성을 지닌다. 문제는『만인보』의 성격을 밝혀서 시인의 진술에만 의존하지 않고 시집의 의미를 정립하는 일이 가능한가라는 점이다. 지금까지『만인보』에 대한 접근은 대체로 만민 평등 사상의 입체적 조명'[5] '인물시의 새로운 가능성'[6] '민주화 투쟁기 현실 대응 방법'[7] '개인적 서정에서 집단의 역사성으로 이행한 역작'[8] '민족의 정서와 민족어의 특성을 발견한 작품'[9] 등으로 요약할 수 있다. 이와 같은 관점들은 그 차이에도 불구하고 대체로 민중주의적 세계관이『만인보』의 토대를 이루고 있다는 점에 동의한다. 민중들의 삶에 대한 애착이 지배적으로 작용하여 개별적인 인물들의 구체성과 현실성이 사상되고 이념형 인물만 그려진다는 비판과 이와 관련된 최근의 논쟁[10] 역시 이와 관련된다. 문제의

---

3 고은, 「작자의 말」, 『만인보』1권, 창작과비평사, 1986.
4 고은, 『『만인보』를 말한다』, 『우주의 사투리』, 민음사, 2007.
5 김재홍, 「『백두산』과 『만인보』, 그리고 고은의 문학사상」, 신경림, 백낙청 엮음, 『고은 문학의 세계』, 창작과비평사, 1993.
6 윤영천, 「인물시의 새로운 가능성—『만인보』론」, 신경림, 백낙청 엮음, 앞의 책.
7 졸저, 『고은 시의 미학』, 한길사, 2001.
8 권영민, 「개인적 서정에서 집단적 역사성으로」, 황지우 엮음, 『고은을 찾아서』, 버팀목, 1995.
9 백낙청, 「만인보에 대하여」, 황지우 엮음, 앞의 책.

14

핵심은 『만인보』라는 작품 자체에 주목하는 일이며, 동시에 지금까지의 선행연구가 갖는 한계를 넘어 새로운 해석의 관점을 제출하는 일이다.

『만인보』는 다양한 층위의 인물들이 등장하고 있다. 개인적이고 사적인 시간과 공간에서 만난 이웃들, 혹은 역사와 현실에 실재하던 인물들 그리고 종교적이고 초월적인 맥락에서 존재했던 인물[11] 등이 『만인보』를 이루고 있는 군상이다.

여기서 중요한 것은 『만인보』의 인물들은 구체적이고 살아있는 존재이면서 동시에 하나의 공동체, 공공의 존재론을 내포한다는 점이다.

> 이 전작시편 「만인보」는 막말로 말해 내가 이 세상에 와서 알게된 사람들에 대한 노래의 집결이다. 나의 만남은 전혀 개인적인 것이 아니다. 그것은 궁극적으로 공적인 것이다. 이 공공성이야말로 개인적인 망각과 방임으로 사라질 수 없는 것이며 그것은 삶 자체로서의 진실의 기념으로 그 일회성을 막아야 한다. 하잘 것 없는 만남 하나에도 거기에는 역사의 불가결성이 있다.[12]

---

10 최근의 논란 가운데 하나는 황종연 교수의 글 「민주화 이후의 정치와 문학—고은 '만인보'의 민중·민족주의 비판」(『문학동네』, 2004. 겨울)이다. 이 글에서 황교수는 고은의 『만인보』를 우리 시대 '최고의 민중주의' 작품으로 평가하면서 일련의 비판을 가한다. 여기에 대해서 하정일 교수의 비판(「황종연 교수의 '민주화 이후의 정치와 문학'을 비판한다, 《교수신문》, 2004. 12. 12)이 있었고, 황종연 교수의 반론(「민중상의 탈물신화 필요」, 《교수신문》, 2004. 12. 16)이 이어졌다. 여기에 필자는 문학논쟁의 정치적, 권력적 고려를 배제하면서 미학적 성찰이 필요하다는 의견을 제시한 바(「시는 현실을 재현하지 않는다」, 《교수신문》, 2004. 12. 26) 있다.

11 『만인보』의 인물 유형에 관한 연구는 졸저, 위의 책, pp.138~152. 참조.

12 고은, 위의 글.

이러한 진술의 핵심은, 개인은 고립된 자아에 머물지 않고 세계로 이어지는 통로이며, 이러한 글쓰기는 '주관적 서정성을 집단적 역사성으로 전환하고자 하는 의지'[13]의 발로이고, 동시에 '민족을 소멸되지 않는 하나의 역사적 공동체로 이끌어가는 민중의 유기적 생명력에 대한 믿음'[14]을 드러낸 데 있다. 그러므로 『만인보』는 사람과 사람들 사이의 관계를 통해 존재한다는 것의 의미를 보다 명징하게 형상화한 것이라는 판단이 가능하다.

시인은 1989년에 열린 일본 지식인회의에서 이렇게 말한 바 있다.

일인칭의 고아가 삼인칭의 무한한 만인의 세계를 꿈꾸게 된 사실이 바로 『만인보』의 세계인지 모릅니다. (……) 동북아시아에서 '만(萬)'이란 많은 사물이나 많은 사람을 뜻하는 고대 이래의 표현입니다. 이 만(萬)은 『아라비안나이트』에서의 천(千)과도 같습니다. 반드시 이런 뜻의 복수(複數)만이 아니더라도 인간이란 뜻도 사람과 사람 사이의 관계 개념이 되고 있습니다. 그러므로 '휴면'은 '사람 사이'가 되는 것입니다. (……) 오직 가능한 것은 너와 나 사이의 다함없는 순환이며 변화입니다.[15]

『만인보』 1권의 서문보다는 좀더 정교한 이론적 근거를 내세우고 있는 부분인데, 시집이 갖고 있는 성격을 이와같이 자각적으로 표현했다는 점은 시인의 『만인보』에 대한 관심이 어떤 것보다 크다는 사실을 반증한다. 자기 체험의 강렬성이 시인에게는 일종의 자부심을

---

13 권영민, 위의 글.
14 박혜경, 「민족 생명력의 개체적 형상화」, 황지우 엮음, 위의 책.
15 고은, 「『만인보』를 말한다」, 위의 책.

형성하게 하는 계기가 되었던 것이다. 그래서 시인은 이렇게 말한다.

> 박용길 장로가 나에게 신구교회 공동 번역의 성서를 넣어 주었다. 이전에 성서를 띄엄띄엄 읽어 본 일이 있는 것 말고는 그때 처음으로 성서를 다 읽었다. 그러나 나는 육군 교도소 생활의 대부분을 시의 구상으로 보냈다. 시를 구상하는 일 자체가 하루하루를 보내는 힘이 되었다. 내 문학은 세상을 구하는 것보다 나 자신을 구하는 일이 된 것이다.
> 그때 서사시 「백두산」과 「만인보」가 이미 태어났다.[16]

시인에게 『만인보』는 '이미 태어'난 존재만큼 선험적인 강렬함을 내재하는 것이다. 이 작품이 시인의 내면성과 자부심을 확보하는 데 크게 기여한 이유는 독재정권에 항거하는 과정에서 만들어졌다는 점이 작용한 결과였다. 『만인보』를 민중주의적 관점에서 읽게 하는 요인은 여기서 비롯된다. 『만인보』에는 다양한 인물들이 등장하지만 대체로 그것은 '빛나는 이름을 남기지는 못하지만 역사를 지탱하는 가장 중추적인 힘을 간직한 뭇민중들에 대한 새로운 인식'[17]을 드러내었다는 것이다.

하지만 『만인보』는 이와 같은 민중주의적 관점 위에서 창작되었지만, 중요한 것은 이들이 어떻게 개별적인 주체로서 그 위상을 갖게 되었는가 하는 점이다. 다시 말해 시집에 등장하는 인물들은 대체로 시인의 사적인 경험범위이든 역사적이고 공적인 범위에 있든, 나름

---

16 고은, 「그날 0시 이후」, 위의 책.
17 김태현, 「이웃을 위한 시」, 황지우 엮음, 위의 책.

대로 자신의 삶을 주도적으로 이끌어가는 인물로 등장하고 있다는 사실이다. 부정적이거나 수동적인 태도를 보이는 인물들조차 사실은 역사적 흐름을 형성하는 근본이 되었다는 점에서 고은은 역사의 진보를 신뢰하는 낭만주의적 경향을 지녔다고 판단할 수 있다.

　그렇다면 『만인보』에 등장하는 인물들이 어떻게 자신을 주체적이고 자립적인 인물로 설정해 가는지를 확인할 필요성이 발생한다. 시인은 '사람'을 이렇게 정의하고 있다.

　　너와 나 사이 태어나는
　　순간이여 거기에 가장 먼 별이 뜬다
　　부여땅 몇 천 리
　　마한 쉰네 나라 마을마다
　　만남이여
　　그 이래 하나의 조국인 만남이여
　　이 오랜 땅에서
　　서로 헤어진다는 것은 확대이다
　　어느 누구도 저 혼자일 수 없는
　　끝없는 삶의 행렬이여 내일이여

　　오 사람은 사람 속에서만 사람이다 세계이다

—「서시」(1)[18]

---

[18] 이후 인용시는 특별한 언급이 없는 한 『만인보』에 수록된 작품이며, 괄호 안의 숫자는 수록 권수를 의미한다.

사람들의 관계는 사람들 사이에서 발생하고 그들 각자가 하나의 세계를 이루는 독립된 존재들이라면 그들의 만남은 새로운 세계와의 조우이기 때문에 헤어짐조차 '확대'라는 인식이 가능한 것이다. 따라서 이는 세계의 외연이 '사람'을 통해 넓혀진다는 것을 의미하며, '사람'의 관계론을 통해 삶을 이해하고자 하는 의지의 작용으로 볼 수 있다. 『만인보』가, 주체들이 자기의식을 찾아서 만나고 하나의 세계를 이루는 근대적 승인운동의 공간이라는 가설이 설정될 수 있는 이유는 여기 있다.

본고에서는 시집 『만인보』에 등장하는 인물들이 한국의 근대화 과정에서 나타난 근대적 주체들이라는 점을 밝히고, 이들은 한 개별자로서의 운명을 담지하고 있지만 사실은 한국사회라는 보편자의 수용태라는 사실을 드러내고자 한다. 이럴 경우 이들의 삶이 근대적 시민사회의 수원(水原)이라는 점도 함께 밝혀지게 될 것이며, 『만인보』에 대한 시인의 구성의도 역시 개진될 것으로 판단된다.

2. 자기의식과 승인운동

헤겔은 이미 존재의 최초의 단계에서 '즉자성이란 한낱 어떤 타자를 위해서만 있는 대상의 존재양식'[19]이라고 규정한 바 있다. 헤겔에게 자기의식이란 최초의 감성적 확신의 단계에서 자기 스스로가 하나의 주체임을 깨닫게 되는 과정에서 '그 자신이 스스로의 대상이

---

19 F. 헤겔, 임석진 역, 『정신현상학 · 1』, 지식산업사, 1988, p.243.

됨으로써 의식도 또한 바로 그 자신이 진리가 된'[20] 상태를 의미한다. 따라서 주체[21]란 이미 '타자를 위한 존재가 바로 동일자'[22]라는 점이 명백해진 것이다. 이는 주체가 순수하고 자기동일적인 의미에서 주체가 아니라 타인의 존재를 전제할 때만 주체일 수 있음을 의미한다. 그런데 여기서 자기의식으로서 주체는 타자라는 존재, 타자의 생(生)을 '통해서만'[23] 자기 자신에 대한 확신을 얻기 때문에 이때의 자기의식은 욕구이며, 주체는 욕망하는 주체가 된다. 결국 자기의식을 갖는 주체가 주체이기 위한 '이러한 지양이 이루어지기 위해서는 반드시 이 타자가 존재해야만 하는 까닭'[24]이 성립되는 것이다.

모두가 독자적인 자기존립자로서 움직이는 자기의식으로부터의 완전한 자유와 독립성을 바탕으로 이 모든 자기의식의 통일을 뜻하는 나, 즉 우리이며 동시에 우리가 곧 나(Ich, das Wir, und Wir, das Ich)라는 경지에 다다르게 된다.[25]

이로부터 주체는 자신의 존재를 타자의 존재와 결부지어 생각하게

---

20 앞의 책, 같은 곳.
21 헤겔은 〈자기의식의 진리〉에서 '즉자적 존재'라는 말을 사용하고 있다. 이는 이후에 벌어질 인정투쟁과 주인과 노예의 변증법에 이르러서야 나타나는 '즉자—대자적 존재'를 설명하기 위함이지만, 본고에서는 '즉자적 존재'와 '대자적 존재'는 주체의 개념과 일치한다고 판단하여 헤겔의 개념을 구별하지 않고 '주체'라는 용어로 사용하기로 한다.
22 헤겔, 앞의 책, p.244.
23 헤겔은 이를 '지향(Aufheben)함으로써만'으로 적고 있지만 이는 오늘날의 관점에서 보면 타인들과 여러 가지 층위에서 관계맺음을 의미하는 것으로 해석할 수 있다. 헤겔, 앞의 책, p.252.
24 헤겔, 앞의 책, 같은 곳.
25 헤겔, 앞의 책, p.255.

된다. 자기 자신에 대한 주체적 정립은 타인의 존재로부터 가능한 일이며 타인의 존재가 전제될 때 주체는 자기의 입지를 정립하게 된다. 이러한 상호과정은 주체 사이에 일어나는 행위가 사실은 '타자에 의한 행위이면서 동시에 자기 자신에 의한 행위'[26]라는 이중성 때문에 가능하다. 이 이중성은 주체 스스로가 자기의 존립근거를 확보하고 있다는 데 대한 확신을 갖기 위한 것이므로 타자의 죽음을 전제로 한 사활을 건 투쟁으로 이어진다. 이같은 관점에서 '자유의 획득은 오직 생명을 걸음으로써만 가능하다'[27]

A. 꼬제브는 '자신의 생을 인정투쟁 즉, 순수하게 자신의 입지를 세우려는 위신투쟁(Prestigekampf)에 걸 수 없는 본질은 결코 현실적으로 인간적인 본질일 수 없다'고 말한다. 여기서 '인간적 현실이란 타인에 의해 어떤 사람이 인정된다는 사실 속에서 성립되기 때문'[28]이라는 것이다. 꼬제브는 이어서 헤겔이 말했던 주인과 노예의 인정투쟁은, 세계사라는 흐름이 지배와 예속의 변증법적 관계의 역사이므로 주인과 노예의 종합이 실현되는 순간 종결된다고 하였다. 이러한 종합은 나폴레옹에 이르러 구현되었고 그의 출현이야말로 단일하고 보편적인 시민국가의 완성이라는 것이다.[29]

'자아는 존재의 진리'라는 명제를 내세운 J. 이뽈리뜨 역시 '존재란 그것을 탈취하는 자아에 대해서만, 그리하여 자기를 자기에 대해

---

26 헤겔, 앞의 책, p.261.
27 헤겔, 앞의 책, 같은 곳.
28 A. 꼬제브, 설헌영 역, 『역사와 현실 변증법』, 한벗, 1981, p.78.
29 A. 꼬제브, 앞의 책, 한편 꼬제브의 이와 같은 헤겔 해석은 다분히 문제점을 내포하고 있는 것으로 동의하기는 어렵다. 헤겔이 그의 저서 『법의 철학』에서 개념을 보편성, 개별성, 특수성으로 나누면서 후에 이를 프로이센 민족국가를 강조한 것도 이와같은 맥락이라고 볼 수 있다. 이에 대해서는 F. 헤겔, 이동춘 역, 『법의 철학』(전편), 박영사, 1987, p.85.

서 정립하는 자아에 대해서만 있기 때문'에 자기를 세우는 일은 자기 자신과 자기의식의 통일에 의해서만 가능하다고 본다. 따라서 그에 의하면 '자기의식은 세계와 투쟁하는 가운데 있다. 자기의식에 있어서 이 세계란 소멸되어 가는 것으로 지속적으로 존립하지 못하는 것이다. 그러나 이러한 소멸 자체는 자기의식이 스스로를 정립하기 위해서 필수불가결하다.'[30] 따라서 욕망하는 자기의식은 이 세계와 맞서기 위한 투쟁에 나서게 된다는 것이다.

따라서 자기의식은 욕구하는 자기의식일 수밖에 없다. 헤겔의 자기의식은 사회적 자기의식으로 이해할 수 있으며, 자기의식의 다른 자기의식과의 관계는 타자를 부정함으로써 자기에게 환원되는 구조를 지닌다. 이 과정이 승인(Anerkennung) 운동의 본질을 이룬다.

이 승인관계 역시 다른 자기의식(타자)을 부정하여 자기를 확보하기 위한 것이지만 타자가 완전히 소멸되어버리면 자기가 승인받지 못하게 되므로 타자가 보존되면서 '자기'가 '자기의식'으로 승인받아야 한다. 이때 이러한 관계가 가능한 것은 여기에서의 타자가 자연적 대상과 달리 스스로 자기를 부정할 수 있는 '다른' 자기의식이기 때문이다.[31]

결국 헤겔에게 자기의식은 타자와 함께 공존하면서 자기의식을 하나의 주체로 인정하게 되는 과정에서 발견하는 또 다른 자기의식이라는 점이 설명된 것이다. 주체는 타자와 함께 존재할 때 주체일 수

---

30 J. 이뽈리뜨, 이종철, 김상환 역, 『헤겔의 정신현상학 · I』, 문예출판사, 1987. pp.198~199.
31 양운덕, 「《정신현상학》의 '자기의식' 장에서의 승인운동(承認運動)과 그 구조」, 한국헤겔학회편, 『헤겔연구 · 4』, 지식산업사, 1988, p.63~64.

있고, 이것은 일차적으로 자기 안의 자기의식을 통하여 자기의식이
자기를 인식하는 단계와 현실적 타자인 또 다른 주체와 맞대결함으
로써 주체의 주체성을 확인하는 이중적인 과정을 통해서 증명되는
것이다. 다시말해 자기의식은 '자아=자아라는 추상적 동일성을 벗
어나 자신에 대한 의식을 구체화하기 위하여 다른 자기의식을 매개'
해야 하며, 이 과정을 통해서 결국 각각의 자기의식이 '승인된 공동
적 자기의식'[32]으로 전환하게 되는 것이다.

　『만인보』는 주체들의 상호과정, 서로에게 타인이 되면서 존재하는
과정을 생생하게 보여주고 있다. 주체는 타자를 통해서만 비로소 주
체일 수 있는데,『만인보』의 인물들은 끊임없이 타자들의 삶과 시선
을 통해 자신을 정립해 가는 존재들이다. 자신의 삶은 언제나 다른
사람들의 존재로부터 그 의미를 부여받고 있다는 점을 그들은 자각
하게 된다. 자신과 주변의 환경, 삶과 현실에 대한 이해 등으로 생각
의 확장이 가능한 것은 이와 같은 인식론적 토대 위에서 이루어졌고,
시인은 시집에서 이 점을 두드러지게 강조하고 있다.

3. 욕망의 존재론

　고은의『만인보』는 주체들의 '주체되기' 과정을 그린 연작시이며
그 주체들은 근대적 삶의 형식을 하나하나 담지하는 근대적 주체들
이라고 이해할 수 있다. 근대적 주체는 자기가 처한 상황이나 입지를

---

[32] 양운덕, 앞의 글, p.69.

타인들의 삶과 견주었을 때 발생하는 심리적 정황에 대한 자기이해
를 바탕으로 성립하는 의식적 타자이다. 『만인보』에 등장하는 인물
들의 다양성에 비추어 볼 때 근대적 삶에 대한 주체들의 의식이 전일
적인 현상이라고 보기 힘들다는 견해도 성립될 가능성이 있지만 불
교적인 관점에서 형상화한 승려들의 삶 역시 자신에 대한 자기의식
의 발현이라는 점에서 주체되기의 한 과정을 그린 것으로 판단할 수
있다. 개인과 실존적 차원, 역사적, 초월적 차원의 인물들이 등장했
다는 현상적인 분석[33]은 이 시집에 등장하는 많은 인물들에 대한 일
차적인 분류작업으로 의미가 있지만, 이들을 어떤 관점에서 분석하
고 시인의 세계관을 어떻게 논의해야 하는가라는 문제는 결여되었다
고 판단할 수 있다.

　현재까지 간행된 『만인보』는 모두 30권이고 여기에 등장하는 인물
들은 모두 시인의 직·간접의 체험과 상상력 그리고 문헌을 통해 만
났던 사람들이다. 따라서 시집에 실린 개별적인 작품들은 모두 '어
떤 사람들'의 이야기이고 시인은 이들의 삶을 관찰하거나 재구성하
는 역할을 담당한다. 시집 전체를 통해 볼 때, 시인이 직접적인 자기
자신을 드러내거나 '나'라는 일인칭 화자를 등장시킨 경우는 매우
드물다.[34] 제1권에 실린 「김성숙」이라는 작품이 이례적인 이유는 여

---

[33] 대개의 『만인보』에 대한 선행연구는 이와 같은 사실에 동의하고 있다. 이 시집에 대한 일차
　　적인 접근에서 인물들의 유형을 분류하는 것은 일단 중요하지만 본고는 이 같은 차원에서
　　나아가 이들 인물들의 성격과 시집을 어떤 관점에서 읽어야 할지를 논의하고자 하는 문제의
　　식으로부터 출발했다고 볼 수 있다. 『만인보』의 인물유형에 대해서는 졸저, 앞의 책 및 김재
　　홍, 앞의 글, 참조.
[34] 『만인보』 21~26권에는 간혹 시인 자신이 화자가 된 작품이 발견되기도 한다. 24권에 수록
　　된 「박동담」이라는 작품이 대표적이다. 시인 자신의 전기적 이력과 관련된 이야기가 두드러
　　진다.

24

기 있다. 산문이나 다름없는 형식으로 이루어진 이 시는 이렇게 시작
된다.

> 1959년 광화문 거리 노란 은행잎 널릴 때
>
> 나는 처음으로 김성숙옹을 만났습니다
>
> 비각에서 견지동까지
>
> 화봉 유엽스님을 따라가서
>
> 조계사 밑 컴컴한 다방에서였습니다.[35]

—「김성숙」(1)

김성숙은 1898년 평북 철산고을의 산골 농부의 아들로 태어났다.
어릴 때부터 신학문과 여러 종교에 심취하다가 1916년부터는 출가
하여 만주나 국내 양주 봉선사와 금강산 등지에서 공부를 한다. 그러
다가 혁명노선에 나서게 되어 노동공제회라는 곳에서 활동하게 된
다. 이후 압록강을 건너서 북경으로 가 장건상, 양명, 김봉환, 이낙
구, 장지락 등과 함께 좌익투쟁에 나선다. 김성숙은 북경대학을 다니
면서 고려유학생회 회장이 되고 신채호의 추천으로 의열단에 가입한
다. 민족해방과 혁명의 이론을 전개하던 중 광동코뮨에 참가한 뒤 상
해로 가서 청년총동맹을 조직하여 투쟁의 무대를 만주로 옮긴다.
1931년에는 반제동맹을 창립, 기관지『봉화』를 편집하고 중국인민

---

[35] 작품 「김성숙」에서는 서술형이 모두 '~읍니다'라고 되어 있다. 현재의 바른 표기는 '~습니
다'이므로 논문의 인용에서는 '~습니다'로 표기하기로 한다. 하지만 마침표가 없다든지 띄
어쓰기가 안 맞는 경우는 원시대로 인용한다. 특이한 것은『만인보』에 실린 작품들은 대개
마침표가 없다는 점이다. 이에 대해서는 다른 자리에서 체계적으로 언급될 필요가 있다.

군 19로군에 편입하여 상해전투에 나서기도 한다. 뒤에 광서 사범대학 교수로 있다가 1936년 김규식의 조선민족해방동맹에 참가하여 『민족해방』을 발행하였다. 해방 이후 김성숙은 임시정부와 함께 귀국하게 된다. 하지만 그는 4·19가 일어난 다음 해인 1961년 통사당 정무위원을 잠시 지내다가 5·16 군사 쿠데타에 의해 서대문형무소에 투옥된다. 그는 감옥에서 '평생 나라 위해 싸운 늙은이를 감옥에 집어넣는 사람들이 이 나라 권력을 틀어쥐게 되다니! 하고 1평 반짜리 마루방에서 햇볕도 없이 개탄'한다. 그리고 이어서 시인은 이렇게 말한다.

> 1968년 나는 제주도에서 돌아와서 종로 2가 다방에서
> 그를 다시 만났습니다 중국집 잡탕밥을 얻어먹었습니다
> 나는 이 파란만장의 70 노인 앞에서 어서 하직하고 싶었습니다
> 다음해 4월 그가 세상 떠난 것도 나는 모르고 있었습니다
> 소위 예술에 미쳐서 니나노에 빠져서 아무것도 모르고 있었습니다
> (……)
> 마땅할진대 혁명은 한 혁명가의 운명을 이렇게 성취합니다

고은에게 김성숙이라는 인물은 투쟁가, 혁명가의 본모습을 지닌 인물로 기억되고 있다. 여기서 중요한 것은 고은 자신과 김성숙이라는 인물의 상관관계, 정확히는 고은 자신이 김성숙을 어떤 관점에서 인식하고 있는가 하는 점이다. 그것은 일종의 '욕망의 대타화'라고 할 수 있다. 김성숙이라는 인물에 대한 장황한 기록은 시적인 형식과 제한을 뛰어넘고 있다. 『만인보』에 실린 많은 작품과 달리, 이 작품

은 시인 고은의 욕망을 가장 명시적으로 표현하고 있기 때문이다. 그
것은 고은이 다른 자리에서 '가장 불명예스러운 사실은 내가 4·19
혁명의 현장에 없었다는 사실'[36]이라는 고백과 긴밀하게 만난다. 현
실의 중심, 논쟁의 가운데에 놓이고 싶은 정치적 욕망의 일단을 드러
내고 있다는 판단이 여기서 가능하다. 문제의 핵심은 김성숙에게 고
은은 자기의식의 거울이었고, 정치적 욕망의 주체이자 대상이며, 이
것이 '김대중 내란 음모사건'으로 투옥되어서 나날이 시를 구상하면
서 보냈던 지난 시절 시인이 가질 수 있었던 '가능의식의 최대치'였
다는 점이다. 이와 같이 『만인보』는 고은 자신의, 자기의식의 타자화
로부터 출발한 것이다.

4. 주체의 시학

　『만인보』에 등장하는 인물들은 대개 고단한 현실을 살아가는 사람
들이 많다. 시인에게 그들은 자신에게 주어진 시간 위를 담담하게 걷
는 존재들이다. 시인의 체험과 기억 속에 존재하는 그들은 모두 자기
시대의 아들이며, 그들로부터 모든 상상력과 심지어는 철학조차 당
연히도 자기시대의 울타리를 넘어설 수 없다는 점이 분명하게 제시
된다. 시집에 등장하는 모든 개인은 자기시대의 한계를 고스란히 안
고 있는 '세계―내―존재'들이며 이들은 모두 로두스(Rhodus)의 섬[37]
에 갇힌 자들이라고 볼 수 있다. 이들 가운데는 자신의 삶을 숙명적

---

36 고은, 「한 이름 없는 삶」, 『방황, 그리고 질주』, 미학사, 1990, p.87.

으로 '인식한다'는 의식조차 없이 살아가는 사람들도 있고, 주어진 현실에 대하여 문제적인 시각을 지닌 인물도 있으며, 역사의 흐름을 이해하고 역사의 주체화를 시도하는 인물도 있다. 헤겔적인 표현법을 빌자면 정신의 전개과정에서 '감성적 확신'으로서의 의식(즉자적 의식)과 '자기의식'(대자적 의식), 그리고 '이성'(즉자–대자적 의식)으로 나아가는 단계가 인물들의 삶을 통해서 각각 구체화되고 있다. 물론 주체의 '주체되기 과정'이 이와 같이 단선적인 구조 속에서 모두 설명되는 것은 아니지만, 『만인보』에 등장하는 인물들은 순수 자기동일성으로서의 삶과 타인으로부터 자기자신을 발견하는 삶이라는 유형으로 묶인다. 이때 순수 자기동일성이란 주어진 삶을 수동적인 자세로 살아갈 수밖에 없는 비자립적 개인의식으로 이해할 수 있다. 이러한 개인이 비자립적 자기의식으로부터 정립된 주체로 이행하는 과정이 『만인보』의 인물학이자 동시에 서사학이라고 할 수 있다.

나는 하루 150환을 버는 막일꾼이올시다
구공탄 배달하는 막일꾼이올시다
허위허위

---

37 이솝우화에, 어떤 사람이 자기가 로두스 섬에서는 누구도 따를 수 없을 만큼 춤을 잘 추었다고 하자, 다른 사람이 그에게 지금 서 있는 곳이 그 섬과 다르지 않으므로 자랑만 하지 말고 실제로 춤을 추어 보라고 말했다는 이야기가 있다. 이때 로두스 섬은 이상이나 이념을 의미하고 그 사람이 지금 서 있는 곳은 현실을 의미한다. 로두스는 장미라는 뜻도 가지고 있다. 헤겔은 『법철학』에서 이 장미를 이념이나 이상의 상징으로 사용하기도 했다. 〈Hier ist Rose, hier tanzel!〉(여기 춤추는 장미를 보라! :번역은 인용자)은 현실이 곧 이념이라는 것을 나타내는 명제이다. J, 이뽈리뜨, 앞의 책, p.61. 결국 사람은 자기에게 주어진 시대적 한계 내에서 사유하고 철학 역시 그 시대를 초월할 수 없다는 의미에서 로두스 섬이라는 비유가 성립하는 것이다.

비탈길 오르면
한겨울에도 내 몸에서 하얀 김이 한 소쿠리씩 피어납니다

나는 구공탄 친구올시다
나는 구공탄 쓰는
언덕배기 가난한 집들 친구올시다

내 자식놈은 야간학교 고학생이올시다
김영호올시다
구공탄 배달 김위술의 아들 김영호올시다

마산 남성동 파출소 찾이가
어느 놈이 내 자식 때려죽였느냐
어느 놈이 내 자식 죽였느냐고
부르짖는 내 마누라마저
수갑 채워 형무소 보낸 경찰이 대한민국 경찰이올시다

내 자식 총 맞은 뼈 그대로
땅에 묻었습니다
마누라는 콩밥 먹고 나왔습니다
정신 나가버렸습니다
나는 구공탄 리어카 끌고
오르막길 오르고
내리막길 내려갑니다

영호야

영호야

영호야

속으로 불러봅니다

소리내어 불러봅니다

오늘 빈 리어카하고 나하고 비탈길 굴러버렸습니다 엉엉 울었습니다

나는 자식 잃은 막일꾼이올시다

—「김위술」(21)

이 작품은 4·19 혁명 당시 마산사태의 한 장면을 그리고 있다. 구공탄을 배달하며 매일을 살아가는 사람이 혁명의 와중에서 아들을 잃어버린다는 이야기에서 시인은 김위술이란 사람의 삶에 주목한다. 가장 평범한 사람들이 역사적 상황에 의해 자기의식의 단계로 이행하는 모습을 통해서 김위술 개인의 삶이 더 이상 자기 안에 머물고 마는 즉자적 생이 아니라는 점을 일깨우고 있다. 김위술에게 죽은 아들은 현실 속에서 자기자신을 타자로 인식하게 하는 계기를 만든다. 『만인보』 도처에서 확인할 수 있는 것은 이와 같이 자기의 삶을 역사적 공간 속에서 타자화하는 일이야말로 근대적 삶의 전면적 현상이라는 사실이다.

18세기 조선 실학의 실마리는

자아이다

그런데 조선 실학

박제가는
타아이다

우리나라 땅이 중국과 가깝고
우리나라 음성이 중국과 같도다
그러매 우리말을 다 내어버린다 할지라도
안될 것 없도다
버린 뒤에라야
오랑캐라는 수치를 면하고
몇천리 땅이 두루
주 · 한 · 당 · 송의 기풍을 가질 것이로다
어찌 통쾌하지 않겠는가

이런 타아를 전승하여 마지않으니
1930년 이광수는
앞장서서
내 이름
내 넋 다 바꿔
일본인이 되자 하였다

1945년 10월
왕년의 수원 애국반장 키무라 마사히꼬
본명의 박우회로 돌아갔다가
미 군정청 민사처 간부로 되었다

민사처 조사과장

에드먼드 존 대위 이름 따다

에드먼드 팍이 되었다

아흐 자아는 허울이고

타아는 본색이로다

이제 알겠느냐 이 불쌍한 자아들아

─「박제가」(25)

자기동일성의 역사적 의미에 대한 시인의 통찰은 상당히 많은 부분에서 나타나고 있다. 박제가의 실학이 사실은 타자에 대한 동경과 신뢰를 바탕으로 이루어진 것이었으며, 이광수 역시 자신을 버리고 타자와 동일시했던 과오를 저질렀다고 시인은 비판하고 있다. 개별적인 작품에 드러난 시인의 비판은 일차적으로 타당하지만 사실상 그러한 주체들의 삶이 실은 타자의 자기화 과정에서 비롯된 오류이면서 동시에 역사의 자기발견이라는 점에서 고은은 자신도 모르게 『만인보』의 의미를 구축하고 있는 셈이다.

개별적이고 자기중심적으로 살아갈 수밖에 없었던 많은 사람들의 삶이 사실은 보편적이며 동시에 타자의 이해를 동반하는 것임을 시집 『만인보』는 증명하고 있다. 고통받고 힘겨운 삶으로서 일상이 사회적 관계의 산물이라는 점은 자기의식의 역사적 발현 과정에서 나타나는 필연적 결과로 이해할 수 있다. 역사적 정황에 대한 개개인의 각성과정을 통해 한국 근대사의 전체를 드러내려 했다는 점에서 『만인보』의 문제적 의미가 드러난 것이다.

5. 결론 – 근대적 주체와 '개인의 발견'

한국의 근대화가 성공을 거두었는가 하는 점은 우리 사회가 얼마만큼 시민사회의 가치를 보전하고 있는가 하는 물음과 병행한다고 볼 수 있다. 시민사회는 개인의 자유가 타인의 존재를 승인하고 인정한 이후에 성립하는 소통의 공간이다. 이러한 과정은 주체들의 욕망이 공동체와 자기의식의 상관성을 이해하는 일종의 욕망의 통어과정을 통해서 이루어지기 때문에 시민사회의 가치를 구현하는 일은 여전히 미완의 기획(project)이며, 지속적인 관심과 비판을 통해 수행되어야 하는 과정에 놓인다고 할 수 있다.

고은의 『만인보』가 지니는 미덕은 한국의 근대화 과정에서 나타나는 수많은 문제와 갈등, 고통과 좌절을 한 사람 한 사람의 인물을 통해 구현해보고자 한 데 있다. 이 과정에서 개인은 단순히 고립적으로 존재하는 개별자가 아니라, 타자와의 끊임없는 상호관계 속에서 자신의 정체성을 찾아가는 특수자라는 점이 『만인보』 전편을 통해 드러나고 있다. 이런 의미에서 시집은 한국적 시민사회의 형성과정을 그린 것으로 이해할 수 있다.

시민사회에 있어서는, 각인(各人)은 자기 스스로가 목적인 것이며, 타자는 일체 자기에 있어서 무(無)이다. 그렇지만 타자(他者)와의 관계에 들어감이 없이는 각인(各人)은 자기의 목적의 범위를 달성하지는 못하는 것이다. 이 타자라 함은 따라서 특수자의 목적달성을 위한 수단이다.[38]

---

[38] F. 헤겔, 이동춘 역, 『법의 철학』, 박영사, 1987, p.59.

시민사회는 개인들이 주체가 되기 위하여 타자를 욕망하는 행위, 즉 상호승인과 인정투쟁이 이루어지는 장(場)이다. 개인의 자유는 타인으로부터 침해받지 않을 자유를 의미하지만, 사실상 그 자유는 타인의 존재, 타인의 승인으로부터 가능한 것이다. 고은이 살았던 전후 한국사회의 다양한 모순들, 한국전쟁, 4·19혁명과 5·16군사 쿠데타 등이 시집 전편을 통하여 개별적인 삶과 인물로 재생되는 과정을 목격하는 일은 한국적 시민사회의 자기전개 과정을 보는 일이고, 공동체의 가치와 윤리를 강조했던 한국적 상황과 파행적이고 불행했던 역사의 과정을 동시에 고려할 때 온전한 주체, 시민사회의 가치를 담지하는 개인은 문학사에서 지속적으로 추구하고 갈망했던 주제이자 인물이었다. 이런 이미에서 고은의 『만인보』는 전후 한국의 보편적 삶의 현장에 대한 서사적 그림이자, '개인의 발견'이라는 문학사적 의미망을 획득한 작품이라고 평가할 수 있다.

역사적 진실과 문학적 진실
―『만인보』· 21권~23권 읽기의 한 가지 방법

　시인에게 진실은 무엇인가라는 물음은 두 가지 차원을 전제할 때
가능한 질문이다. 체험과 상상력이 그것이다. 체험이라면 개인적인
영역에서 이루어진, 다양한 사상(事象)들 사이의 관계를 의미하며,
상상적 차원은 체험을 내면화하고 굴절시키고자 하는 미적 왜곡의
욕망을 의미한다. 이를 다른 말로 표현하면 전자의 경우 '역사적 진
실'로 후자의 경우 '문학적 진실'로 부를 수 있을 것이다. 한 시인이
자신의 체험을 상상력의 프리즘을 통해 변형, 굴절시키는 과정은 손
쉽게 드러나지 않는다. 또한 그 과정이 시인의 문학세계를 규정하는
데 결정적인 의미를 갖는 것도 아니다. 하지만, 작품에 대한 시인의
각별한 관심은 창작의 과정에서 나타난 무의식의 욕망 혹은 미학화
의 욕망을 이해하는 데 도움이 되며 이는 작품을 이해하는 데도 매우
긴요하다.

　고은의 『만인보』는 한 시인의 체험과 미적 욕망 사이의 길항관계

를 흥미롭게 보여주는 작품이다. 『만인보』는 1986년에 제1권이 간행
되어 1997년까지 15권이 나왔고, 2006년 현재 23권까지 간행된 대
작이다. 작품의 특성상, 그리고 여러 경로를 통한 시인의 생각을 종
합할 때 『만인보』 쓰기는 당분간 더 지속될 것으로 보인다. 한 작품이
20년이 되도록 여전히 창작되고 있다는 점에서 이는 일단 주목의 대
상이 된다. 『만인보』의 문학적 가치와 위상은 많은 연구자들에게 관
심과 논란의 대상이 되었다. 이 작품에 대한 이해는 최근 고은 문학
에 대한 총체적 점검을 바탕으로 했을 때 가능하며, 특히 시인의 체
험과 미적 변형의 욕망이 어떻게 관계되고 있는지 살펴보는 일은 『만
인보』 쓰기의 내면적 정황을 이해하는 데 도움이 될 것으로 보인다.
  이 글에서는 『만인보』 21권~23권을 읽는 한 가지 방법을 제시하
기로 한다.

  시인의 개별적 체험이 어떻게 미적인 굴절을 통해 형상화되는가,
혹은 그 형상화의 내면에는 어떤 욕망이 자리잡고 있는가. 역사적 사
실과 문학적 진실은 어떤 상관성이 있는가. 최근에 간행된 『만인보』
21권~23권은 이같은 질문을 자아내기에 충분한 의미를 지닌다. 고
은시의 욕망 구조를 이해하기 위해 다음과 같은 진술에 주목해 보자.

  내가 만난 삶은 상황이나 역사가 없는 풍화된 자연환경의 그것일 뿐이
었다. 온갖 민족의 슬픔. 아픔. 괴로움을 등져버리고 온갖 중생의 삶에 담
겨져 있는 뼈저린 진실로부터 귀가 먼 상태로 자연 가운데서 사람다움을
화석화하고 있었던 것이다. 이런 상태에서 시작한 내 문학이라는 것도 어
줍잖기가 그지없다.(……) 자기마취, 자기기만에 빠진 사실에 그대로 복

속되어 버린 것이다. (……) 해방이 되어도, 아니 민족사의 크나큰 참사였던 상잔의 폐허에서도 그런 시대의 문학을 성찰하기는커녕 거기다 한술 더 부가한 엉터리 실존주의에 빠졌던 것이다. (……) 나는 내 시대를 참답게 형성하려는 아무런 중추의 일도 하지 않고 도리어 그런 참다운 가능성까지 방해했다. (……) 이런 나에게 문제제기가 불가능하므로 내가 참가해야 할 책임의 사회가 있을 리 없다. 한 사회를 살면서 그 안의 여러 모순과 병리를 알고 삶의 실체에 부닥쳐야 종교도 나오고 문학도 가능한 것이다. 나는 이런 사회의 혁신적인 건설사업과 절연된 한 부도덕한 여행자였다. (……) 내 생애 가운데서 가장 불명예스러운 사실은 <u>내가 4·19 혁명의 현장에 없었다는 사실이다.</u> (……) 이 4월 혁명의 젊은 산화를 목격하지 못한 일은 나에게 민족과 민족의 역사운동의 위대성을 만나지 못하게 한 것이다. 가야산 해인사에서 나는 21일 단식 따위를 하고 벽에 기대고 있었던 것이다. (……) 이런 여러 가지 사정을 살펴볼 때 나는 비역사적인 사람이라는 사실을 알 수 있다. 나는 문학이라는 것을 획일주의자로부터의 해방이라고 생각한다.(……) 민족을 지향하는 문학이 바로 그런 사랑의 문학이다. (……)사람이 이런 시대에 어떻게 살아야 할 것인라는 문제를 제기할 때 바로 그 이름이 역사에 대한 성찰이다. (……)나는 온돌방에서 편안하게 죽고 싶지 않다. 마르크 브로크나 본 회퍼를, 그리고 김구를 감히 떠올린다. 죽을테면 그런 죽음의 밑이라도 닦아주는 그런 죽음이어야 한다. 그러나 지난 겨울 얼어죽은 한 향나무를 기억하며 그 엄청난 추위에도 동상하나 걸리지 않고 펄펄하게 살아남은 감옥의 젊은 이들도 안 떠오르는 것은 아니다.

—고은, 「한 이름없는 삶」, 『방황, 그리고 질주』(밑줄 강조는 인용자)

　매우 길지만 인용을 시도한 것은 이 글이 고은 시 문학의 욕망 구조를 이해하는 데 크게 도움이 된다는 판단 때문이다. 이 글은 일종의 참회록이다. 이 글이 실린 단행본은 1990년에 발간되었지만, 글의 원문은 1975년에 발표된 것이다. 이글에서 고은은 유년시절 정신적 영향을 받았던 인물이나 사건에 대해서 회고하고, 그로부터 자신의 민족에 대한 자각이 생겨났으며, 승려시절과 제주도 시절 자신이 보여주었던 허무주의와 실존주의가 매우 과장된 것이었고, 진정한 시인은 민족 현실을 생각하고 실천하는 사람이기 때문에 앞으로 자신의 시와 삶은 현실과 민족, 역사의 맥락에 다가설 것이라고 다짐한다. 그런데 이 글에서 가장 주목되는 부분은 '4·19혁명의 현장에 자신이 없었다는 사실'에 대한 자각적, 의도적 드러냄이다. 여기에 고은 문학의 열정과 본질의 일단이 숨어 있다. 그는 역사의 현장, 즉 중심에 서고 싶었던 것이다. 중심이란 그에게 시적 상상력의 모태이자, 수원(水原)이다. 전태일 분신 사건을 계기로 역사적인 삶에 대하여 눈을 뜨게 되었다는 시인의 말이 시 이해의 근본을 이룬다고 생각하기는 어렵지만, 이후 그의 실천적인 행보를 통해 볼 때 역사적 전환점의 중심에서 모종의 역할을 담당하고 싶다는 그의 욕망은, 고은 시가 전개되는 과정을 이해하는 매우 중요한 계기가 된다. 이는 역사적 진실에 해당되는 문제이다.

　2006년에 발간된 『만인보』 21권~23권 시인의 서문에는 이런 말이 들어 있다.

　세상은 망각의 강과 함께 기억의 강도 흐르게 하거니와 어느 강물이 더 낭창거리는가에 따라 역사의 질량이 다르게 재어진다. 지난 시대의 삶들이 현재의 삶에서 살아있는 동접원(同接圓)이 되기를 꿈꾸고 있다. 아니 기억이야말로 상상의 자궁이 아닌가.

이번에 간행된 시집들은 주로 4·19혁명의 의미를 시적으로 복원하는데 주력하고 있다. 체험만으로 이루어지는 문학은 존재하기 어렵다. 문학적 형상화의 본질은 체험을 상상력의 프리즘을 통해 자기 동일화를 이루려는 욕망에 근거한다. '역사의 현장에 자신이 없었다는' 사실이 시적욕망의 근간을 형성한다.「정대근」이란 시를 보자.

요양환자 정대근은 무기력한 일상을 보내던 중 4월 19일에 종로를 걷다 학생데모 행렬과 마주친다. 학생들과 광화문까지 함께 걸었는데 급기야 총소리가 나고, 술집으로 피신한 그는 피투성이 학생들을 목격한다. 화가 치밀어서 마시면 안 되는 술을 마신 후에 을지로에서 총을 맞는다. 쓰러진 그에게 한 아낙네가 피를 넣어주라고 팔을 걷는다. 이때 정대근은 생각한다.

나는 죽어가고 있었다 아니 살아나고 있었다(21-213)

이 마직막 행의 진술은 두 가지 방향에서 읽힌다. 화자의 독백이자, 4·19혁명의 독백이기도 하다. 서사적 구성이라는 점에서는 총에 맞아 죽어가던 정대근의 말이지만, 시인은 이를 육신의 죽음으로부터 정신의 구원, 즉 4·19혁명에 희생된 자들의 영혼을 달래는 행위로 인식한다. 다시 말해 잊혀져가는 4·19의 역사적 의미를 기억의 존재론으로 되살리고자 한 것이다. '그들의' 죽음은 곧 기억의 재생이고, 이는 살아 있는 역사에 대한 증언이라는 것이 시인의 생각이며, 이는 혁명의 중심에 서지 못했다는 일종의 죄의식에 대한 문학적 대타의식의 발로였다.

시인은 4·19혁명을 거시적인 관점에서 그리기보다는 민중들의 일상적이고 미시적인 삶의 영역에서 조망한다. 시인은, 부도덕한 정권의 정당성을 의심하거나 민주주의적 질서를 회복하고자 하는 이념적 지표보다는, 당대의 삶이 어떻게 혁명적 시/공간으로 편입되어 갔는지를 구체적으로 보여주고 있다. 서사적 현장성이 시집에 강하게 드러난 이유이기도 하다. 가령, 살아남은 자들의 슬픔을 그린 다음과 같은 작품을 주목하자.

이유순

4월혁명 한 가녁에 나섰던 처녀 예쁘고 곧은 처녀

서울 을지로 2가에서
경찰 곤봉 맞고
경찰 총탄 맞았다
그녀의 허리
그녀의 좌측 좌골이 거덜났다

일어날 수 없다
일어설 수 없다
누워서
밥 먹고

누워서 오줌 눈다 똥 싼다

그 침묵의 얼굴이
이따금 웃음을 보였다

평생 누워 있다
나무들은 평생 서 있고
나는 평생 누워 있다고
찾아온 친구에게
그녀가 말한 적이 있다
그뒤로
그런 말도 더 이상 나오지 않았다
수천 개의 하루가 오고 또 왔다
혁명도 곧 거덜나 검은 안경 육군소장 쿠데타의 시대가 왔다
누워서
바람에 휘날린 적 없는 머리칼 오똑한 코 말없는 입술 감은 눈 빈 이마
빈 가슴
고요하고 고요하다(21-140)

『만인보』 전편을 통하여 이같이 서정적인 울림을 가져오는 작품은 흔치않다. 좌절된 혁명보다는, 이 젊은이의 삶이 왜 이렇게 처절하게 상처받아야만 하는지에 대한 시적인 물음이야말로 혁명을 바라보는 시인의 깊은 시각과 관련된다. 시집 전체를 관류하는 서정적 비애는 비민주적 정권을 혁명적으로 전복했다는 역사적 사실보다는 그 과정

에서 희생된 사람들의 삶에 주목하고, 혁명이 또 다른 반혁명에 의해 왜곡되는 모습을 통해 '역사의 간계'를 보여주는 데서 비롯되고 있다. 역사의 상처를 복원하려는 시적 노력이 4·19혁명에 맞추어진 것은, 그 혁명이 '좌절의 표상'[39]이었기 때문이다. 4·19혁명의 시대를 온몸으로 살았던 사람들의 역사를 그린 『만인보』는 역사의 중심에서 문학적 담론을 형성하고자 했던 욕망에서 기원하며, 그것이 역사의 현장에 자신이 부재했다는 역사적 진실을 문학적 진실로 전환하는 계기를 마련했던 것이다. 4·19혁명에 대한 『만인보』의 미학적 욕망과 왜곡의 질서 속에서 시인은, 문학이 자신도 모르게 자기자신을 넘어서는 증좌를 만들어 놓았던 것이다. 이것이 시집 읽기를 더욱 흥미롭게 하는 이유이다.

---

39 김윤식은, 4·19란 도적맞았기에 한층 절박한 표상이라고 말한다. 그는 4·19 혁명의 순진성에 주목하면서 그의미가 군사 쿠데타에 의해 쉽게 와해된 상황이 좌절의 깊이를 더한 것이라고 진단하고, 고은이 이 좌절의 표상에 가장 민감했다고 말한다. 고은의 『만인보』쓰기란 여기에서 비롯된다고 주장한다. (김윤식, 「아, 4·19」, 『만인보』 23권, 해설) 그의 문학이 직접성과 과격성을 표방하고 있는 이유는 불가에서 벗어났다는 자의식에 근거한다는 김윤식의 주장은, 필자가 본문에서 말했던 '역사적 현장에 자신이 없었다는' 고백과 4·19혁명 바라보기라는 이항적 대타화와 상통한다고 볼 수 있다.

2010년에 완간된 『만인보』(전 30권)

'누이 콤플렉스'의 극복 과정

1. 변화와 동일성

고은의 『머나먼 길』[1]은 1994년 10월부터 1995년 12월까지 『문학사상』에 연재된 장시이다. 연어의 삶을 은유화하여 내성적이고 자기 회귀적인 내용으로 이루어진 이 작품이 연재되던 기간은 고은의 시 세계가 일정한 전환점을 이룬 시점으로 판단된다. 또한 1993년 회갑을 기념하여 발간된 『고은 문학의 세계』[2]는 고은 문학을 중간 결산한다는 의미로 읽힐 수 있다. 다시 말해 1990년 남북 작가회담으로 구속되어 사면되기까지의 3년은 고은 문학의 향방이 국내적인 쟁점으로부터 세계적인 문제로 전환되는 기간으로 보인다.[3] 미국 코넬대학

---

1 이 작품은 연재 이후 문학사상사에서 1999년에 출간되었다.
2 신경림, 백낙청 엮음, 『고은 문학의 세계』, 창작과비평사, 1993.

에서 출간된 시선집 『나의 파도소리』(*The Sound of My Waves*)와 추억과 회고적 담론이 강한 『아직 가지 않은 길』[4]의 발간은 그의 문학이 새로운 방향의 모색기에 접어들었음을 시사한다.[5] 여기서 새로운 방향의 모색이란, 1990년대 시단의 분위기와 무관하지 않다. 정치적 상상력이 퇴조하고 '경박한 감각주의와 언어유희의 시들이 주류로 복귀하는 분위기'[6]에 비추어 볼 때, 그는 여전히 현실적인 문제의식을 담지하고 있기 때문이다.

이와 같은 방향 전환은 물론 시대적인 환경의 변화를 반영한 것으로 볼 수 있지만, 이를 작품의 내적인 구조를 통해서 증명하는 일이 사실상 더욱 중요하다고 할 수 있다. 고은 문학의 세계에 대한 판단이 정치적인 관점에만 치우쳐 있는 것이 최근의 정황이라 할 수 있다.[7] 작품의 내적 논리에 대한 정밀한 판단이 전제되지 못했다는 점은 연구자들의 불찰이자, 고은의 문학에 대한 일정한 선입견이 작용한 결과라고 판단된다.

1990년대 이후 고은이 선택한 방향은 '탈정치의 정치학'으로 명명

---

3 1990년대 이후 고은문학의 특질에 대해서는 한원균, 「발견과 여정」, 「'고은'이라는 타자」, 『비판과 성찰의 글쓰기』, 청동거울, 2005, 참조.

4 고은, 『아직 가지 않은 길』, 현대문학사, 1993.

5 한원균, 「연보」, 백낙청 외 엮음, 『고은 시선 어느 바람』, 창작과비평사, 2002, 참조.

6 백낙청, 위의 책, p.276.

7 고은을 둘러싼 논쟁은 문학논쟁이라기보다는 정치적인 논쟁에 가깝다. 그의 시가 어떤 의미에서 좋고 나쁜지를 정밀하게 드러내려는 노력이 미흡하다는 판단이다. 최근의 『만인보』를 둘러싼 황종연의 논쟁과 이에 대한 하정일의 반박과 재반박, 그리고 한원균의 반박 등은 여전히 문학적 논쟁이라기보다는 무엇인가 정치적 권력관계에 대한 견해표명으로 보인다. 특히 한원균의 「시는 현실을 재현하지 않는다」(《교수신문》, 2004. 12. 6)는 글은 황종연과 하정일이 드러냈던 정치적 감각을 의도적으로 배제하려 했지만, 황종연의 글의 정치적 의도의 의미를 오히려 간과하고 있다는 비판이 가능하다. 최근 고은 시에 대한 논란은 한원균, 「발견과 여정」, 각주 5번과 같은 책 〈보유〉 참조.

할 수 있다. 군사 독재 정치 시절을 지나면서 민주화 문제를 시적인 장치로 전환하였던 시기를 정치적인 시기로 규정한다면, 그의 탈정치학은 '확대된 모순에 대한 시적 인식'으로 이해할 수 있다. 군사독재 시절의 문학적 화두 가운데 하나가 민중 지향적 민족문학이었다면, 1990년대 이후 한국문학은 분단시대의 달라진 패러다임의 극복과 탈북자와 동남아시아 근로 이주자 문제 등 훨씬 다양하고 중층적인 모순에 직면한 것이다. 특히 고은이 보여주었던 세계 시인들과의 만남을 통한 인류사적인 문제에 대한 천착은 모순의 보편성에 대한 응시이자, 새로운 시적 지평을 열어가는 과정으로 인식된다.

이와 같이 고은은 몇 차례의 시적 변모과정을 통해 자신의 문학적, 정치적 지향점을 달리했는데, 1990년대의 변모가 민족모순의 세계사적 이해라는 모티프로의 전환이었다면, 논란의 여지를 남기고 있는 초기시의 시적 변모과정은 그 변화의 필연성과 논리에 대한 탐구가 명확하게 밝혀지지 못한 것이 사실이다. 특히 '누이 콤플렉스'로 명명되는 일련의 시편들에 내재된 시인의 자의식 혹은 내면성에 대한 탐구는 관심의 대상이 아닐 수 없다. 제1기에서 제2기로 이행하는 과정의 필연성 혹은 시적 논리의 핵심에 '누이 콤플렉스'가 자리 잡고 있는 바, 시인은 이를 어떻게 이해하고 있으며, 또한 이로부터 어떤 시적 논리를 수립해 가는지 밝히는 일은 흥미롭지 않을 수 없다.

따라서 그동안 고은 문학이 걸어온 과정을 '변화 속의 자기동일성'이라는 명제 아래 그가 어떤 형태의 시적인 변화과정을 거쳐 왔으며, 그 변화의 내적 논리는 무엇이고 그것이 어떻게 작품화되어 나타났는지를 추적하는 일이 요구되는데, 우선 이를 위해 1960년대 이후 그의 문학에서 중요한 문학적 결절점으로 작용한 '누이 콤플렉스'의 극복과 자기검열의 과정을 검토하면서 그가 추구했던 시적인 변화는 무엇이었으며, 그것이 어떻게 드러났는지 밝히게 될 것이다. 이는 앞으로도 지속될 그의 문학적 변모시도의 주요 모티프를 파악하는 데 기여할 것으로 판단된다.

2. 단절과 연속

고은의 시적 관심과 시 세계의 변화과정을 추적할 때, 초기시와 중기시로 나누어 설명하려는 경향이 강하다. 즉, 허무주의적인 태도가 강했던 시기를 초기시로, 이후 현실문제에 대한 적극적인 관심이 나타난 시기를 중기시로 나누는 경향이 고은 문학을 이해하는 하나의 전범이 된 것도 사실이다. 그러나 이러한 분류는 그의 시 창작이 여전히 계속되고 있는 상황에서 적절하지 않고, 초기와 중기 등의 용어는 시의 변화과정을 이해하는 데 아무런 도움을 주지 못하는 것이 사실이다. 특히 2000년 이후 그의 시는 새로운 문제에 대한 천착을 통해 그 외연을 확대하고 있기 때문에 다른 방법의 분류를 생각해야 한다.

하지만, 1960년 이후 지속된 그의 시쓰기를 일별할 경우, 특이한 문학적 전환점이 발견되는 것도 사실이다. 허무주의와 모더니즘적 색채가 강했던 시기를 지나 역사와 현실문제에 목소리를 높였던『백두산』과『만인보』의 시대, 그리고 한국적인 모순을 세계사적인 관점으로 파악하고자 하는 최근에 이르기까지 고은의 시 세계는 변화의 맥락을 보였으며, 그것은 현실적 제모순을 형상화하고자 하려는 미학적 욕망과 의지의 작용으로 분석할 수 있다. 이러한 몇 가지 전제를 종합해 볼 때, 그의 시에 대한 시기 구분과 문학적 결절점에 대한 논의는 다음과 같은 견해에 수렴될 수 있을 것이다.

우선 고은의 시가 전개되어 온 과정을 시집 중심으로 고찰할 경우 다음과 같은 시기 구분이 가능하다.

제1기 : 『피안감성』(1960)~『입산』(1977)
제2기 : 『새벽길』(1978)~『나의 저녁』(1988)
제3기 : 『아침이슬』(1990)~『머나먼 길』(1999)
제4기 : 『남과 북』(2000)~현재[8]

물론 이와 같은 시기 구분에 문제점이 전혀 없는 것은 아니다. 왜냐하면 제2기의 경우 현실과 역사에 대한 강한 지향성을 보이는 시들이 주류를 이루고 있지만, 동시에 청하출판사 전집본에 실린 「가야 할 사람」(1986)과 같은 작품에서 보이는 고도의 응축과 추상성은 제1기적 요소, 즉, 자유로운 감수성과 낭만적 요인을 포함하고 있으며, 선시적 요소도 엿보이고 있어, 상당히 이질적이라고 볼 수 있기 때문이다. 그의 1970, 80년대의 시가 현실로 향한 목소리가 높아 미학적인 고려를 제대로 하지 못했다는 비판을 받을 가능성도 있지만, 절제된 형식의 작품도 존재한다는 사실에도 주목할 필요가 있다. 뿐

---

8 2000년 이후 발간된 시집 목록을 보면 다음과 같다. 『남과 북』(창작과비평사, 2000), 『히말라야』(민음사, 2000), 『순간의 꽃』(문학동네, 2001), 『두고 온 시』(창작과비평사, 2001), 『늦은 노래』(민음사, 2002), 시선집 『어느 바람』(창작과비평사, 2002), 『부끄러움 가득』(시학, 2006), 『만인보』21~30(창작과비평사, 2010)

만 아니라 쟝르 선택과 시인의 세계관 사이의 상관성을 인정한다고 할 때, 『백두산』(1987~1994)과 『만인보』(1986~2010)에 대한 고려는 별도로 이루어져야 할 것이기 때문이다.

그러나 그의 시가 현재에 이르는 과정에서 몇 가지 중요한 변화의 징후를 보였다는 판단에서 이러한 시기 구분을 설정하게 된 것이다. 그것은 첫째, 제1기 시에 두드러진 낭만주의적 열정과 이를 허무주의로 이해하게 했던 경향이 『입산』을 기점으로 현실과 역사의 문제에 대한 관심을 표명하기 시작했고, 현실과 역사에 대한 시적 관심이 고조되었던 1970, 80년대를 지나서 『아침이슬』에 오면 그의 시는 작고 아름다운 것, 생명적 현상 등에 대한 관심으로 변화되기 시작한다. 물론 민중적 세계관이 지배적이었던 시기에도 그의 시는 인간과 삶에 대한 깊은 애정과 자연과 생명에 대한 경외감 등을 드러낸 바 있으며, 1990년대에 들어서도 해결되지 못한 민족모순에 대한 안타까움을 나타내고 있다. 따라서 이 같은 시기 구분은 각 시기의 중요한 경향에 대한 집중적인 현현방식에 대한 고찰을 위해 마련된 것이며, 그의 시를 단절적으로 이해했던 기존의 관점을 비판적으로 검토하기 위한 목적으로 설정된 것이다. 따라서 이 같은 구분은 고은 시를 단절적으로 인식하던 기존의 관점에서 나아가 '단절 속의 연속성', '연속성 속의 차별성'을 발견하기 위한 방법임

◀『고은 시의 미학』(한원균 저, 한길사, 2001.)

을 밝힐 필요가 있다. 엄밀히 말하면 1990년대 이후 그는 역사와 인간, 그러면서도 낭만적 허무 등의 여러 가지 요소들을 혼용한 세계를 보여주기도 한다. 따라서 이러한 시기 구분은 절대적 단절보다는 상대적 습합을 드러내기 위한 전략이다.[9]

그럼에도 불구하고 고은의 시적 특징은 각 시기별로 의미있는 단절적 요인을 드러내는데, ‘누이 콤플렉스’는 제1기와 제2기를 단절적으로 연결하고 매개하는 주요한 요인으로 작용하고 있다. 따라서 시인에게 이 같은 요인은 어떻게 내면화되었고 이를 어떻게 시화하고자 했는지를 살펴보는 일은 고은 시의 변화와 자기동일성을 점검하는 데 있어서 매우 긴요한 일이 될 것이다.

3. 내면적 근거·1 ; ‘문학적 자기동일성’이라는 개념

고은은 2002년 김영사에서 발간한 『고은전집』의 서문에서 이렇게 쓰고 있다.

기어이 하나의 설화를 만들었다. 그 설화가 바로 내 문학의 기제가 되었다. 나에게는 아름다운 누님이 있었다. 그녀가 내 폐결핵 2기를 지극 정성으로 돌보았는데, 내 병은 낫고 누님은 내 병에 전염되어 세상을 떠났다. 나는 죄책감과 누님에 대한 한없는 그리움 때문에 비탄에 잠겨 누님의 유골상자를 늘 지니고 다니다가 서부 다도해의 밤바다에 던져 수장을

---

9 시기 구분의 제 문제에 대해서는 졸저, 『고은 시의 미학』, 한길사, 2001, pp.39~40 참조.

지내고 나서 산으로 들어갔다.

이 허구는 어느덧 나 자신에게도 가설이 아니라 하나의 정리(定理)로 육화되었다. 그리고 그 누구도 이 허구를 허구로 믿지 않았다. 바로 이 사실이 세상에 퍼뜨려졌으므로 내 초기시를 '누이 콤플렉스'로 파악하는 시론이 하나 둘 나타났다.

그러다가 1990년대 초 처음으로 종합 건강진단을 받게 되었을 때 엑스레이 원판을 통해서 한쪽 폐가 결핵을 앓고 난 화석으로 굳어 있는 사실을 알게 되었다. 그동안에는 어떤 자각 증상도 없었다. 기침도 없었고 각혈도 없었다. 폭음과 하루 두 갑 이상 피워대는 담배에도 불구하고 위장의 부실말고는 무사했던 것이다.

그런데도 그토록 원했던 폐결핵 환자라는 사실이 실지로 밝혀졌을 때 내 허구와 사실이 어떤 차이도 없었다는 문학적 자기동일성을 경험했다.[10]

이러한 고백은 어떤 의미를 지니는가. 제1기 시의 허무주의를 특징적으로 드러내는 누이의 죽음이라는 모티프는 일종의 허구라는 것, 그런데 그것이 실체로 인식되어 오다가 자신이 실제로 결핵을 앓았다는 점을 발견하고서는 허구와 실체가 하나가 되었다는 뜻으로 읽히는 이 언급은 사실상, 제1기 시의 낭만적 과잉을 설명하는 중요한 요인이 된다. 당시 그의 시를 '누이 콤플렉스'로 명명했던 것은 엄밀히 말해서 평론가 김현의 언급을 통해서이다. 김현은 시인의 상상적 세계와 원초적 경험쯤 복합적이라고 해석한다.

---

10 고은, 『우주의 사투리』, 민음사, 2007, pp.103~104.

그러나 우리가 어떤 작가나 시인의 '상상적 세계'를 말할 때, 단순히 '상상적인 것'만의 나열을 의미하지는 않는다. 상상적인 것의 편향 같은 것을 우리는 숱한 창작가에서 발견하는데, 고전적 프로이트 학파들은 그 것을 콤플렉스라고 부르고 있다. 이 콤플렉스란 상상력을 계속 자극하는 압력단체 비슷한 역할을 하고 있는데, 그것은 '과거의 이미지'의 강요를 말하지 않는다. 그것은 일종의 의식의 편향이어서 그것을 내보일 수는 없다. 다만 결과로서 우리는 그것의 유무를 짐작할 따름이다. (…) 여러 개의 되풀이되는 이미지란 그것을 창조한 자의 원초적 경험과 밀접한 관계를 맺고 있다라는 게 그들의 압축된 주장이다.[11]

물론 김현이 소개한 프로이트학파의 이론은 작가의 존재원리 혹은 작가의 탄생을 설명하는 하나의 중요한 발견임에는 분명하지만, 무의식적 경험이 모두 작가를 만드는 절대적 기준이 될 수는 없다는 점에 유의할 필요가 있다. 다만 이러한 논리는, 경험과 상상세계라는 이원적 구도 아래 실제 창작이 어떻게 이루어지는지를 설명하는 유용한 방법임에는 틀림없다. 김현은 고은 시를 분석하면서 그 '원초적 경험의 변주를 인정하고, 그 의식적인 표현 양식을 중요시하는 것'[12]이 필요하다고 주장한다. 그러면서 작품 「사치」를 중점적으로 분석하면서 '모든 것의 저변에 누이의 죽음이 자리 잡는다'[13]고 말한다. 김현은 초기 고은 의 병적인 이미지들이 지니고 있는 부정적 요

---

11 김현, 「시인의 상상적 세계」, 『김현전집·3』, 문학과지성사, 1991, p.253.
12 앞의 글, p.254.
13 앞의 글, p.256.

인들은 모든 '누님의 깊은 부끄러움을 이해하려는 과정'으로 요약하고 있다. 이러한 접근은 고은의 내면적 성향이 어떻게 시화되었는지를 밝히는 매우 논리적인 방법이기는 하지만, 작품에 드러난 의식적 편향, 즉 이미지의 반복과 재생, 확대와 재생산의 과정을 지나치게 경험의 범주로 국한시켜서 실체화하려는 경향이 있다. 고은 시에 두드러지게 나타나는 바다의 이미지는 '자신의 죽음을, 먼저 간 자의 환상 때문에' '계속 바다로 회귀시키는' 대상으로 이해하면서 '이렇게 해서 고은은 누이의 죽음이라는 원초적 경험을 통해 소멸과 멸망의 바다에 이른다'라고 김현은 주장한다.[14]

　김현의 이와 같은 분석은 고은 초기시의 중요한 시적 특징을 '누이 콤플렉스'의 변용이라고 이해하는 많은 연구자들의 전범이 된 것이 사실이다. 그런데 문제는 제1기 시의 이와 같은 특질이 소위 현실적인 인식이 두드러지는 시기에 오면 상당 부분 약화되거나 사라지게 된다는 점에 있다. 앞의 김영사 전집본 서문에 밝힌 고은의 글은 그 논리적 연결과정에서 매우 흥미로운 점을 발견하게 한다. 고은은 두 가지 사실을 말하고 있다. 즉, 누이라는 시적인 존재는 하나의 허구, 혹은 설화였는데 이것이 '누이 콤플렉스'(sister-complex)라고 명명되면서 자신의 시를 이런 방법으로 설명하는 시론이 늘어갔다는 점과 다른 하나는 자신이 실제로 폐결핵을 앓았는데 본인은 전혀 몰랐다는 사실이다. 이 두 가지 점을 그는 '문학적 자기동일성'의 확인이라고 밝힌 것이다. 이와 같은 고은의 언급은 일단 그 논리적 연결성에서 문제를 드러낸다. 왜냐하면 누이가 허구였다는 점에 대한 인식은

---

14 앞의 글, p.265.

의식적으로 강조할 필요가 없었던 것이다. 즉, 시적인 모티프를 시인의 삶 자체와 무차별적으로 동일시하는 시론은 존재하지 않거나 수준 미달이라는 사실과 설령, 누이의 존재와 죽음이 경험적 진실일지라도 그것은 미적 왜곡의 과정을 거쳐서 재창조된 상상력의 소산이라는 점은 매우 분명하기 때문이다. 그렇기 때문에 현실주의적 경향이 상대적으로 강했던 시기에 누이의 존재를 과감하게 부정하거나 좀더 보편적, 공리적인 대상으로 전환하고자 했던 시인의 시도가 전혀 낯설지 않은 것이다. 가령, 『피안감성』(1960)에 「교상기도(橋上祈禱)」라는 제목으로 실렸던 작품이 이후에 어떠한 형태로 개작되었는지 살펴보기로 하자.

오래, 새벽을 거닐어 간다.
안개 속에 니오는
다리위를.

잠든 漢江이 안개에서 흐르기 시작하여
안개처럼 여의도로 사라져간다.
안개에는 많은 그림자가 들어있나니,
내가 돌 하나로 던진다.

한 점의 물소리가 나면
이어서 모여드는 고요,
還都후
누이가 이곳에서 빠진 소리였다.

세월이 싯기어 적어진 그 소리로야 아
더 흐르면
안남을 그 소리로야
비로소 이곳이었나보다
조름을 깨우는 누이의 울음이듯이,
새벽은 말하지 않는다.

드디어 와,
누이는 와서 내 앞에 비 맞은 빛같이야
빛나게 그치어 있다.
옛 시절의 약속에 못견디우듯
우는 입술,

그러나 새벽이어
더 뚜렷이도 닥아드는
내 누이의 낯선 모습을 아느냐.

오래, 안개에 새인
새벽 등불이 이제 보이면

누이는 또 가버리나,
안개속에 눈감기는 어둠이 되나.
이제는 어느때인가

다리우에서야

다리 아래의 강우에

솟아 오는 깊음을 보는

내 소름으로

자는 바람은 일어나,

누이는 멀어져 간다.

잠든 漢江의 안개속에서

떠는 나의 눈은

얼마나 조름을 새어왔느냐.

다리우에서 나는 이제 쓰러지며

나를 사로잡는 누이여

나의 기도를 너는 다 앗아간다.

새벽은 말하지 않느냐.[15]

　시의 완성도가 상당히 취약해 보이는 이 작품의 핵심적 의미는 누이의 '부재'와 나의 '슬픔'으로 요약된다. 새벽 안개를 바라보면서 한강에 돌을 던지는 화자는 전쟁 직후 환도했을 때 한강에서 죽은 누이를 생각한다. 곧 누이의 울음소리는 누이가 낯선 모습으로 떠오르는 데 기여하고 새벽 나절에 화자는 그리운 누이를 찾아가지만, 누이는 멀어져만 간다. 졸음을 이겨내면서 새벽 다리 위를 거니는 화자는 여전히 누이를 생각하지만 새벽은 대답하지 않는다. 이 작품에서 누이

---

15 이 시는 『피안감성』(청우출판사, 1960)에 실린 작품으로 띄어쓰기, 마침표, 쉼표 등은 모두 원문 그대로 따랐다.

는 그리운 존재이자, 시적 구성의 중핵이고 낭만적 자의식의 대상이
다. 다시 말해 누이의 부재야말로 이 시의 창작동기를 제공하면서 동
시에 작품의 성립 조건이 된다. 작품 내의 정보에 충실할 경우, 누이
의 부재, 즉 환도 이후에 누이가 한강에 빠지게되는 동기가 매우 불확
실하다. 개인적인 일 때문에 자살을 했는지, 혹은 누군가에 의해 죽임
을 당했는지 모호한데, 이는 작품의 창작 의도의 파악과 분석을 위해
중요한 요건이다. 즉, 누이 자체의 부재는 막연한 그리움을 증폭하고
확대 재생산하는 단순한 도구가 되기 때문이다. 그렇다면 그것은 반
드시 누이가 아니어도 된다는 의미이다. 고은 제1기 시의 구성방법은
이와 같은 부재의식의 내면화로부터 출발한다. 그렇다면 이 작품이
어떻게 개작되었는지 살펴보는 일은 매우 흥미롭다. 의미 연관의 모
호성을 극복하면서 누이가 갖고 있는 내포적 특징을 좀 더 분명하게
드러내고자 한 개작본이 1983년 민음사 전집본에 실리게 된다.

　　　오래, 내 누이가 망설이던 죽음인 양

　　　나는 새벽에 간다.

　　　안개 속에 걸리는

　　　恩惠와 같은 철교 위로

　　　이 세상이 잠들었을 때 漢江은 깨어 있다.

　　　안개 속에 떠나가는 적막한 汝矣島

　　　그 너머의 밤섬 마음이여

　　　모든 끝이 들어 있는 안개 속에서

　　　내가 돌 하나로 던진다.

한 점의 물소리가 나면

이어서 모여드는 커다란 고요

還都직후

누이가 이곳에서 빠지니 소리이다.

그 소리가 작아진 돌 하나의 소리

내 누이가 새로 태어나야 할

새벽 漢江을 간다.

이 세상이 깨일 때도 漢江은 깨어 있다.

어느덧 내 누이는

강 건너 용산 지아이의 스잔이다.

—「黑石洞에서」 전문

미적 성취가 개작 이전의 작품보다 돋보이고 있다. 비유와 수사에

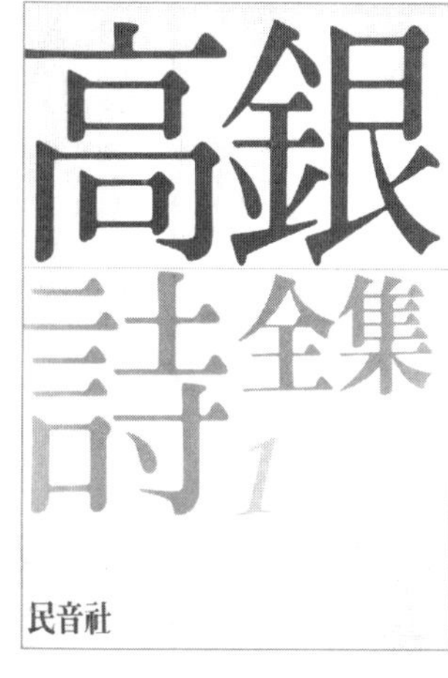

1983년에 나온 민음사 전집본.

있어서도 훨씬 안정감을 드러내고 있는데, 가령, "내 누이가 망설이던 죽음인 양/나는 새벽에 간다"라든가, "그너머의 밤섬 마음"이라는 표현들은 원작에서는 찾아보기 힘든 표현이다. 이러한 미적 세련성과 아울러 이 작품의 중요성은 누이의 죽음과 그 의미를 축소하고자 하는 시인의 무의식이 드러났다는 점과 누이의 의미를 새롭게 이해하고자 하는 태도가 표출되었다는 사실이다. 누이의 죽음은 "그소리가 작아진 돌 하나의 소리"이며, 누이는 "새로 태어나야 할" 대상이기 때문이다. 이는 제1기의 낭만적 감수성이 좀더 현실적 상상력에 힘입어 구체성을 얻은 결과라고 해석된다. 누이가 "강 건너 용산 지아이의 스잔"으로 변모되는 모습이, 고은 초기시의 낭만적 감수성이 시대적 유효성을 강조하는 방향으로 나아간 중요한 변화과정의 하나였지만, 시인은 스스로 이와 같은 변화의 필연성이나 내적 동기를 설명하기보다는 자신의 폐결핵 경험만을 강조하면서 이를 문학적 자기동일성으로 수렴시키고자 한 것이다.

4. 내면적 근거·2 ; 열망의 존재론과 현실주의

2000년대를 지나면서 고은의 시적 행보는 세계문학인들과의 관계와 교류로 확장되는 국면을 맞이하는데, 한 문학 강연회에서 고은은 이렇게 말한 바 있다.

(…) 10여 년의 승려 시절을 뒤로 하고 나는 환속했다. 술과 퇴폐와 광기의 시기가 있었다. 나에게는 폐허 시대의 끝과 다른 시기의 시작 사이

의 마신적(魔神的) 미혹이 필요했는지도 모른다. 시 1행이 끝날 때마다 찍는 마침표를 하나의 구원(救援)으로 여겼다. 그런데 시에 마침표를 찍는 구원은 1970년대를 맞이하면서 없어지게 되었다.

1970년대 초겨울 한 노동자가 노동자도 인간이라고 선언하면서 분신 자살을 감행했다. 군사 정권의 독재 아래 일어난 사건이었다. 나는 그 죽음과 여러 번 미수에 그친 내 죽음을 비교해 보았다. 그런 관점에서 나는 방 안에 들어앉아 나 자신도 이해할 수 없을 만큼 탐욕스럽게 우리나라와 세계의 역사와 사회에 대한 공부에 탐닉했다. 그리고 나서 내 죽음의 의미로부터 떠난 민족 분단의 현실과 민중의 고통이라는 사회 현실과 만나게 되었다. 그제야 나는 어린 시절 별이 밥으로 보인 착각의 절실성이 별을 노래하는 시적 절실성과 일치한다는 사실을 깨달았다. 내 부끄러운 과거는 곧 영광이었다.[16]

1970년대의 고은은 초기의 낭만주의적 허무주의와 세대론적인 모더니즘으로부터 이탈하는 시기였다. 그러한 이탈은 '시인이 되기 위한 어떤 결단의 이정표'[17]라고 할 수 있는데, 이를 고은은 낭만주의를 버리고 현실주의적 세계로 전환하는 일종의 전향론의 근거로 삼고 있다. 이때 그의 환속 모티프는 중요한 의미를 갖는다. 그에게 환속은 전기적으로는 신성세계에서 세속세계로의 이행을 의미하며, 문학적으로는 낭만주의에서 현실주의로 옮겨가는 계기가 되었다. 그는 약 10년간의 승려생활을 보낸 후 29세가 되던 해인 1962년에 환속

16 고은, 「시적 혁명-내 작은 이야기」, 프라하 국제문학축제강연, 2004, 『우주의 사투리』, 민음사, 2007, pp.136~137.
17 고은, 「저자뒷글」, 『새벽길』, 창작과비평사, 1978.

한다.[18] 특히 이후 몇 차례 반복하던 자살시도의 의미를 스스로 부끄러운 것으로 인식하면서 새로운 세계에 대한 각성이 이루어졌다고 시인은 고백하고 있는데, 바로 노동자 전태일의 분신 자살 사건이 그 계기를 이루었다는 것이다. 현실 모순에 대한 인식이 한 노동자의 분신자살 사건을 통해서 이루어졌다는 진술은 내적 동기의 필연성을 설명하는데 그다지 충분하지는 않지만, 이는 일종의 문학적 자기 확인을 정치적 욕망으로 대체하고자 하는 무의식의 소산으로 이해된다. 시인은 전태일 분신자살 사건을 접한 당시의 소회를 이렇게 회고한 적이 있다.

그렇다. 40세란 나에게 있어 일종의 전사적 재탄생이었다. 사건이나 시대야말로 사람에게 더 짙게 고향을 체험케 한다. 비로소 나는 정치적인 고향을 얻은 것이고, 내 역사 실체로서의 어버이를 다시 만난 것이다. 그동안 나는 내 조국의 그 무엇에나 타향으로만 떠도는 자에 불과했다. 어떤 향수도 책임도 나의 몫이 아니었다. 그런데 그때부터 나는 전혀 다른 사람이 되고 말았다. 이것을 그저 변모라고만 말하면 얼마나 부족한 표현인가. 변모가 아니라 변모 따위를 부정하고 나서야 겨우 이해될 수 있는 어떤 사건의 발생인지도 모른다.[19]

'역사적 실체로서의 어버이'를 새로 얻었다는 진술은 이후 그의 시적 이력에서 매우 중요한 의미망을 형성한다. 민족, 국가라는 이념과

---

18 그는 특별히 환속선언문을 발표하지는 않은 듯 하다. 다만 《경향신문》에 「시인 고은은 왜 환속했나」(1963. 8. 5)라는 기사가 게재된 적이 있다. 이에 대해서는 졸저, 앞의 책, p.112. 참조.

19 고은, 「만인의 시 만인의 진실」, 『노둣돌』, 창간호, 1992, p.152.

사상을 기저로 했을 때, 모든 예술은 일정한 목적을 성취하려는 수단이 될 가능성이 있다. 고은 문학이 정치적 이해관계를 관철하고자 하는 욕망의 대체물이라는 평가가 이 시기에 가능했던 이유는 여기서 찾을 수 있다. 정치적 발언과 행위가 시쓰기보다 그 가치에 있어서 상대적 우위에 놓였다기 보다는 현실적 보상에 대한 열망의 자기확인 행위가 시쓰기로 나타났다고 이해되는 대목이다. 고은은 기회가 닿을 때마다 자신의 시가 초기의 낭만적 감수성으로부터 어떻게 현실적인 상황에 관심을 가지게 되었는지 여러 차례 기술한 바 있다. 그 가운데 과거 자신이 몸담았던 일종의 허무주의적 세계에 대한 고백과 자기비판이 주를 이루었던 글의 이런 부분에 주목해 보자.

한 사회를 살면서 그 안의 여러 모순과 병리를 알고 삶의 실체에 부닥쳐야 종교도 나오고 문학도 가능한 것이다. 나는 이런 사회의 혁신적인 건설사업과 절연된 한 부도덕한 여행자였다. (…) 내 생애 가운데 가장 불명예스러운 사실은 4·19혁명의 현장에 없었다는 사실이다. (…) 이 4월혁명의 젊은 산화를 목격하지 못한 일은 나에게 민족과 민족의 역사운동의 위대성을 만나지 못하게 한 것이다. 가야산 해인사에서 나는 21일 단식 따위를 하고 벽에 기대고 있었던 것이다.[20]

승려의 신분이었던 1960년 4월 19일의 시위 현장에 자신이 없었다는 진술은 너무도 당연했던 사실이었지만, 이는 시인의 현실적 역할론에 대한 자각과 의무를 강조하고자 한 의도의 소산으로 보인다.

---

20 고은, 「한 이름 없는 삶」, 『방황, 그리고 질주』, 미학사, 1990, pp.87~89.

소위 '누이 콤플렉스'의 시대를 벗어나는 과정을 시인은 이렇게 고
백한다.

십여년전까지는 허깨비 근친상간으로
흰 옷 입은 누이
죽은 누이 어쩌구 찾아다녔으나……

오늘 아침 나는 펄펄 살아있는
총천연색 누이를 찾아야 한다.

누이야
누이야
누이야
앗 뜨거운 꼭두새벽 이 벌판을
細石平田 철쭉바다로 꽃 피어 울부짖어라.

—「누이에게」[21]

이 작품은 『입산』(1977, 민음사)에 실려있는데, 이미 『文義마을에
가서』(1974)에는 누이의 시적 의미가 초기시의 낭만적 범주에서 이

---

21 이 작품에서도 이미 전향의 내면적 근거를 확인할 수 있지만, 1983년 민음사 전집본에서는
제1연과 3연의 내용이 더욱 확실한 의미를 가지도록 개작되어 있다. 개작된 작품의 1연만
보이면 다음과 같다.

"내 사생활 십여년 전까지는 허깨비 근친상간으로
흰 옷 입은 누이/흰 인조치마 누이
죽은 누이 어쩌구 어쩌구했으나/그건 새빨간 거짓말"

탈되어 있음을 발견할 수 있다. 누이는 '북한 여인'(「남한에서」)으로 '젊은 아내'(「삶」)로 혹은 분단과 통일에 대한 현실적 인식을 매개하는 대상으로 변주되고 있다.

    누이여, 버들같은 누이여,

    會寧 南陽의 강 기슭에

    떠도는 얼음 덩어리 풀렸는가

    땅이야 한 가지도 私載하는 바 없이 봄이 오고

    아이들은 잘 있으며 강물은 얼마나 깊어졌는가.

    누이여 그대 얼마나 땅으로 늙었는가.

    말과 마음이 같아도

    여기서는 아득아득한지라

    그대 얼마나 늙었는가.

    이 땅에서 태어난 사람으로서는

    이런 인사도 헛되거니와

    會寧 南陽의 저문 강 기슭에

    서러운 버드나무들은 잘 있는가.

    누이여 버들같은 누이여.

    내가 누이라고 하면 百번 누이인 누이여.

                            ─「豆滿江으로 부치는 편지」

    제1기 고은의 미학적 성취와 결정(結晶)이 가장 돋보이는 시집은 『文義마을에 가서』라 할 수 있다. 인용된 작품 역시 누이의 시적 변모가 매우 의미있는 지평에 이르렀음을 보여준다. 화자는 헤어진 누

이를 부른다. 그런데 그녀는 두만강가의 회령과 남양에 있는 누이이
다. 땅과 봄, 강물 등의 자연 대상의 동일성에 비추어 볼 때 화자와
누이의 헤어짐은 매우 이질적인 것이며, 그 물리적 한계를 매개하는
존재 역시 "서러운 버드나무"로 설정함으로써, 추상적이기는 하지만
분단현실에 대한 시적 인식을 잘 보여준 작품으로 평가할 수 있다.
이런 변모는 초기의 낭만적 과잉을 조율하면서 시인 스스로 현실과
역사, 분단과 모순의 문제에 천착하고자하는 의지의 소산이었다. 고
은의 이와 같은 변모의 가장 특징적인 작품에 해당되는 작품은「화
살」이다.

우리 모두 화살이 되어
온몸으로 가자
허공 뚫고
온몸으로 가자
가서는 돌아오지 말자
박혀서
박힌 아픔과 함께 썩어서 돌아오지 말자

우리 모두 숨 끊고 활시위를 떠나자
몇십년 동안 가진 것
몇십년 동안 누린 것
몇십년 동안 쌓은 것
행복이라던가
뭣이라던가

그런 것 다 넝마로 버리고
화살이 되어 온몸으로 가자

허공이 소리친다
허공 뚫고
온몸으로 가자
저 캄캄한 대낮 과녁이 달려온다
이윽고 과녁이 피 뿜으며 쓰러질 때
단 한번
우리 모두 화살로 피를 흘리자

돌아오지 말자
돌아오지 말자

오 화살 정의의 병사여 영령이여

—「화살」

이 작품에서 가장 두드러지는 "간다"라는 이미지에 주목할 필요가
있다. 화살은 일단 시위를 떠나면 갈 수밖에 없는 상태에 이른다. 되
돌아 올 수 없음의 가장 극단적인 예에 화살이 해당되는 것이다. 화
자가 굳은 결의를 통해 '가자'고 하는데 그 지향점은 어디인가. 물론
화살이 꽂히는 과녁이다. 그런데 화자는 "저 캄캄한 대낮 과녁"이라
고 표현한다. 낮인데도 불구하고 "캄캄한" 것은 화자가 인식하는 삶
의 환경 때문이다. 시가 전위적인 대열에 서서 "정의"를 위해 헌신할

수 있다는 믿음을 가장 확실하게 보여주고 있는 셈이다. 이 같은 비장미는 자기희생의 결단을 동반하고 있으며, 동시에 소시민적인 안락함과 무관심, 혹은 기득권을 버리고 현실과 역사의 변혁을 위해 봉사하고자 하는 의지로 드러나고 있다.

여기서 주목할 점은 이 시의 행위 주체가 복수형인 '우리'로 설정되어 있다는 사실이다. 서정 양식은 기본적으로 '나'를 문제 삼는 방식이라 할 때, '우리'라는 복수형은 화자와 독자의 감정적 일체감을 유발하여 시의 현실 대응력을 제고하려는 의도에서 비롯된 방식이다. 당연히 시적 탐구의 대상 자체가 화자의 내면적 정서나 심리보다는 외부현실에 놓이게 된다. 하지만 이 작품은 화자가 어떤 대상과 외부현실에 아주 열정적으로 대응하고 있다는 사실만을 드러낼 뿐, 역사, 민족, 분단, 통일 등의 문제에 대하여 구체적인 관심을 표명하지는 않는다. 다만 시인의 시 세계가 구축하고 있는 한 가지 원리, 즉 삶에 대한 열정과 분노에 시적 구성 원리의 수원(水源)이 형성되고 있음을 확인할 수 있다.[22] 이로부터 초기 고은의 낭만적 세계는 일단락 하게 되고 이후 그의 현실 지향적 성향은 좀 더 구체적인 삶과 역사의 문제로 전환되기에 이른다.

5. 결론

고은의 1960년대 시는 낭만적 감수성과 허무주의, 그리고 모더니

---

[22] 시 「화살」을 전후로 한 고은 시의 변화과정에 대해서는 졸저, 앞의 책, pp.114~126. 참조.

즘적 요인이라는 특징을 모두 갖추고 있었다. 특히 누이 이미지는 고은 시를 이해하는 요체였다. 이를 통해 고은의 1960년대 시는 누이와 병적인 세계인식이라는 하나의 전범을 만들어낸 것이다. 하지만 이는 시인의 의식과 상상력을 통해서 직조된 허구였으며, 이를 실체화하려는 문단의 평가와 시인의 의도는 '누이 콤플렉스'라는 개념적 오류를 만들어 낸다.

하지만 이 같은 요인은 새로운 시대환경을 맞이하면서 반성되기에 이른다. 시인은 누이에 대한 반성과 자기 검열과정의 시화를 통하여 좀더 현실적인 의미를 획득하고자 한다. 시인은, 자신이 '누이 콤플렉스'를 극복해 가는 과정을 적극적으로 작품화함으로써 그 자체를 하나의 '문학적 동기화'로 나타낸 것이다.

이 같은 변모의 내면에는 언제나 담론 창출의 주체이면서 중심이 되고자 했던 정치적 욕망이 내재된 것으로 판단된다. 이 같은 태도는 한 노동자의 분신자살 사건을 겪으면서 의도적이든 그렇지 않든, 현실주의적 경향으로 시인을 안내한다. 낭만적 감수성이 강했던 시인에게 현실정치의 모순과 불합리성은 열정과 자기확인의 중요한 대상으로 떠오른 것이다. 엄밀한 의미에서 누이 이미지와 역사, 현실에 대한 시적 변용은 고은에게는 정신적으로 동일한 의미와 무게를 지니는 것으로 판단된다. '4·19의 현장에 내가 없었다'는 진술 속에 담긴 욕망의 변형과 이에 대한 미적 왜곡은 고은 시의 변화를 설명하는 중요한 특징으로 이해된다.

허무와 결합된 낭만적 세계인식은 이후 혁명적 낭만주의로 변형되면서 고은은 비로소 자신이 만들어낸 '누이 콤플렉스'라는 시적 장치에서 벗어날 수 있었다.

시적 진실과 정치적 진실
—산문집 『우주의 사투리』에 나타난 내면성 연구

1. 서론

한 편의 텍스트는 하나의 정신이다. 텍스트는 작가의 체험과 기억을 보전하는 언어적 산물이기 때문이다. 텍스트는 선험적으로 작가로부터 나오지만 작가에게 귀속될 수밖에 없는 대상이다. 작가와 텍스트의 상호관계는 욕망의 구성과 해체, 내면적 상흔과 발화의 고통이 공존하는 상황으로 전환될 수 있다. 작가는 자기욕망을 들여다보며 어느 지점에서 최초의 글쓰기가 시작될 수 있는지 고민한다. 글쓰기는 욕망의 울림을 가시화하지만 억압된 자의식에 대한 제의를 수행하기도 한다. 그러므로 글쓰기는 욕망의 드러냄이자 억압이고, '담론화의 욕망'은 은폐된 욕망에 대한 자기검열의 과정을 수반한다.

시인이 시가 아닌 형식으로 자신을 표현하려할 때, 필연적으로 마주쳐야 하는 상황은 바로 욕망과 미학적 구조 사이에 존재하는 간극,

내면 풍경의 언어화 과정에서 나타나는 갈등관계 혹은 선택된 언어
가 빚어내는 자기욕망의 낯설음이다. 본질적으로 작품이 미학적 왜
곡의 구조물이라는 견해는, 내면적 정황과 가공된 소재 속에 숨겨진
욕망을 찾아내는 일이라는 관점과 병행된다. 작품이 아닌 공간에서
말하기는 미학적 구조와 다르게 더욱 세련된 정황증거를 요구하며,
그만큼 자기중심적이며 자기정당회의 과정을 거치게 된다. 따라서
시가 아닌 곳에서 말하는 것은 일종의 고백이며, 이때의 고백은 역설
적이게도 도덕적 정당성보다는 권력의 욕망을 은폐하는 형식으로 구
체화된다. 그러므로 시인이 시가 아닌 다른 형식으로 글을 쓸 때, 특
히 시인이 쓰는 산문이란 시를 위해 존재하기 보다는 시적 욕망을 위
해 존재한다고 볼 수 있다.

　M. 블랑쇼가 흥미롭게 지적하고 있듯이, 가령, 작가에게 일기 쓰
기는, '작품이라는 이름으로 작가에게 오는 고독에 대한 두려움과
고뇌로 인하여 쓰여지는' 것이며 역설적이게도 그것은 고백이 아니
다.[1] 이때 그가 처한 상황은 자신과 작품, 자신과 독자 사이에 존재
하는 역학관계, 담론의 구도를 지칭하는 것으로 이해할 수 있으며,
그 상황에서 시인의 내면은 일종의 정치적 욕망으로 전환될 가능성
이 높다. 시인이 시가 아닌 형식으로 글을 쓰는 일은 미학적 욕망 이
전의 욕망, 좀 더 직접적인 내면의 '얼굴'을 드러내는 것이다.

　시인 고은이 최근 발간한 산문집 『우주의 사투리』[2]는, 시가 아닌
형식의 글쓰기를 통해 정치적 욕망이 다양하게 개진되는 양상을 보

---

1 Blanchot. M, 박혜영 역, 『문학의 공간』, 책세상, 1991, p.29
2 고은, 『우주의 사투리』, 민음사, 2007. 이하 본문에서 같은 책을 언급할 경우 '산문집'이라고
　약칭함.

여주었으며 자기 시의 구성과정과 방법적 특질에 대하여 매우 치밀한 논리적 시도를 통해 시적 자의식의 지평을 보여준 것으로 판단된다. 이는 시와 산문, 시인과 시적 욕망이라는 구도를 극명하게 보여준 예로 최근 고은 시의 위상을 점검하는데 매우 유효한 방법론의 하나를 제공한다.

고은은 이 산문집에서 자기시의 전개 과정과 창작방법론을 매우 자각적으로 드러내 보인다. 가령, 평론가 김현이 고은의 제1기 시를 두고 명명한 '누이 콤플렉스'(sister-complex)가 사실은 자신이 만들어낸 허구의 누이를 통해 제작된 것이었고, 사람들이 이를 그대로 수용했지만, 실제로 자신도 모르게 폐결핵을 앓았던 경험이 있었음을 발견하고 시와 경험이 합치된 지점을 찾았다고 말하고 있는 데 주목할 수 있다.[3]

지금까지 고은의 산문쓰기는 매우 다양하게 전개되어 왔다. 소설과 수필, 정치적 논설과 논평 등에 이르기까지 그 범위와 외연이 비교적 넓다. 그의 이 같은 글쓰기는 장르선택의 문제로 별도의 연구가 필요하지만, 이번 산문집의 발간은 매우 독특한 의미를 지닌다는 판단이 가능하다. 첫째, 이 산문집은 지금까지 파편적으로 흩어진 중요한 글을 모았다는 점에서 시인의 명백한 의도가 작용하고 있다는 것이다. 둘째, 이 산문집은 시인의 외국 경험이 상당히 반영되어 있고

---

3 고은의 제1기 시의 지배적 심상으로 작용하는 '누이 콤플렉스'는 김현이 명명한 것인데, 김현에 의하면 '시인에게 여러 번 반복되는 이미지는 그것을 창조한 자의 원초적 경험과 밀접한 관계를 맺는다'고 주장한다. 김현, 「시인의 상상적 세계」, 『김현문학전집·3』, 문학과지성사, 1991, p.253. 고은의 '누이콤플렉스'가 어떻게 창작의 방법이 되었고, 이에 내재된 시적 자의식은 어떤 양상이었는지는 한원균, 「고은시의 '누이 콤플렉스' 극복과정」, 『한국문예창작』 제12호, 2007. 12. 31, pp.61~85. 참조.

동시에 외국의 독자들을 향한 목소리가 매우 강하다는 사실이다. 셋째, 중요한 역사적 사건과 관련되어 시적 경험과 자기변화의 맥락을 자각적이고 논리적인 언어로 표현하려 했다는 것이다.

이에 본고에서는 시인의 산문집 분석을 통해 시인의 내면적 정황을 밝혀내고 이것이 시를 쓰는 과정에서 어떻게 작용을 하고 있으며 그 의도가 어디에 있는지 드러내면서 산문과 시의 상관관계를 규명해보고자 한다.

2. 제도적 장치로서의 고백

고은은 최근 자신의 일기를 잡지에 연재한 바 있다. 제1기의 낭만주의적 경향에서 현실정치 지향적인 경향으로 이행되던 시기에 쓰여진 부분을 보자.

〈1974. 11. 20. 수〉

나는 이제 던져졌다. 내가 던진 몸이 던진 것에서 던져진 것으로 되어버렸다. 이제 나는 내가 시대의 만유인력에 의해서 낙하할지 비상할지 어디로 사라져 소실점 저쪽의 넋으로 표류할지 알 수 없다.

나는 맹목적이다. 이미 죽었어야 할 몸이 아닌가. 내 힘의 원천은 죽음이다. 죽음으로부터 나는 여기 와 있는 것이다. 김현이 나에게서 죽음을 느낀다는 말이 맞다. 좀 지친다.[4]

---

4 고은, 「고은의 일기—바람의 기록 6」, 『문학사상』, 2007. 7, p.248.

1974년은 자유실천문인협회가 결성되었던 시기이고 고은은 초대 대표간사로 활동하게 된다. 협회의 제1차 선언문이 발표되고 시인은 가두시위에서 체포, 구금되었다가 석방되었다. 고은은 또한 민주회복국민회의에 문인대표로 참여하면서 자주 연행되기도 하였다. 당시 서울대생 김상진 추도식을 함세웅 신부와 함께 명동 수녀원에서 약식으로 거행하기도 하면서 그의 현실 참여가 본격화되기 시작한다.[5] 고은의 일기가 1974년을 기점으로 문예지에 연재되기 시작한 것[6]은 그의 이와 같은 정치적 행보와 밀접한 연관관계를 갖는다.

시인의 일기는 시 성립 이전, 시를 구성하는 방법과 고민의 흔적을 기록한다는 점에서, 또한 내면을 가장 정직하게 드러낸다는 점에서 흥미로운 관심의 대상이 되어 왔다. 하지만 시인이 시가 아닌 장르의 선택, 특히 산문을 통해서 자신의 내면적 정황을 보여주는 행위를 어떻게 해석할 수 있는가. 이 물음에 김윤식의 임화론은 매우 중요한 시사점을 제공한다. 김윤식은 임화를 연구하는 자리에서 그가 써 놓은 자전적 기록[7]에 주목하여, 임화는 자신의 글에서 내면의 풍경을 그대로 드러낸 것으로 보이지만, 실상 이것은 내면의 타자, 즉 내면에 상응하는 형식이 요구된 결과이고 따라서 내면의 드러냄은 근대적 글쓰기의 하나라고 설명한다.

---

5 한원균, 앞의 책, p.250.
6 고은의 일기가 「바람의 기록」이라는 제목으로 『문학사상』, 2007. 2월호부터 연재되기 시작하는데, 〈1974년 3월 20일 수요일〉 일기의 첫머리는 이렇게 시작한다. "어제 그대로 오늘도 대통령은 박정희이다. 북쪽에서 수령은 김 아무개다. 정치가 문화의 연대기를 먼저 규정한다. 문화는 늦다."(고은, 앞의 책, 2007. 2, p.210.)
7 임화, 「어떤 청년의 참회」, 『문장』, 1940. 2, pp.22~25.

참회록이란 원래 내면의 기록인 만큼 그것에 상응하는 형식 또는 장치가 반드시 필요한 법이다. 맨 얼굴로는 춤추지 않는다는 명제가 참회록의 정석이다. 무수한 독자적 가면이 참회라는 이름 아래 탄생된 것은 결코 우연이 아니다. (…) 내면이란 스스로 만든 것이 아니라는 점부터 고찰할 필요가 있다. (…) 내면이라는 이름의 '근대적 자아의 확립'이야말로 제도적 장치의 일종에 지나지 않음을 간과할 수 없다.[8]

고백을 통한 내면의 드러냄은 그 대상과 형식이 분명하다는 점, 즉 내면의 고백은 고백을 하는 과정에서 무엇을 어떤 이유로 드러내는가 하는 문제보다 '지금 현재' 고백하고 있다는 사실을 중요하게 생각하면서 또한 그 고백을 들어줄 대상이나 자신의 고백이 놓이게 될 역학관계를 이미 상정하고 있다는 점을 김윤식은 강조하고 있다. 체제라든가, 정부 혹은 정치적 제도가 하나의 거울이라면 이에 맞서는 대응물이 내면이며, 이 둘은 '서로 침투'하는 것으로 등가를 이루고 내면 역시 '제도적 장치'라는 것이다.

국가, 정치의 권력에 대하여, 자아 내면에의 성실함을 대치함으로써 삶의 의의를 찾고자 하는 발상은 '내면'이야말로 정치이자 전제 권력임을 천하에 드러낸 것이라 할 것이다. (…) 그러니까 내면 또는 주체야말로 정치적인 것이며 권력 의지의 별다른 표현이다. (…)

내면 또는 주체를 세운다는 것, 내면 풍경을 드러낸다는 것은 그 자체가 가장 강력한 체제적인 권력 의지에 대응되는 삶의 형식이며, 정치가

---

8 김윤식, 「임화를 위한 변론」, 『한국현대문학사론』, 한샘, 1988, p.426.

76

제도적 장치이듯 그것은 제도적 장치의 일종이다. 내면을 드러내는 보편적 형식을 통속적으로 고백체라고 부르거니와, 이렇게 보아올 때, 참회록이야말로 가장 강력하고도 집요한정치적 행위의 일종임을 확인할 수 있겠다.[9]

따라서 고백이란 그 자체가 하나의 형식이자 장치이며, 시인이 시가 아닌 산문으로 자신의 내면을 드러내고자 할 때 이미 그 자체가 정치적 행위라고 판단되는 수사학이라고 할 수 있다. 현실정치의 존재방식이 제도나 행정의 구현을 통해서 드러나는 것이고, 시가 이 같은 상황에 대응의 필요성이 있다고 판단하는 경우, 미학적 가공과 왜곡의 과정을 거친 언어는 본질적으로 내면의 은폐와 감춤을 통한 내적 열망의 형식으로 존재하지 않을 수 없다. 다시 말해 시는 내면의 형식이고, 내면의 맨얼굴을 억압한 채 이루어지는 갈등의 언어이다. 시가 아닌 형식으로 시를 이야기한다는 것은 시 이전의, 즉 미학적 가공 이전의 상태, 내면 깊숙이 감추어진 욕망의 분출을 의미하는데, 고은에게 그 욕망이란 담론의 중심에 자신이 서야 한다는 정치적 감각이었다.

3. 정치적 욕망으로서의 고백

이 산문집에서 가장 두드러진 고백이자 임화의 참회록과 견줄 만

---

9 위의 글. pp.426~427.

한 글은「내 시의 행로」라는 제목의 산문인데, 제1기의 낭만적 허무주의 시대로부터 사면이 이루어진 1992년 이후에 이르는 시적 여로를 작품과 함께 상세하게 서술하고 있다. 자신이 직접 기술한 시와 시론이자, 시의 배경에 대한 설명인데, 중요한 것은, 고은은 시의 성립과 정신적 배경에 대하여 매우 논리적인 입장을 견지하고자 한다는 점이다.

이 글은 크게 네 부분으로 나뉘어 진다. 첫째는 시「폐결핵」으로 대표되는 제1기 시의 낭만적 감수성에 얽힌 이야기와 둘째, 전쟁으로 인한 폐허 시대의 삶의 방식, 셋째는 민주화 투쟁기에 접어들게 된 배경설명, 넷째는, 승려로서 선적인 감각에 대한 소회 피력이 그것이다.

시인의 운명이 시작되었다. 앞으로 몇십 년이 걸릴지 모를 시적 역정과 함께였다. 1958년 가을, 아직도 총소리와 포 소리가 들리는 듯한 휴전 뒤의 남한에서 시인으로 공인되었다. 스물다섯 살이었다. 1930년대 식민지 시기 시인 20여명 이래 시인 100명 중의 하나였다.

무엇 하나 가지지 않은 빈손이었다. "빈손인데 호미가 들려 있구나"라는 선가의 말은 정작 그 뒤였다.[10]

이 글은 일종의 회고록이다. 1958년에 전후 한국시인협회 기관지인『현대시』창간호에 작품「폐결핵」을 친구 나병재가 자신도 모르게 투고하는 바람에 조지훈의 선정으로 게재되었고, 승려 신분으로 서

---

10 고은,「내 시의 행로」,『우주의 사투리』, p.143.

울의 비구승단 대변인으로 신문을 창간했던 일화를 기록하고 있다.

서투른 편집으로 지면에 빈칸이 생기기 일쑤였는데, 그 빈칸에 내 시편
을 채워넣기도 했다. 그것이 눈에 띄어 나는 서정주에게 소개되었고 서정
주는 내 시 5편 중 3편을 한꺼번에 추천 완료했다.

선적인 비서술적 직관의 한 켠, 내 정신의 그늘진 가념은 병적이었다.

어린 시절에는 나 자신이 다치거나 병을 앓는 것에 무척이나 사로잡혔
고, 심지어는 병든 사람 옆에 오래 있는 것을 즐기기도 했다. 공동묘지에
자주 가 있었으며, 죽은 어린 아우의 시체를 몰래 빼돌리고 싶기까지 했
던 것이다.[11]

미당에게 자신의 시가 추천되었고 보통의 경우처럼 2회가 아니라
단회 추천으로 등단이 인정되었다는 것인데, 미당이 추천했다는 작품
은「봄밤의 말씀」,「천운사운」,「눈길」등 세 편이었다. 그가 승려 시
절 신문의 논설 쓰기에 자주 참여했는데, 주목되는 것은 불교를 서양
철학과 비교하면서 나름대로 논리적인 이해를 시도하고 있다는 점[12]
과 동시에 불교에 대하여 매우 비판적인 입장을 취하면서 불교의 현
실참여 필요성을 강조하고 있다는 사실이다.

불교도들은 역사를 기피하여 산에서 회신하고 재가에서 눈물을 흘리는
'아미타불'을 감상하고만 있다. (…) 거짓과 무력, 인간의 실격이 넘실거

---

11 위의 책, p.144.
12 고은,「객관성과 주관성의 문제」,『문학평론』, 1959. 2.

리는 우리들의 현세기에서 보다 역사적 인식으로서의 종교실천을 지니기 시작해야만 하는 것이다. (…) 불교가 인간사회에 있다는 것, 불교가 역사적 사회에 항상 있었던 현상일 때 사회가 번뇌하고 있으면 불교도 번뇌 속에 들어 있어야만 한다. (…) 불교는 어느 종교보다도 진보성을 띠고 있다. 불교는 행위만이 실재이며 행위하는 주체이다.[13]

그의 이러한 불교관은 향후 환속의 명분[14]으로 작용하기도 했다. 하지만 이와 같은 개혁적 종교관이 곧바로 문학적 관점으로 전환된 것은 아니었다. 이 시기 고은은 여전히 병적인 낭만주의에 깊게 침윤되어 있었다. 랭보의 시 구절 "오 계절이여 성이여/상처없는 영혼이 어디 있으랴"라는 시구를 자주 외웠으며 '민법에서 사회적 불이익을 뜻하는 병의 하나로 규정된 폐결핵이야말로 시적으로 가장 황홀한 것'[15]이라고 그는 생각하고 있었다. 이때 그의 이러한 생각은 누이라는 관념의 대상과 자신이 폐결핵 환자라는 허구를 통해 구체화된다.

그래서 다음과 같은 거짓 사연이 성립되었다.

나에게는 순수, 순결 그 자체로 표상되는 누님이 있었다. 그 누님이 내 폐병을 정성껏 간호한 결과 나는 그 병 2기쯤에서 나았는데 누님은 도리어 내 병에 전염되어서 끝내 죽고 말았다. 누님의 화장 유골은 내 떠돌이 생활에 동행하다가 서부 다도해 편력 시대 밤 뱃길에서 바다 속으로 내던

13 고은, 「불교는 생활이다」, 《한국일보》, 1959. 4. 9.
14 고은의 환속에 관한 일화와 그의 환속을 보도한 신문내용에 대해서는 한원균, 앞의 책, 112쪽 각주 33번 참조.
15 앞의 책, p.145.

져져 수장되었다.

나는 (…) 내가 만들어낸 허구에 너무 익숙했으므로 그 허구는 어느새 사실로 굳어져 아무런 가책도 없게 되었다. 누구에게 지난날을 말할 때는 허구 속의 나를 '고백'했다. 내 문학 멜로 드라마는 이렇게 나아가고 있었다.[16]

여기서 시인은 '누이 콤플렉스'라고 명명된 시적 장치가 만들어지는 과정을 설명하고 있는데 이는 고은 자신의 시적 거울이면서 동시에 고은 연구자들, 특히 김현의 고은론[17]에서 중요한 방법론적 수원(水原)을 이루는 것이었다.

고은의 시는 한국 현대사의 질곡의 역사와 동궤에 놓인다고 볼 수 있다. 한국전쟁, 4·19혁명, 광주항쟁 등이 고은의 시를 직조하는 배경이 되는데, 특히 전쟁 체험은 고은 시의 원초적이고 본질적인 상처로 자리잡는다. 거꾸로 고은은 상처의 역사를 자기 시의 출발이자 도착지로 삼고자 한다.[18] 여기서 가장 정치적 행위로서의 산문쓰기, 즉 내면의 드러냄이야말로 시를 넘어서는 세계, 미학이 도덕적 정당성

---

16 앞의 책, 같은 곳.

17 김현은 여러 편의 고은론을 제출한 바 있다. 김현이 쓴 고은론은 대개 「시인의 상상적 세계」, 『상상력과 인간』, 일지사, 1973. ; 「바다와 무덤에 대하여」, 『월간문학』, 1970. 5. ; 「놀램과 주장의 세계」, 『문학과 지성』, 1979. 봄. ; 「고은을 찾아서 」, 『시인을 찾아서』, 민음사, 1975. ; 「어둠 속의 밝음」, 『우리시대의 문학』, 문장사, 1979. ; 「허무주의와 그 극복」, 『사상계』, 1968. 2. 등이 있다.

18 최근 30권으로 완간된 『만인보』의 마지막 3권은 광주항쟁의 기록이 많은데, 이에 대해서는 따로 연구가 필요하다. 다만, 『만인보』는 한국 근대사의 질곡과 밀접한 상관관계를 지닌다고 볼 수 있다. 『만인보』에 등장하는 무수한 인물들은 한국근대사의 상처와 흔적을 담지하는 인물들이면서 동시에 근대적 주체들이 발현하는 과정을 담은 것으로도 이해할 수 있다. 이에 대해서는 한원균, 「고은의 『만인보』와 근대적 주체의 문제」, 『한국문예창작』 제17호, 2009. 12. 31. 참조.

을 증명하는 지평으로 나아가는 모습을 볼 수 있다.

실제로 나는 폐허와 바라크 노천 술집 그리고 벌거숭이 산등성이 길을 떠도는 부랑자의 혼으로 살아가지 않으면 안 되었다. 태양은 늘 일그러진 채 황량한 땅에 그 빛살을 내리꽂았고, 달은 늘 배고픈 늑대의 절규를 들어야 했고 그렇게 삼라만상의 숨결을 빨아들여야 했다.

그런 폐허에서 불면의 오뇌, 퇴폐와 허무주의 그리고 식민지 시대의 폭력화된 아나키즘이나 무신론적 실존주의, 그 밖의 책벌과도 같은 자기 학대로 하루하루를 보내야 했던 것이다.

그러는 동안 시는 가장 매혹적인 극약이었다.[19]

낭만적 퇴폐주의를 극단으로 몰고 가서 자신을 불행의식의 시적 담지자로 전환시키려는 욕망이 내재된 이와 같은 글쓰기는 개인의 불행을 역사의 불행으로, 개별성을 보편성으로 환치하고자 하는 의지의 발현으로 이해할 수 있다. 역사적 불행의 한복판에 자신의 삶이 놓여 있었다고 한 것은 시보다는 시적 정신, 미학보다는 역사적 삶의 특수성에 대한 무한한 동경에서 비롯된 것이었다. '염세주의는 거의 체질적인 것이 아닌가 싶도록 고향 항구의 폐허를 떠도는 이유'가 되었다는 진술[20]과 '세계는 과장되었다. 나 자신도 하나의 과장된 세계였다'는 고백은 내면적 진실이었고, 그 강도가 강할수록 그의 담론은 정치적 울림을 가져오는 것이었다. 그가 화엄의 세계에 발을 딛게 된 배경도 이와 같은 폐허의 경험과 관련되지만, 1970년 한 노동자의

---

19 고은, 앞의 책, p.155.
20 위의 책, p.157.

죽음을 통해서 현실적 상황과 현실 정치의 모습에 눈을 뜨게 되었다
는 사실은 또 다른 정치적 감각의 발현을 의미하는 것이었다. 낭만적
허무주의에서 현실지향적 정치의식으로 전환이 필연적인 내적 동기
로 설명되어야 하는데 고은 자신은 전태일 분신 자살을 들고 있지만,
사실상 이것은 문학적 전환에 대한 명분찾기였고 중요한 것은 그의
시적, 문학적 감수성에는 여전히 버릴 수 없는 낭만적 감수성과 열망
의 자의식이 내재되어 있었던 것이다. 적어도 1980년대까지 고은은
이러한 상황에서 자유로울 수 없었다. 오히려 그는 이러한 감수성을
정치화하는데 성공하고 있다. 김현이 이렇게 적어놓은 대목은 시사
하는 바가 크다.

> (…) 고은은 초월주의를 내적 정서로 간직한 채 현실주의자의 역할을
> 계속 떠맡고 있으며 (…)[21]

다시 말해 그의 내면에 존재하는 열망의 감수성, 낭만적 세계이해,
선적이고 직관적인 사물인식 등이 고은 시의 본류이자, 시적 내면성
을 이루는 기표들이었다. 정치적인 감각이 두드러지는 1970, 80년대
의 그의 시는 일종의 '역할'이었던 셈이다. 그는 '(현실정치적 상황
에 대응한 것이: 인용자) 처음에는 맞지 않은 옷처럼 부자연스러웠
으나 그 현장에서의 동지애 넘치는 환영으로 곧 자연스러운 저항의
실체가 될 수 있었다'[22] 라고 고백하고 있다. 이것은 일종의 역할론[23]
이었고 그 역할이 그와 그의 시를 규정하는 장치가 되었던 것이다.

---

21 김현, 「1988」, 『김현문학전집·15』, 문학과지성사, 1995, p.132.
22 앞의 책, p.162.

그는 이번 산문집에서 이러한 자신의 역할론에 논리적 근거를 세우
고자 한 것이다.

4. 시적 욕망과 정치적 욕망

소위 민주화투쟁기로 명명되던 시기 고은을 대표하는 시는 다음과
같다.

우리 모두 화살이 되어

온몸으로 가자

허공 뚫고

온몸으로 가자

가서는 돌아오지 말자

박혀서

박힌 아픔과 함께 썩어서 돌아오지 말자

우리 모두 숨 끊고 활시위를 떠나자

몇십년 동안 가진 것

몇십년 동안 누린 것

---

23 고은은 같은 글에서 '친구들도 바뀌어 버렸다. 최인훈에서 백낙청으로 바뀌었고, 후배도 김
현에서 다른 사람으로 바뀌었다. 육친적이던 우정 이후 전투적인 동지가 내 환경이 되었다.
진영론(陣營論)에 기울어졌다'라고 말하고 있는데, 이때 진영론이란 정치적인 투쟁에서 불
가피하게 형성되는 현실적인 집단의 논리를 가리키는 것이지만, 이 역시 그의 정치적인 감
각을 설명하는 예에 해당한다. 위의 책, 같은 곳.

몇십년 동안 쌓은 것

행복이라던가

뭣이라던가

그런 것 다 넝마로 버리고

화살이 되어 온몸으로 가자

허공이 소리친다

허공 뚫고

온몸으로 가자

저 캄캄한 대낮 과녁이 달려온다

이윽고 과녁이 피 뿜으며 쓰러질 때

단 한번

우리 모두 화살로 피를 흘리자

돌아오지 말자

돌아오지 말자

오 화살 정의의 병사여 영령이여[24]

  독재 정권에 대한 민주화 투쟁에 앞섰던 시인에게 이 작품만큼 내면적 울림이 큰 작품도 드물다. 화살이 되어서 돌아오지 말자는 전언은 자기희생과 결단을 통한 대의(大義)야말로 시대의식이고 진실이

---

24 고은, 「화살」, 『새벽길』, 창작과비평사, 1978.

라는 강한 믿음에서 비롯된다. 소시민의 기득권마저 버리겠다는 의지는 '가다'라는 술어의 반복과 '소리치다', '달리다'와 같은 역동적 시어를 통해 선동화를 추구하고 있다. 이는 "컴컴한 대낮"이라는 세계의 역설적 인식을 전복하고자 하는 의도로 풀이된다.

이 작품에 대해 고은은 이렇게 말한다.

> 시 「화살」이 그 시기 내 진실의 한 단면이기도 했다. 이런 저항의 행각은 20년 동안의 박 정권, 전 정권, 노 정권까지 육군 소장들의 군부 독재를 채웠다.[25]

> 시 「화살」은 1970년대 중반에 썼는데, 그후 1980년대 내내 사람들이 술집에서 외우는 시가 되었다. (…) 세 명의 육군 소장이 권력을 장악했고 길고 어두웠던 시대가 지나간 뒤 민주화의 국면에 진입한 1990년대에 이르기까지 내가 살아온 시의 역정(歷程)은 내적, 외적으로 혁명적 상황의 연속이었다.[26]

시인에게 민주화 투쟁기는 오히려 자기시의 근원을 확인하고 정치적 욕망을 미학적 욕망으로 대체할 수 있었던 시기로 볼 수 있다. 이 지점에서 보면 고은에게 산문은 시를 추인하고 시에서 다 하지 못한 말을 보강하는 것이 아니라, 산문이 곧 시적 욕망의 자리에 선 것이며 산문이 정치적 권력을 획득하는 위치에 서 있다는 점을 확인하게 된다. 특히 자신의 시가 태어나고 성립하는 근원, 혹은 시적 욕망의

---

25 고은, 앞의 책, p.91.
26 위의 책, p.140.

발원지를 풍경이라고 요약하고 있는 글에서 이 같은 특징은 자명하
게 드러난다.

> 시인 노릇 어느덧 50년이 되어 가는 오늘에도 이 노릇에 대한 어떤 가
> 설도 마련되지 않았다. 일의(一義)란 죽어라고 싫다. 굳이 말하자면 불가
> 피성 말고는 내 삶의 궁핍한 역정 가운데서 문학의 이유를 찾아낼 다른
> 여지가 없는지 모른다.
> 풍경이 시작되었다.[27]

인용된 전언에는 자신의 문학적 성취나 근거에 대해서 매우 논리
적인 서술을 시도하려 했던 태도와 사뭇 다른 표정이 담겨 있다. 다
시 말해 50여 년에 이르는 시적 여정을 왜 설명해야 하는지, 그 현실
적 근거는 무엇인지를 스스로 밝혀야 한다는 생각이 사실은 또 다른
정치적 욕망의 드러냄이었다는 점을 시인은 고백한 셈이다. 시인이
자신의 작품이 만들어지는 과정을 자각적으로 드러낼 이유가 있다고
판단하는 것은 예사로운 일이 아니기 때문이다. 그것은 작품 밖의 상
황, 문학의 울타리 밖의 조건을 고려하지 않을 수 없다는 이유가 작
용한 것은 아닐까. 시인 스스로 이야기하고 있듯이 자신의 시가 이어
져 왔던 상황은 "불가피성" 말고는 설명할 길이 없다. 여기에 그는
자신이 경험했던 수많은 상황을 "풍경"이라고 제시하고 있는 것이
다. 이 풍경은 시가 만들어졌던 현실적 상황에 대한 일종의 배경을
의미한다고 시인은 생각하고 있지만, 사실은 자기시의 정당성의 근

---

27 위의 책, pp.363~364.

거, 독재투쟁기의 현실적 의미망을 직조하고 싶은 정치적 욕망에 다름 아닌 것이다.

5. 결론

시는 미학적 굴절과 왜곡을 통해 내면의 숨김과 은폐를 방법론적 원리로 성립하는 예술행위이다. 시적인 진실은 탈을 쓰고 나타난 시인의 내면을 탐구해 가는 과정에서 드러나는 아름다움이다. 고은의 시쓰기는 한국 역사의 중요한 전환점에 상당 부분 의존하고 있다. 이와 더불어 파생한 현실정치의 상황과 그의 시는 밀접한 내적인 상관성을 가지고 있다. 이러한 과정을 그가 산문을 통해서 조목조목 밝히고 있다는 점은 다음 몇 가지 특징을 갖는다.

첫째, 그는 산문을 통해 자신의 내면성, 즉 시적인 언어가 발생하는 과정에 대해서 설명하고 있지만 사실상 이는 자신의 시를 추후에 해석하고 시의 존재를 추인하려는 경향을 보이고 있다는 점이다. 이는 자신의 내면을 드러내는 글쓰기를 통해 자신의 신념을 피력하고 정치적 감각의 정당화를 통해 현실 정치의 중심에 서고자 하는 욕망을 표현한 것으로 판단할 수 있다.

둘째, 그는 자신의 시가 전개되어 온 과정을 스스로 세 부분으로 나누고 있는데 '초기시와 현실참여시, 그리고 1990년대 이후의 내재적 순환기'[28]가 그것인바, 시인 스스로 명명한 '내재적 순환기'라는

---

28 위의 책, p.164.

표현 속에는 국제적인 감각, 세계사
적이며 인류적인 의미, 인권과 삶의
문제 등, 좀 더 보편적인 주제의식
을 담고자 하는 욕망의 소산으로 읽
을 수 있다.

셋째, 시인으로서 시쓰기가 자신
의 운명을 드러내는 형식이라면, 고
은은 여기에 정치적 감각을 제도적
인 차원으로 맞대응시킴으로써 시
적 진실과 정치적 진실을 등가관계

로 인식하게 한 시인으로 기록될 것이며 이는 한국시문학사상 매우
드문 경우에 해당된다고 말할 수 있을 것이다.

시와 욕망, 미적 의지와 원초적 갈망은 시인 연구에서 매우 오래되
고 중요한 방법론의 한 계기를 이룬다. 본고에서 다루고자 했던 고은
시인의 시와 욕망은 시적 형상화를 둘러싼 시인의 내면적 갈등과 정
치적 욕망 사이의 길항 관계로 요약할 수 있다. 이것은 그의 시대가
철저하게 현실정치와 유리될 수 없었다는 역사적 정황과 무관하지
않기 때문이다. 그의 고백은 곧 참담했던 현실에 대한 증언이자 아름
다운 삶에 대한 갈망이었으므로 그 자체로 역사적 무게감을 지닐 수
있었다. 하지만 시는 고백으로 정당화될 수 없는 자족적 세계라는 점
또한 자명하다. 그의 산문이 미학적으로 구축된 세계를 설명하려 할
때 그는 자신의 욕망을 자연스럽게 드러내는 과정을 거칠 수밖에 없
었다. 그것은 고은의 운명이자 시인의 운명이기도 하다. 이 운명은
시적 진실과 정치적 진실, 그 사이에 존재하고 있다.

'고은'이라는 타자

"진정한 철학적 해석은 질문 뒤에 이미 존재하고 있는 불변의 의미를 밝혀내려는 것이 아니다. 다만 질문 자체를 한 순간 강렬하게 작열시켜 환히 드러나게 한 다음 재로 화하게 만드는 것이다."

—헤겔, 『전집』(H. 샤이블레, 『아도르노』, 89면, 재인용)

"오늘도 모르겠습니다 시가누구인지"

—고은, 「시」 부분

1. 질문의 존재론

　한 시대를 마감한다는 것의 시적 의미를 부여하게 한, 최근의 사건을 든다면 시인 고은의 고희기념 전집 출간 기념회라 할 수 있다. 시인에게 전집의 출간이란 물리적으로 진행된 작품을 산술적으로 모았다는 것보다 시인으로서의 존재론적 의미를 부여하는 일이 될 것이다. 전집은 하나의 정신이며, 직간접적으로 자기시대의 삶을 반영하는 거울의 의미를 갖는다. 이런 의미에서 고은의 전집은 20세기 후반부 한국문학의 몇 갈래 가운데 하나를 정리한 작업으로 이해할 수 있다. 특히 해방 이후 한국문학사의 주요한 그물망으로 인식되어 온 시대적 유효성으로써의 문학적 위의(威儀)는 여전히 소멸되지 않은 가치라고 볼 때, 시인 고은 역시 문학과 삶의 팽팽한 긴장으로부터 상상력의 수맥을 형성했던 바, 전집을 통한 고은의 드러냄은 20세기 한국 시문학사의 주목의 대상이 될 수밖에 없는 필연성을 지니고 있다. 문학이 삶의 외연을 확장한다는 의미를 자유와 정신성의 문제로 접근하는 것이 허락된다면, 분명 그의 문학은 예술적 상상력의 사회적 의미를 풍요롭게 하는데 기여한 것이 된다. 다른 방식으로 말하면, 김지하, 신경림 등과 함께 고은의 존재는 자기 시대의 잠재적 욕구를 '가능의식의 최대치'로 형상화한 시인으로 기록될 수 있다는 것이다. 이 점은 물론, 그들의 시사적 위치를 규정하는 데 균형감각을 요하는 문제이기도 하지만, 질곡의 한국 근대사에 비추어 볼 때, 문학이 어떤 방식으로 존재해야 하는가를 온몸으로 증명하고자 했다는 점에서 중요하게 평가될 요인으로 보인다.

그럼에도 불구하고 고은에 대한 관심이 지나치게 져널리즘적인 감각으로 포장되거나 정치적 관점에서 수용되는 현상은 지적하지 않을 수 없다. 전집의 출간(김영사판, 2002)에 모아진 세간의 관심 역시 고은을 이해하는 데 장애 요인으로 작용할 수 있다는 판단도 이런 관점에서 성립된다. 문학세계에 대한 정밀한 논의나 깊이있는 토론보다 앞서 주어진 져널리즘적 관심은, 오랫동안 우리 문학을 괴롭혀 온 집단의 논리, 선명성 논란과 정치적 재단을 무의식중에 추인하는 결과를 가져올 가능성마저 존재하기 때문이다. 한때 그의 미당 비판이 가져온 문단 내의 논란이 가장 대표적인 경우일 것이다. 미학적 판단이 제거된 상태에서 이루어지는 모든 논의는 정치적 입장의 차이를 부

각하는 데 그칠 것이며, 그것은 생산적이지 못한 결과를 낳는다. 고
은의 시적 위업에 대한 맹목적 찬사나 작품에 대한 정밀한 논의가 전
제되지 못한 정치적 평가 어느 것도 그를 올바르게 이해하는 태도는
아니다.

　하지만 고은의 시가 최근 한국문학의 거울로 작용하고 있는 현상
은 주목을 요한다. 지난 1990년대 이후 한국문학을 장식했던 일상성
의 내면화와 여성주의라는 화두는 이제 새로운 문학적 패러다임으로
대체되고 있다. 자기미화의 욕망, 내면적 기준의 절대화, 갈등의 선
험적 배제와 여성주의 이데올로기의 신념화, 가족중심주의라는 소재
의 단선화 등 다양한 한계에 봉착한 여성주의 문학은, 이제 여성의
시각으로 모순의 현실을 어떻게 극복하고 재구성할 것인가의 문제에
시선을 돌려야 할 것이다. 가령, 탈북자의 가족이 겪었어야 했을 수
난과 생계를 위해 매춘시장에서 고통받았던 삶의 문제, 혹은 한국 여
성과 결혼한 동남아 출신 노동자 이야기 등은 바로 우리의 현실이며,
문학적 이슈의 핵심으로 부상하고 있다. 다시 말해, 민족현실과 모순
에 대한 증대된 관심은 가장 탈정치적으로 보였던 문제를 가장 정치
적 문제로 전환시키고 있으며, 여성주의야말로 이런 문제에 근본적
으로 접근이 가능하다는 판단이 성립된다. 자본주의의 일상성에 대
한 시적 변주 역시 비판적인 의미를 탈각한 채, 내적 초월이나 신비
주의, 소재적 생태주의를 맹목적으로 신뢰하는 경향을 낳았다.

　고은에게, 시인이란 시의 상태를 동경하는 존재라는 인식이 강하
다.[1] 장인의식을 갖고 시를 제작하는 단계를 지나, 일상의 언어가 곧
시의 언어이고, 삶이 곧 시라는 일종의 '정신의 시'(Poesie des Geist)
를 그는 지향한다.[2] 개개의 시편들에서 화자와 시인의 간극은 무화

되고 한 편의 시가 곧 세계관의 외화형태가 된다. 시가 삶의 전체성(totality)을 지향하고 있음을 고은에게서 발견하는 일은 어렵지 않다. 그러면서도 그의 시는 그 자체가 질문의 형식으로 이루어진다. 여기서 질문이란, 동시대의 문화환경과 자신의 시를 견주는 행위이면서, 동시에 최근 한국시의 경향을 가장 비판적인 의미에서 성찰했을 때, 그 자신이 '낯선 타자'로 인식되고 있다는 점에 대한 자각이 수반된 행위이다. 그러나 그의 질문에는 확정된 대답이 존재하지 않는다. 질문행위의 가장 진보적 의미는 질문 자체에 문제의 핵심이 담기는 것. 질문함으로써 존재하고, 질문으로써 그 자신의 운명을 다하는 존재, 그것이 최근 그의 시의 존재원리이다.

이제 다시 강조할 점은, 고은의 존재론은 시의 미학적 원리를 규명하는 작업과 병행되어야 한다는 것이다.[3] 본고에서는 이와 같은 문제의식 아래 가장 최근에 간행된 전집을 기준으로 하면서, 시선집 『어느 바람』[4]에 수록된 작품 가운데 고은의 시적 특징을 명징하게 설명한다고 판단되는 몇몇의 작품을 중심으로 그의 시가 어떤 과정을 걸어왔는지 살펴보도록 하겠다. 여기서 흥미로운 사실은 김영사 전

---

1 전집의 저자 서문에 보면, 이런 말이 나온다. "열여덟 살 때나 지금이나 나의 북극성은 시이다. 그래서 누가 나를 운명의 시인일 수밖에 없다고 말할 때에도 나는 시인으로 끝나지 않기를 바란다. 말하자면 시인의 끝에 있는 시가 되고 싶다. 시인이 아니라 시!", 『전집』 제1권, 김영사, 2002, p.33.

2 최근 고은 시의 경향을 '정신의 시'와 '보편언어'의 문제로 논의한 글로는 졸고, 「죽은 시가 살아나야 한다」, 『시와정신』, 2002. 가을. 참조. 이 가운데 보편언어의 개념과 외연에 대해서는 졸고, Ntionalism and 'World Language' —A Recent Tendency of Ko Un's Poetry, Nation, Literature, Language, (러시아 국제 학술대회, 2002. 8. 13), 참조.

3 고은의 초기시에 대한 좀 더 구체적인 접근을 시도하면서, 비판적인 태도를 취한 글로 문혜원, 「자기회귀적인 언어와 탐미적인 시 세계」(『내일을 여는 작가』, 2002. 여름)가 있다. 이 글에서 문혜원이 지적해 낸 고은의 '화자 중심적 발화법'은 고은 시의 중요한 특질을 드러낸 것으로 보인다.

94

집에서도 그는 시를 개작하고 있다는 사실이다. 이 점도 시를 읽는 과정에서 중요하게 고려되어야 할 것이다.[5]

2. 새로움의 미학적 근거

고은의 초기시는 세대의식과 관련하여 이해할 때 비로소 분명해진다. 세대의식이란 일종의 새로움의 근거를 찾고자 하는 욕망이라고 볼 수 있다. 김현이 다음과 같이 언급한 대목을 상기해 보자.

그의 신비스런 유인력은 어디서 나오는 것일까? 재주의 소금기 있는 바람에 쓸려, 구멍이 송송 뚫어진 그의 살 끼인 천한 얼굴 때문일까? 그의 순진한 듯하면서 잔인하고, 비속한 듯하면서 날카로운 말투 때문일까? 아니면 남의 비웃음을 사기에 꼭 좋은 그의 허장성세 때문일까? 그는 나의 이해를 초월한다. (⋯)

그 기억 속에서 나는 며칠을 허우적거리는 것이지만, 그 허우적거림 속에서 내가 붙잡은 것은 그의 가면이 아니다. 그 가면의 양각이 우리에게 던져주는 허무감이다. 자신의 감정을 기묘한 손길로 빚어 놓은 그의 솜씨

---

4 백낙청 외 엮음, 『어느 바람』, 창작과비평사, 2002. 이 선집은 백낙청, 이시영, 김승희, 고형렬, 안도현 등이 참여하여 고은 시 전반에서 가려 뽑은 시집이다. 고은의 고희를 기념하는 시집이기도 한 이 작품집은 문학적 평가와 더불어 엮은이들의 개인적 취향이 상당히 반영되어 있는 듯하다. 작품집의 연보 작성에 필자가 참여하기도 했다.

5 고은의 개작은 매우 자각적이고 지속적으로 이루어져 왔다. 특히 1983년 민음사 전집에서 그의 개작은 전면적으로 이루어졌는데, 개작에 관한 연구자들의 논란 역시 많았다. 그의 개작에 관한 유형별 분류는 졸저, 『고은 시의 미학』(한길사, 2001) 가운데 「제1장 초기시 개작 유형 및 텍스트 선택의 문제」, 참조. 본고에서는 개작 이진의 작품을 인용대상으로 삼았다.

때문에 그 빚어진 돌출 부분이 찍어놓은 그의 솜씨 때문에 나는 허무감을 느낀다.[6]

이 '양각의 솜씨'란 무엇일까. 그것은 고립무원한 세계에서 자신을 인지하고 절망마저 수용할 수 있는 주체 역시 자신밖에 없다는 생각, '자기 목소리 흉내내기'라는 방법이 지니는 낯설음이었다. 그는 이렇게 말해 놓은 적이 있다.

내 말을 듣는 손님은 이제 내 고막일 뿐입니다.

—「비오롱 G선을 고르다가」 부분

철저하게 단절된 상황에서 자신을 인식하는 행위란, 모더니즘적 주체의 자기반영성을 의미하며, 그의 새로움은 전후 정신적 공동화(空洞化)에 처한 문학적 지향의 결과였다. 전후 신세대로 등장한 고은의 새로움에 주목한 김수영의 말에서 당시 고은의 입지를 찾아볼 수 있다. 고은의 시를 읽고 난 소감을 그는 이렇게 피력해 놓았다.

정말 깜짝 놀랐다. 하도 기뻐서 여편네한테까지 읽혔다. 그를 읽고 나서 아직 덜 읽은 사람의 것을 마저 읽어보았는데, 이건 말이 되지 않는다. 『이삭 주울 때』 전체가 시들해진다. 그리고 그 다음에 우리 시단 전체가 시들해지기 전에, 타락한 나 자신에 대한 번성이 번갯불같이 들이닥친다. (…)

---

6 김현, 「고은의 전설」, 『신, 언어 최후의 마을』(인문서점, 1967) 발문, pp.149~153.

다시 한번 이번에는 마음속으로 읽어보고는 역시 최초의 섬광적인 인상을 신용했다. 신용해도 좋다고 생각했다. 그것이 바로 재주이기 때문이다.[7]

이 언급에서 주목할 점은, 사화집 『이삭 주울 때』에 실린 다른 작품들에 비해서도 고은이 눈에 띤다는 점과 '타락'했다고 말할 수 있을 정도로 타성에 젖은 기성의 문단에서 고은의 등장은 새롭다는 것을 강조했다는 사실이다. 김수영이 주목한 시가 바로 「묘지송」이다.

아무도 찾아오지 않는데 그대 자손은 차례차례로 오리라.
지난밤 모든 벌레 울음 뒤에 하나만 남고 얼마나 밤을 어둡게 하였던가.
가을 아침, 財寶인 이슬을 말리며 그대들은 잔다.
햇빛이 더 멀리서 내려와 잔디 끝은 희게 바래고
올 이른봄의 할미꽃 자리 가까이 며칠 만의 산국화가 모여 피어 있구나.

그대들이 지켰던 것은 비슷비슷하게 사라지고 몇 군데의 묘비는 놀라면서 산다.
그대들이 살았던 이 세상에는 그대의 뼈가 까마귀 깃처럼 운다 하더라도
이 가을 진정한 슬픈 일은 아니리라.

7 김수영, 「재주」, 『김수영 전집』 2권, 민음사, 1981, p.70.

오직 살아 있는 남자에게만
가을은 집없는 산길을 헤매이게 한다.

그대들은 이 세상을 마치고 작은 祭日 하나를 남겼을 뿐
옛날은 이 세상에 없고 그대들이 옛날을 이루고 있다.
어쩌다 잘못인지 노랑나비가 낮게 날아가며
이 가을 한 무덤 위에서 자꾸만 저 하늘에 뭐가 있다고 일러준다.

아무도 찾아오지 않는데 그대들은 이 무덤에 있을 뿐 그대 자손은 곧
오리라.

—「墓地頌」 전문

이 시의 전반적인 분위기는 적막하지만, 그 적막은 삶을 인식하는
시각의 균형으로부터 발생한다. 시인은 이름 모를 무덤가를 지난다.
아침햇살에 무덤 위의 풀빛이 희게 보이고, 할미꽃과 산국화가 모여
있는 풍경이 시인의 발길을 멈추게 했을 것이다. 문제는 죽음의 현상
을 바라보는 시인의 태도에 있다. 죽음 뒤에 따르는 망각의 원리, 시
간의 흐름 앞에 죽음의 의미가 퇴색되는 삶을 시인이 깊게 응시하고
있다는 사실이다. 죽은 자의 이름 앞에서 많은 이야기들은 왜곡되고
진실은 감춰졌을 것이다. 따라서 진정으로 슬픈 일은 죽은 자 앞에
살아서 서는 일이다. 죽음의 존재론은 결국 살아있는 자들의 몫으로
남기 때문이다. 죽음이란 지상 위에 "작은 祭日" 하나만을 남기는 일
이라는 것, 그리하여 죽은 자의 시간이었던 "옛날"이란 쉽게 잊혀지
는 사소함이라는 것, 혹은 "어쩌다 잘못인지 호랑나비가 낮게 날아

가"는 풍경만으로 그 시간은 남게 된다는 것이다. 이 작품의 새로움
이란 시간의 흐름과 죽음, 망각의 원리라는 거부할 수 없는 물리적
변화를 무덤이라는 공간적 배경에 조우시킴으로써 삶의 무상성을 선
명하게 제시한 데 있다. 이러한 기법은 당시 문단에서 볼 때 신선한
모습이 아닐 수 없었다.

3. 자작나무 숲길을 향하여

고은은 삶으로부터 시적 수원(水源)을 만들어내지만, 시를 통해서
자기 삶을 변증법적으로 지양하고자 한다. 시와 삶의 만남을 통해 지
속적으로 자기갱신을 이루고자 하는 의지의 드러냄은 고은 시가 지
니는 주요한 미덕에 속한다. 민중운동과 변혁의 갈망이 치열했던 시
절에 쓰여진 시에서 그는 "누님 우리는 많은 눈물을 흘려왔습니다/
어렸을 때 누님과 나는 실컷 울고 난 뒤의 맑은 행복을 깨달았지요/
그런 눈물이 아닙니다/현대사가 눈물의 역사입니다"(「눈물에 대하여」)
라고 노래한 바 있다. '누이'의 이미지는 고은 제1기 시의 감상성을
지배하는 요체였다. 누이는 시의 발화를 가능하게 했던 요소이면서
병적인 자의식을 드러내는 통로이기도 했다. 이 역시 전후 시단의 새
로움을 추구하고자 했던 태도에서 비롯된 낭만적 과잉 현상이었다.
그러나 이제 그는 "어렸을 때 누님"과 "실컷 울고 난 뒤의 맑은 행
복"으로부터 벗어난 지점에 서 있다. 시적 발원지를 스스로 부정하
는 태도야말로 자기갱신의 의지를 작품으로 보여주고자 한 것이다.
이 변화의 욕구를 무게 있게 형상화한 작품을 보자.

광해원 이월마을에서 칠현산 기슭에 이르기 전에

그만 나는 영문 모를 드넓은 자작나무 분지로 접어들었다

누군가가 가라고 내 등을 떠밀었는지 나는 뒤돌아보았다

아무도 없다 다만 눈발에 익숙한 먼 산에 대해서

아무런 상관도 없게 자작나무숲의 벗은 몸들이

이 세상을 정직하게 한다 그렇구나 겨울 나무들만이 타락을 모른다

슬픔에는 거짓이 없다 어찌 삶으로 울지 않은 사람이 있겠느냐

오래오래 우리나라 여자야말로 울음이었다 스스로 달래어온 울음이었
다

자작나무는 저희들끼리건만 찾아든 나까지 하나가 된다

누구나 다 여기 오지 못해도 여기에 온 것이나 다름없이

자작나무는 오지 못한 사람 하나하나와도 함께인 양 아름답다

나는 나무와 나뭇가지와 깊은 하늘 속의 우듬지의 떨림을 보며

나 자신에게도 세상에도 우쭐해서 나뭇짐 지게 무섭게 지고 싶었다

아니 이런 추운 곳의 적막으로 태어나는 눈엽이나

삼거리 술집의 삶은 고기처럼 순하고 싶었다

너무나 교조적인 삶이었으므로 미풍에 대해서도 사나웠으므로

얼마만이냐 이런 곳이야말로 우리에게 십여년 만에 강렬한 곳이다

강렬한 이 경건성! 이것은 나 한 사람에게가 아니라

온 세상을 향해 말하는 것을 내 벅찬 가슴은 벌써 알고 있다

사람들도 자기가 모든 낱낱 중의 하나임을 깨달을 때가 온다

나는 어린 시절에 이미 늙어버렸다 여기 와서 나는 또 태어나야 한다
그래서 이제 나는 자작나무의 천부적인 겨울과 함께
깨물어먹고 싶은 어여쁨에 들떠 남의 어린 외동으로 자라난다

나는 광혜원으로 내려가는 길을 등지고 삭풍의 칠현산 험한 길로 서슴
없이
지향했다

—「자작나무 숲으로 가서」 전문

시인은 지금 산에 오르는 입구에서 문득 자작나무 숲길로 접어든
다. 이 뜻하지 않은 길에서 그가 본 것은 눈 쌓인 분지에서 자작나무
의 "벗은 몸"이었다. 그것을 그는 "타락"을 모르는 존재라고 여긴다.
울음이란 세상을 정직하게 바라보는 행위라는 것을, 그는 우리의 역
사에서 찾고자 한다. 특히 여성의 삶이란 오랫동안 소외되고 핍박받
는 대상이었음을 감안할 수 있다. 여기서 누이의 이미지들이 시에서
나타난 "우리나라의 여자"로 환치되고 있음이 주목된다. 이것은 초
기시의 낭만적 경향을 스스로 부정하는, "나 자신에게도 세상에도
우쭐"하는 자기과장에 대한 비판으로 이해된다. "너무나 교조적인
삶" 역시 진정으로 역사와 민중의 해방을 위해 기여하는 것이 되지
못한다는 반성이 두드러지고 있다. 따라서 "강렬한 경건성"이란 타
인을 위한 삶, 삶의 대자적(對自的) 속성에 관한 자각, "사람들도 자
기가 모든 낱낱 중의 하나임을 깨달을 때"가 온다는 기다림의 자세
를 달리 표현한 것으로 보인다. 이를 위해 그의 선택은 "광혜원으로
내려가는 길"이 아니라, "삭풍의 칠현선 험한 길"이었다.

4. 생성과 변화의 시원

근작 『두고 온 시』(2002)는 고은 시의 현재를 가장 정확하게 알게
한다. 이번의 작품집에는 매우 깊은 회한이 동반되기도 하는데, 추수
이후의 빈들을 바라보거나(「가을의 노래」), 광장에 모여서 변혁을 갈
망하던 시간을 기억하거나(「광장이후」), 삶이 고독한 것은 무엇인가
두고 온 듯한 과거가 아니라, 그럼에도 불구하고 길을 걸어야 한다는
사실임을 서정적으로 노래하는(「두고 온 시」) 시인의 모습이 자주 발
견된다. 그러나 그것은 단순한 체념이 아니라, 자신의 근원, 시인으
로서 존재해야 할 의무와 책임, 새로운 가치의 발견으로 이어져야 할
삶에 대한 물음 등을 동반한, 시원(Anfang)에 대한 모색과정으로써
의 의미를 지닌다.

> 친구와 헤어졌다 멀어져가는 그의 잔기침 소리를 등져
> 나는 허구들을 두고 숲으로 갔다 11월이다
> 숲은 어떤 모독도 알지 못한다
> 누가 애타게 기다리지도 않아도
> 마치 오래 기다림이 쌓여 있는 듯
> 몇달 뒷면 돋아날
> 새 눈엽들의 수런대는 꿈마저
> 다 받아들여
> 여기저기 가슴 두근거리고 있다
> 빈 숲의 행운 속에 나는 맥박치며 그렇게 살아 있다

(…)

명사보다 형용사가 훨씬 많은 나라에 태어나
나는 하나하나의 이름보다 먼저
하나하나의 슬픔으로 져버린
온갖 나무들의 낙엽에 덮인
말없는 흙에도 닿아 있고 싶었다
발 디딜 때마다
내 발바닥이 작은 꽃들이 핀 듯 찬란하였다

청동기의 때가 흘러갔다
바람의 끝자락이 남아 있고
나중에 올 다른 바람의 예감으로
빈 우듬지들의 수없는 떨림을
이제 나는 볼 수 없다
너무 처절하고자 하였고
너무 황홀하고자 하였다
세상은 가도 가도 오류가 판치더라
그동안 찾아다녔던 정담에의 허욕을
여기 와서 살포시 놓아주었다.

빈 숲은 놀랍게도 순정의 전당이어서
늦게 돌아온 새들의 날갯짓 소리가 났다
또한 숲은 가진 것들이라고는 다 주어버려

텅 비어서

누대의 짐승들이 다른 짐승으로 태어난 유적지임을 알려주었다

더 깊숙이 들어갈까 망설였다

밤은 한낮의 거짓들 스스로 물러난 진실의 시간이고 싶으리라

헤어진 친구는 아닐 터이고

여기 먼저 온 사람이

나말고 누구일까

모르겠다

모르겠다

처음 들어보는 노래가 저쪽에서 들려오고 있다

어쩌면 내생(來生)의 내 노래인지 몰라 온몸 일어섰다

—「숲의 노래」 부분

   이 시에서는 "허구들을 두고 숲으로 갔다"는 진술이 두드러진다. 가짜의 세계, 만들어진 삶이 아니라, 기다림으로 충만한 공간, 어떠한 모멸과 모독도 알지 못하는 근원으로 그는 숲을 인식한다. 바람에 일렁이는 빈 가지들과 낙엽에 덮힌 흙을 바라보면서 시인은 슬픔으로 가득했던 삶, 그야말로 "형용사"로 가득한 시간을 돌아본다. 그 숲은 과거와 현재를 모두 담고 있는 "청동기의 때", 출발과 다다름이 하나인 공간이었다. 흘러가 버린 시간이 아니라, 시간의 흐름이 기억되는 곳이다. 그곳에서 이루어지는 시인의 자기응시는 매우 본질적이다. "너무 처절"했거나 "너무 황홀"했다는 것. 생을 목적 지향적으로만 인식한 것에 대한 근본적인 회의와 반성이 수반되고 있다. 이러

한 성찰이 이루어지는 시간에 숲은 "누대의 짐승들이 다른 짐승으로 태어난 유적지임을" 증명하고자 한다. 거기서 시인은 "어쩌면 내생의 내 노래인지" 모르는 소리를 듣는다. 숲은 이제 고은 시의 근원이자, 한 정신이 생성하고 변화되는 시원으로서의 의미를 지닌다.

5. '고은'이라는 타자

역설적으로 말하자면, 1970, 80년대 시대적 질곡이 시인 고은을 낳았다고 할 수도 있지만, 이제 고은의 문학은 시대적 유효성과 함께 보편적 가치를 지향하는 단계에 진입한 것으로 보인다. 모순의 현실을 어떻게 문학적으로 인식하느냐의 문제와 인류사의 가치를 어떻게 지금, 여기의 삶과 접목시키는가의 과제가 고은으로 하여금 새로운 문학적 패러다임을 추구하게 한다. 모순의 특수성과 보편성에 대한 변증법적 인식이 그 앞에 주어진 것이다. 가령, 소외된 제3세계권의 삶에 대한 관심을 통해 인간이해의 지평을 확대해 가거나(「신록」), 세계사적인 관점에서 인간이란 무엇인가를 묻는 행위는(「그」) 고은 시의 방향성을 알게 하는 징후이다. 여전히 해결되지 못한 분단모순을 언어의 미학, 삶의 원형성을 추구함으로써 극복하고자 하는 일련의 노력(『남과 북』) 또한 고은 시의 한 축을 유지하고 있다. 변화의 시대, 문학의 존재가치가 상대적으로 폄하되고, 진지하게 고뇌하는 모습이 점차로 사라지고 있는 시점에서, 우울한 자기이해로서의 시는, 삶의 내부를 깊이 응시하는 태도, 비판적 모더니즘을 옹호함으로써 존재론의 근거로 삼아야 할 것이다. 그래서 고은의 존재는 하나의 질문형태이자, '문학사적 타자'이다. "오늘도 모르겠습니다 시가 누구인지"
(「시」)라고 묻거나, 혹은,

> 영광은 허망하고
> 절망은 깊어졌습니다
> 깊은 우물이여
> 거기 절망의 내 얼굴 그림자 지울 수 없었습니다
> 더이상 무엇을 노래하겠습니까
> 더이상 무엇을 노래하겠습니까
> 늙어버렸습니다
>
> —「자화상」 부분

라는 회한조차 희망의 노래로 읽히는 이유를 설명하지 않을 수 없다.
그것은 철저한 자기부정과 갱신의 의지이며, 시인이 어떻게 살아가
야 하는지를 묻게 하는 질문의 존재론이기 때문이다. 그래서 그는 여
전히 한국시의 거울이자 타자이다.

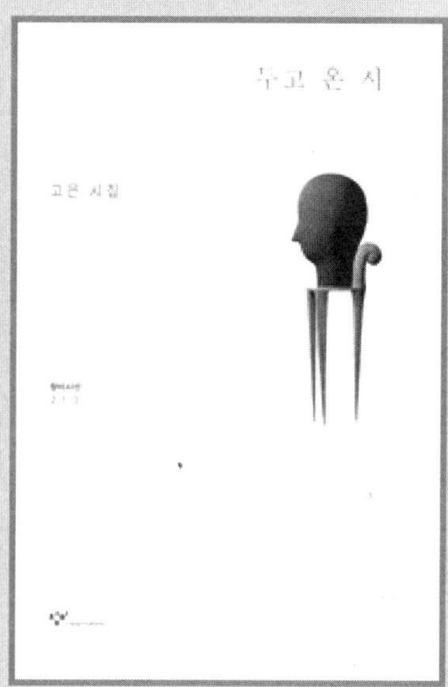

시집 『두고 온 시』(2002)

발견과 여정

1. 고은을 읽는 몇 가지 이유

지금 고은을 다시 읽어야 한다면 이는 다음 몇 가지 이유 때문이라고 생각할 수 있다.

첫째, 한국시의 정치적 상상력, 혹은 현실주의적 지평을 심화, 확대시키는 데 그의 시가 크게 기여했다는 점이다. 여기서 정치적 상상력을, 단순히 부도덕한 정권에 맞서 싸우는 일에 국한하지 않고 삶의 조건을 개선하고자 하는 일련의 담론행위를 지칭하는 것으로 이해할 때, 1973년 민청학련 사건으로 구속된 김지하의 석방 운동 등으로부터 팔레스타인 소년의 비극적 죽음을 애도하는 2002년의 작품 「신록」에 이르기까지, 그는 김지하, 신경림 등과 함께 현실 모순에 대한 적극적인 '인식' 행위를 통한 문학적 '실천'[1]을 지속한 시인으로 기록될 것이다.

둘째, 고희(古稀) 이후 그의 시는 국내적인 모순의 극복과 함께 세계사적인 문제를 적극적으로 포회한다는 사실이다. 남북 분단의 극복이라는 모티프는 우리 문단의 오래된 주제의 하나이면서 사실상 문학적 자의식의 형성에 중요하게 작용한 요인이라 할 수 있다. 1980년대를 정점으로 분단극복을 향한 문학적 열망은 새로운 방법론과 대안을 요구받기에 이르렀는데, 가령, 탈북자의 문제에 대한 문학적 관심[2] 등이 두드러진 예에 속한다. 1990년대의 포스트모더니즘 논의는 한국문학을 급격히 탈정치주의의 길로 들어서게 했지만 산적한 현실문제에 대해서 많은 작가, 시인들은 침묵했으며, 논리와 이론의 자기 재생산을 통한 문단권력의 비대화만을 초래했다. 이 같은 상황에서 고은은 소위 민중주의적 세계관을 내면적인 성찰의 계기로 전환하면서 한국내의 모순뿐 아니라, 인류사의 문제에 대하여 깊은 관심을 드러낸다.

셋째, '미당이 여든 살이 넘도록 현역시인으로 남았던 점은 장한 일이나, 일부를 빼고 나면 환갑이 지난 뒤의 창작은 긴장 풀린 관광객의 기록이나 객담에 가까운 것들'[3]이었다는 관점에 비추어 볼 때, 고은의 시는 일정한 수준의 시적 긴장을 유지한다는 점이다. 고은의

---

1 이론과 실천의 상호작용은 하버마스의 이론에 근거한 것이다. 하버마스에 의하면 실천의 의식적 측면을 관심에 관련시켜 이론과 매개함으로써, 이론이 주체에 의해 행동으로 옮겨질 때, 주체의 관심에 따라 그 이론이 객관화하여 현실로 정착되는 과정을 구조적으로 해명한 바 있다. 이를 언어-실천의 관점에서 이해하는 것도 매우 유용한 관점이라 판단된다. 이에 대해서는 J. 하버마스, 홍윤기 외 역, 『이론과 실천』, 종로서적, 1982 및 역자 주석 참조.

2 최근 탈북자에 대한 문학적 관심은 주로 소설을 통해서 드러나고 있지만, 필자는 한국문학의 모순인식이라는 관점에서 이와 같은 현상은 중요한 가치를 지닌다고 판단한 바 있다. 이에 대해서는 졸고, 「탈북자 문제의 소설 사회학」(한국문예창작학회 주최, 〈2005 국제문예창작학술세미나〉 주제발표, 2005. 5. 28, 단국대학교) 참조.

3 백낙청, 『어느 바람』(창작과비평사, 2002), 발문, p.279.

초기시에서 나타난 비문과 논리적 비약이 종종 연구자들의 지적사항이 되고 있음은 사실이지만, 시적 연륜이 쌓여갈수록 그의 시는 한층 미학적 완성도를 높여가고 있다는 것 역시 주목의 대상이 된다.[4] 하지만 이 점이, 사물을 비약적으로 파악하는 고은 특유의 화법을 폄하하는 데 동원될 수는 없을 것이다. 고은을 둘러싼 논쟁에서 자주 목도되는 현상 가운데 하나는 그의 시가 지니고 있는 미학적 특질과 세계관의 문제보다는 주로 문단 정치와 권력의 문제에 근접되어 있다는 점으로, 이는 매우 유감스러운 일이 아닐 수 없다.[5]

문학의 환경이 변하고 있다는 사실은 중요하지만, 그러한 변화에 주목하자고 하는 논의들이 우리 문화를 얼마만큼 살찌우게 했는지도

---

4 시를 개작하는 일로 고은은 유명하다. 그는 2002년 김영사에서 고희기념 시전집을 출간할 때 역시 몇몇 작품을 개작해 놓았다. 하지만, 김영사판의 개작은 작품의 전반적인 이해를 크게 달리하는 것이 아니므로 개작의 범위에 포함하는 것은 무리가 있다고 판단되어, 1983년 민음사 전집까지를 개작과정으로 보아야 할 것이다. 이에 대해서는 졸저, 『고은 시의 미학』(한길사, 2001), 〈제1장 초기시 개작유형 및 텍스트 선택의 문제〉에서 자세하게 다루었다.

5 몇 년 전 고은의 「미당담론―자화상과 함께」(창작과비평, 2001. 여름)는 미당 서정주 시의 미학적 위상에 관한 논의보다는 오히려 고은의 정치적 역학관계에 대한 논란을 가져왔다. 이 글이 발표된 지 얼마 후에는 중앙의 한 유력 일간지 문화면에 「문단, 친고은파 vs 반고은파, 시인 고은 평가 '극과 극'」(《동아일보》 2001. 9. 17)이라는 황당한 기사가 실렸다. 기사의 요점은, 당시 문단은 친고은파와 반고은파로 나뉘는데 기자는 필자의 저서 『고은 시의 미학』(한길사, 2001)과, 남진우 씨의 『그리고 신은 시인을 창조했다』(민음사, 2001)를 두고 각각 친고은파와 반고은파의 대표적인 예라는 것이다. 필자는 이 기사가 갖고 있는 문제점을 조목조목 비판하여 기자의 이메일로 보냈으며, 이 내용은 9월 20일자 동아일보 인터넷판에 게재된 바 있다. 또한 최근의 논란 가운데 하나는 황종연 교수의 글 「민주화 이후의 정치와 문학―고은 '만인보'의 민중·민족주의 비판」(문학동네, 2004. 겨울)이다. 이 글에서 황 교수는 고은의 『만인보』를 우리 시대 '최고의 민중주의' 작품으로 평가하면서 일련의 비판을 가한다. 여기에 대해서 하정일 교수의 비판(「황종연 교수의 '민주화 이후의 정치와 문학'을 비판한다」, 《교수신문》, 2004. 12. 12)이 있었고, 황종연 교수의 반론(「민중상의 탈물신화 필요」, 《교수신문》, 2004. 12. 16)로 이어졌다. 여기에 필자는 문학논쟁의 정치적, 권력적 고려를 배제하면서 미학적 성찰이 필요하다는 의견을 제시한 바(「시는 현실을 재현하지 않는다」, 《교수신문》, 2004. 12. 26) 있다.

모를 일이다. 지식의 과대포장, 권력화를 통한 담론의 지배 등이 횡행했던 시간을 기억하기란 유쾌하지 않다. 문학적 진정성에 대한 갈망이 시대착오적으로 보였으며, 이론적으로 읽히는 작품만이 집중적으로 조명되기도 했다. 가령, 진보적인 담론 가운데 하나인 생태주의 역시 '닮고 싶은 욕망'을 자아내는 권력의 블랙홀이었음을 고백하는 것은 어떨까. 탈중심의 논리가 어느덧 권력을 향한 중심의 언어로 탈바꿈하는 기이한 현상에 대해서 깊이있는 진단이 없었다는 점도 반성할 대목이다. 작품과 작가, 시와 시인을 다르게 봐야 한다는 논의로부터, 고민하지 않고 쓰는 시인이 양산되고, 문학 외적인 기준으로 작품을 평가하는 오류가 탄생한다.

이런 점에서 최근 고은의 시는 다음 두 가지 중요한 특징을 보인다. 하나는 삶의 경험을 좀더 직접적으로 드러내 보임으로써 비판적 지성이 강조되는 '정신의 시'(Poesie des Geist)를 구축한다는 것이며, 다른 하나는 '보편언어'[6]로 명명할 수 있는 새로운 가치관의 모색이다. 개별작품은 하나의 완성된 세계라는 의미에서 이데올로기를 지니지만, 고은에게 시는 개별적 특성으로서 미적 세련성을 지향하기보다는 세계관의 외화형태에 가깝다. 화자와 시인의 경험적 간극을 최소화하는 시 쓰기를 통해 그는 자신의 삶과 시를 완벽하게 통일하

---

[6] 고은을 이해하기 위해 민족주의와 세계언어라는 개념을 설정할 필요가 있다고 생각한다. 민족주의란 자기 시대가 빚어낸 특수한 상황에 대한 이해를 의미한다면, 세계언어란 보편적 경험을 강조한 용어로 볼 수 있다. 모국어와 다르다는 의미가 아니라, 공유가능한 경험, 체험, 사유, 가치, 의식이라는 관점에서 세계언어라는 개념을 사용할 수 있을 것이다. 일종의 '문화적 호환성'으로도 명명할 수도 있다. 필자는 얼마 전 고은의 최근 시를 이와 같은 관점에서 읽어야 한다는 취지의 글을 발표한 바 있다. 이에 대해서는 졸고, 「Nationalism and 'World Language'」, 한국문예창작학회 주최 제1회 러시아바이칼 국제창작심포지움(2002. 8. 13) 발표문, 『Nation, Literature, Language』, 한국문예창작학회, 2002.

고자 한다. 그의 삶이 곧 시이고, 시를 위해 삶은 존재한다. 시는 그의 존재를 추인하는 타자이다. 지금 그는 민족이라는 협소한 개념에서 벗어나 언어의 호환성에 초점을 둔, 인간에 대한 근본적인 이해라는 새로운 가치관을 지향하고 있다. 이는 지역성 특수성을 인간이해라는 보편적 차원으로 승화시키려는 시적 노력이라고 볼 수 있다.

2. 모순의 보편성에 대해 사유하는 일

고은에게 과거 민주화 투쟁기는 매우 중요한 의미를 지닌다. 그러나 그로부터 많은 시간이 흘렀고, 환경 변화의 폭은 컸다. 독재정권에 대한 문학적 항거가 그의 시를 이해하는 데 중요한 근거가 되기도 했지만, 1990년대 이후 그를 여전히 민족문제에만 국한하여 이해하는 것은 위험한 편견이다. 그에게 민족이란, 정확히 민족모순을 의미한다. 민족에 대한 쇼비니즘적 태도가 아니라, 여전히 해결되지 못한 분단모순을 업보처럼 등지고 있는 우리 현실에 대한 안타까움이 그에게 존재할 뿐이다. 분단문제에 대한 과학적 접근법이 한층 중요하게 부각된 요즘의 사정을 감안한다 해도, 그가 보여주는 분단극복에 대한 열정은 소중하다. 최근 북한 핵을 둘러싼 동북 아시아의 갈등이 배타적 국수주의를 강화시키고 있는 현상은 장기적으로 볼 때 유익하지 않다고 판단된다. 기존의 수구적, 보수적 태도의 상대적 우위는 남북 문제의 발전적인 해결을 위해서 바람직하지 않다. 북한 정권의 태도에 대해 납득할 만한 조치를 취하는 일과 과거 냉전적인 구도로 돌아가는 일은 구별되어야 한다.

고은의 현실인식은 이와 같이 중층적이고 복합적인 상황과 무관하지 않다. 이것을 민족에 대한 맹목적 사랑, 국제화의 논리에서 비껴난 변방의 태도로 인식하는 것은 문제가 아닐 수 없다. 오히려 그의 현실주의적 시각이 지니는 당대적 의미는 지속적으로 규명되고 의미부여가 이루어져야 한다. 분단모순의 문제와 함께, 그는 자신에 대한 반성과 과거에 대한 회상, 그리고 삶의 방향모색에 주력한다. 정치적 상상력의 원천을 시와 삶의 문제, 보다 본질적인 물음으로 전환하고자 하는 지점에 그의 1990년대 시가 놓였다. 그는 즉자적인 존재가 곧 타자를 위한 존재나 또는 바로 자기 눈앞에 펼쳐져 있는 현실과 동일한 것임을 증명하고자 한다.

한반도의 분단이 고은 시와 분리되기 어렵다는 것은 주지의 사실이다. 그의 존재가 한국문학에서 차지하는 위치는 바로 한국내의 민족모순과 이에 대한 극복의지로부터 형성되었기 때문이다. 최근의 『남과 북』(1999)은 민족모순의 극복을 위한 하나의 대안으로서 민족적 삶의 원형을 제시한다. 이질화된 남과 북의 문화적 차이를 단순히 정치적인 구호, 당위적인 과제로 인식하는 것이 아니라, 그들의 언어에서 찾고자 했다는 점이 그것이다. 분단 이전의 생활세계나 풍습 등 공통의 경험과 기억을 환기함으로써 분단 이데올로기를 극복하고자 한 것이다. 물론 그가 금기의 지역인 북한을 답사할 수 있었다는 사실은 달라진 남북관계의 단면을 보인 예라 할 수 있다.

분단문제에 대한 그의 인식은 한반도의 특수성에만 국한되지 않는다. 그것은 민족모순의 해결이라는 차원을 넘어서, 세계에 존재하는 불합리한 이별과 자유를 억압하는 모든 문제에 대한 적극적인 관심으로 이어진다. 그러면서 동시에 그는 '나는 누구인가'라는 근본적

인 질문에 자주 마주선다. 자신에 대
한 질문의 형식이 가장 잘 형상화된
작품은 『머나먼 길』(1999)이다. 연어
의 모천회귀를 노래한 생명의 서사시
로 볼 수 있는 이 작품에서, 그의 자
기반성은 매우 철저하고 근본적이다.
"나는 나라고 말하지 말자/내가 아니
다"라고 그는 노래한다. "자유란 무
욕(無慾)이다"는 깨달음 또한 자기부
정의 산물이다. 그는 "나는 다시 태어

나야 한다"라고 하면서 "정신은 쉴 줄 모르는 운동이다"라고 말한다.
이는 철저한 자기부정을 통해 역사와 현실로 다시 돌아와 있음을 증
명한 것이다. 그는 이렇게 말했다. "아무리 역사는 잔인하지만/물에
따라 흐르는 일도/물을 거스르는 일도/나에게는 역사이다"라고. 자
유는 일차적으로 정치적인 속박과 억압이 없는 상태, 즉 군사독재 시
절 비민주적인 정치와 언로(言路)에 대한 탄압으로부터 벗어나는 것
이었다. 그러나 궁극적으로 그에게 자유에 대한 의미탐구는 세계의
존재 원리에 대한 깨달음과 그 속에서 삶의 문제를 묻는 실천행위이
다. 그는 1997년 40일 동안 티베트의 히말라야 부근을 여행한다. 그
의 여행은 이후 계속되는데, 미국에서 이루어진 교환교수 생활과 현
재에도 이어지는 세계 시인들과의 만남 등은 그에게 매우 독특한 시
적 영감을 가져다 주고 있다. 히말라야를 여행하고 돌아와서 출간한
시집 『히말라야 시편』(2000)에서, 그는 "나를 키운 것은 진리가 아니
라 길이었다"라고 말한 바 있다. 길, 혹은 길가기란 초기시부터 지

속적으로 그의 시를 생산하는 토대가 되었다. 그에게 길가기는 자기 해탈의 염원을 소망하는 소극적인 행위라기보다, 타인과 만나고 소통하는 방식에 대한 보다 근원적인 성찰이며, 동시에 진정한 자유란 무엇인가라는 화두에 대한 답변 형식이다.

3. 상호승인, 혹은 성숙한 시민사회를 위하여

시가 개인적 영역을 공적인 영역으로 전환시키면서, 사회적 상상력의 극점까지 상승하는 모습을 보여준 20세기 마지막 시인의 대열에 고은을 포함시키는 것은 그래서 자연스럽다. 최근 우리 사회가 직면하고 있는 일련의 과제들, 가령, '한국적 합리주의의 실현' 혹은 '진정한 의미에서의 개인주의의 발견', 그리고 '상식과 보편적 사유가 존중받는 분위기 조성' 등이 개인적 차원이 아니라 공적인 차원, 제도화된 '공공의 영역'을 수립함으로써 실현될 수 있는 가치체계라할 때, 한 사람의 시인을 통해 이 같은 문제들을 발견하고 그의 문제제기에 관심을 갖는 일은 쉽지 않지만 필요한 일임에 분명하다. 특히 인문학적 사유의 부재와 이에 따른 경직된 사고방식과 배타적 이기주의는 지금, 이 땅에서 진정한 시민사회의 건설이 가능한가라는 회의적인 물음에 종종 마주하게 한다. 더욱이 여전히 치유되지 못한 동서갈등과 복잡하면서 미묘하게 교차되고 있는 남북 간, 북미 간 갈등은 다양한 정치 사회적인 질문을 던지고 있지만, 위기 상황이 지속될수록 한 가지 분명하게 제시되어야 할 방향성 가운데 하나가 진정한 의미에서 시민사회의 건설이라는 과제이며, 일련의 계몽적 기획이라는 점을 다시 상기할 필요가 있다.

양적으로 축적된 디지털 정보화 시스템은 시간이 갈수록 삶의 고립화를 심화시키고 정보를 권력화시키거나 지식의 토대가 구축되지 못한 상황에서 정보 제일주의 의식을 강화하고 있다. 이 같은 현상은 새로운 가치를 생활세계의 원리로 발전적으로 승화시키지 못한 데서 기인하는데, 바로 타인을 이해하는 상호승인의 과정, 인정과정의 부재에서 커다란 원인을 찾을 수 있다. 시민사회의 기본원리란 "욕구를 만족시키는 가능성이 사회적 연관 속에 놓이는 것"[7]이라는 평범한 사실에 대한 인식에 기초한다. 자신의 욕망을 실현하기 위한 사회적 활동공간에서 타자란, 개인의 목적을 달성하기 위한 수단이면서 동시에 전체라는 사회적 제약을 선험적으로 이해하는 자아로 규정될 수 있다.[8]

고은은 시를 통해 시민성의 회복이라는 근본적인 명제에 다가서고자 한다. 여기에는 몇 가지 단계가 포함된다. 먼저, 남과 북의 갈등을 어떻게 회복하느냐의 문제와 미국, 혹은 자본주의의 전일적 지배와 한국의 삶 그리고 시를 쓴다는 것은 무엇인가라는 실존성과 존재론의 문제가 그것이다. 그런데 무엇보다도 그의 시는 정신의 외화(外化) 형태라는 점이 강조될 필요가 있다. 정신이란, 소박하게는 세계관이면서 역사와 현실의 문제를 이해하려는 적극적인 의지의 총화라

---

7 헤겔, 서동익 역, 『철학강요』(을유문화사, 1983, p.414.)

8 고전적인 예를 들자면, 헤겔은 "특수성은 보편성의 제약에 얽매어져 있으므로 전체는 매개의 장이며, 이 매개의 장에 있어서 일체의 개별성이나 소질, 출생이나 행운의 일체의 우연성이 자유를 얻"는다고 말한 바 있다.(헤겔, 이동춘 역, 『법의 철학』후편, 박영사, 1979, p.59.) 헤겔의 이 같은 말은 이제는 평범한 이야기가 되었지만, 여전히 우리 사회는 이 같은 기초적인 사실이 도덕적 훈련, 교육적 배려, 사회적 승인의 어떤 층위에서조차 제대로 이해되지 못하고 있다는 느낌을 지울 수 없다.

는 의미를 담고 있다. 그럴 때 20세기 후반부 한국 시문학사상 고은만큼 정신의 시를 지향했던 시인도 드물다. 『고은 전집』 38권(김영사, 2002) 이후 처음으로 간행된 『늦은 노래』(민음사, 2002)에서 이와 같은 고은의 문제제기는 좀더 명시적이다.

시인의 관심은 한반도 내의 특수성의 문제에서 인류사의 문제로 이행되고 있다. 이 같은 변화는 질곡의 역사를 여전히 등에 지고 있는 한국의 상황이 더 이상 주변부의 문제가 아니며, 이는, 인간의 실존적 조건의 회복, 가령 자유와 평등의 실현, 문화적 정체성의 확인과 다원주의의 수용 등 세계사적인 과제와 긴밀한 연관이 있다는 판단에 근거한다.

4. 길과 폐허의 시, 여전히 불러야 할 노래

시가 불온한 정치세력과 맞서서 존재한다는 것도 표면적으로는 치열한 상호과정이라고 볼 수 있다. 그러나 '나' 아니면 '적'이라는 선명한 이분법에 근거한 이러한 대결의 논리는 조율과 타협, 화해의 가능성을 원천적으로 차단하고 있다. 죽음과 죽임의 논리 앞에 어떠한 상호승인의 욕망조차 틈입될 여지는 없다. 1980년대 군사독재 시대

문학의 존재방식은 상대를 해체시키지 못하면 자신이 해체되어야 하는 운명에서 조금도 벗어나지 못했다. 시가 비장한 결의로 가득찬 정신성의 지평으로 나아갔던 것도 어쩌면 초극의 원리, 자기극복의 의지만이 당대의 고통을 견디는 방법이었음을 깨달은 결과일지 모른다. 고은이 이런 방식으로 노래한 시는 상당히 많다.

추운 밤이기로서니
어둡고 추운 밤이기로서니
저 태백산맥 소백산맥 하고많은 골짜기마다
제 집을 이루어
짐승도 잔짐승도 다 숨어버린
추운 밤이기로서니
여기 누가 있어 컹컹 짖거니와
어찌 먼 길이라 가지 않으리이까
가고저
언 땅끝 기어이 물푸레나무 파릇파릇 움트는
거기 가고저

—「겨울밤」 전문

"물푸레나무" 움트는 곳으로 기어이 가고자 하는 열망의 심도가 고은의 시를 설명하는 근거가 된다. 인적이 끊긴 눈 내린 추운 겨울 밤을 "컹컹" 짖는 행위란 고독과 외로움으로 점철된 지사적 삶의 단면을 그대로 드러낸다. 이 "가고저"의 의지로부터 고은의 시는 현재에 이르고 있는데 그것은 일종의 불행의식의 예술적 승화과정으로

볼 수 있다. '폐허'에 대한 시적 갈망이 그의 무의식을 어떻게 미학적
으로 왜곡하고 있는지 살펴보는 것은 흥미롭다.

갓 스물에
가는 데마다 폐허였어

통행금지의 밤
자주 뜬눈으로 삶보다 죽음에 기울어졌어

폐허는 쉽사리
무엇으로 바뀌지 않았어
무엇으로 바뀌어
다른 아이로 태어나 울지 않았어

전쟁은 가슴속에서 끝나지 않았어

오십 년 뒤
이 도시에서 폐허를 보았어
이 과장된 도시에서
나는 아직도 폐허의 벽돌 조각 그대로였어

그 시절 램프 불빛은 꺼졌으나
아직도 나에게는 폐허 이후가 오지 않았어

—「폐허」 전문

전쟁을 겪었던 젊은 날의 시간은 말 그대로 폐허 그 자체였다. 육체적인 불구성과 파괴된 삶, 그로부터 파생된 정신의 화석화야말로 상처의 본질이자, 문학적 대응을 요구했던 삶의 공동성(空洞性)이 아니겠는가. 그런데 시인은 그러한 체험을 50년이 지난 지금의 상황에서 발견한다. 물질적 축적이 가져온 정신적 황폐화의 문제가 그것이다. 그런데 다시 보면 전쟁의 폐허로부터 시작된 어두운 정치사와 현실로부터 그의 시적 수원(水源)이 마련된 것이었음을 시인은 고백하고 있다. 폐허야말로 그의 시가 뿌리내릴 수 있는 근원이자 토대가 될 수 있다는 것, 그런데 이 불행의식의 상실이야말로 최근 시인들이 겪어야 할 또 다른 고통임을 그는 말하고자 한 것이다. 그래서 다른 시에서 "그곳에 간다/기원전 천 년의 도시/겨우 몇 개의 화강석 기둥이 남아 있는 곳/거리는 사막이 되고/집들은 바람이 된 곳//그곳에 간다/오직 폐허뿐인 곳/그곳에 간다"(「어떤 폐허」)라고 노래할 수 있었던 것이다.[9]

그럼 그는 지금 어디로 가겠다는 것인가. 「일인칭은 슬프다」는 시에서 그는 소비에트 사회주의 시인들의 문학을 "우리들"로 요약되는 보편성의 범주, 집단의 논리로 이해하고, 따라서 그들에게는 '나'라는 일인칭이 거세되었음을 설명한 뒤, 소련 연방이 붕괴된 이후 최근 한국의 삶에는 오히려 '나'라는 인칭이 지배적인 의식을 형성하고

---

9 한국 민주주의가 점진적으로 성숙되는 단계에 들어선 것은 분명하지만 여전히 비판의 대상은 존재하고 있다는 점을 감안할 때, 고은의 문제제기는 단순히 과거에 대한 회고적 한탄에 머무는 것이 아니라, 모순에 대한 몰각을 일깨운다는 적극적인 의미로 해석된다. 「광장이후」(『두고 온 시』, 창작과비평사, 2002)라는 시에서도 이 같은 문제제기는 매우 진솔하게 펼쳐지고 있다. 비내리는 광장에 서서 옛일을 생각하며 '누에집'에 갇힌 듯한 현재를 바라보는 시인의 시선은 아름답기까지 하다.

있다고 말한 후 이렇게 노래한다.

　　오늘 환태평양
　　'우리'와 '나'의 유령들을 무한한 파도에 묻는다
　　누가 태어날 것인가
　　'우리'도 아닌
　　'나'도 아닌 누가 태어날 것인가
　　파도는 파도의 무덤이고 파도의 자궁이다

　여기서 '우리'도 아니고 '나'도 아닌 제3의 의식이란 무엇일까. 그
것은 개별성의 영역이 인간의 삶이라는 공동체의 영역 속에서 어떻
게 발전적으로 수용되는가 하는, 다시 말해 민족적인 모순을 인류의
모순으로 인식해야 한다는 시민주의적 사고로 귀결된다. 『늦은 노
래』에서 주목해야 할 시 가운데 「신록」이라는 작품이 있다. 길지만
전편을 인용해 본다.

　　황홀 신록
　　이런 신록에 학살이 있었다
　　삼 년 전
　　아우슈비츠에 가서 토했다 식도가 아팠다
　　크라카우로 돌아가는 길
　　더딘 해 뉘엿뉘엿
　　밀로츠에게는 아픈 고국이었고
　　나에게는 지난날의 조국이었다

122

이런 신록에 학살의 기억이 있었다
이 년 전
광주 망월동에 가서 설사가 심했다
내내 휘청거렸다
친구를
몰라보았다

일 년 전
팔레스타인 소녀가
두 개의 돌멩이를 던졌다
이스라엘 탱크가 불을 뿜기 전이었다

지난 3월
팔레스타인 눈 큰 소년이
허리에 폭탄 차고 달려가 자폭했다
저쪽에서 손짓했다
또 달려오라고
신록은 팔레스타인 자치구 폐허에도
한 그루 올리브 나무 잎새 몇 개에 희뿜히 찾아왔다

오 시온의 탱크들! 미사일들!

팔레스타인 자치구 전 지역이 점령당했다

남루한 아라파트가 갇혀버렸다
쏘아버려
쏘아버려
그 말은 아직 샤론의 입에서 나오지 않았다

백 년이나 나무가 없다
풀이 없다
물 한 모금 없다
무너진 벽돌
죽은 몸 눕혀둘 곳도 없다
누구의 꿈속에서
신록은 또다시 학살의 날들을 예감하고 있다

또다시 학살이 오기 전에
팔레스타인으로 가야 한다
가서
목쉰 디르위시를 화상 입은 짐승처럼 만나야 한다
이스라엘 포대 앞
세계의 시인 몇 명이 모여들어
무서우면
노래해야 한다
노여우면
소리쳐야 한다

가야 한다
텔아비브
워싱턴
유엔 총회장에도
가 있어야 한다
아우슈비츠는 과거가 아니라고
제주도와 노근리는 과거가 아니라고
광주는 전설이 아니라고
바람 속 목소리로 말해야 한다

신록에는 세상의 썰물 모두
헤매는 게 같은 바쁜 우정이 있어야 한다
돌아오는 제비처럼
돌아오지 않는 제비를 기다리는
척박한 들녘처럼
연애가 있어야 한다
가서
울어야 한다

죽은 시가 살아나야 한다

신록 이후
가꾼 밭곡식 생이파리들 못 견디는
여름 폭염이 오고 있다

부디 폭염만 있어라

폭염에 헐떡이는 개의 혀만 있고

학살은 가라고

애소해야 한다 절규해야 한다

소야곡

또는 질풍노도의 철야

신록이다

평화를 팔레스타인에 주어야 한다

평화를 이스라엘에 주어야 한다

시가 살아서 돌아오고 있다

평화와 시 두 손님이 폭력의 무덤 안에서 솟아나고 있다

　길지만 시 전편을 인용한 이유는 이 작품이야말로 최근 고은 시의 방향성을 뚜렷하게 제시하고 있기 때문이다. 작품의 표면적인 구조는 이스라엘과 팔레스타인 사이의 민족적, 종교적 갈등을 종식해야 한다는 메시지로 짜여 있다. 그렇지만 시인은 그들의 슬픈 역사에서 우리의 지난 삶, 4·3항쟁과 노근리 학살, 광주민주화 운동이라는 불행했던 시간을 떠올린다. 이스라엘의 탱크 앞에서 돌멩이를 던지는 소년의 모습과 망월동의 그림은 겹치고 있다. 그러면서 시인은 팔레스타인 자치구 폐허에서 "희뿜히" 찾아오는 신록의 푸른 기운을 바라본다. 아니 정확히 말해서 바라보는 것이 아니라 찾아내고 있다. 탱크와 미사일이 난무하는 죽음의 소용돌이, 죽은 몸조차 눕힐 곳이

없는 폐허의 모래바람과 신록은 선명하게 대비된다. 끝이 보이지 않는 그들의 불행한 삶을 누군가 증언해야 한다면, 그 자는 시인이어야 한다고 고은은 노래한다. 그러므로 척박한 들판에서 돌아오지 않는 제비를 기다리는 마음으로 시인은 울어야 한다고 말한다. 그리고 "죽은 시가 살아나야 한다"[10]고 절규한다. 왜 시가 죽었으며, 이런 슬픈 역사 앞에서 시가 왜 필요한가. 이런 질문에 답하는 것이 고은을 읽어야 하는 중요한 이유 가운데 하나이다. '역사는 끝이 났는가' 라는 질문과 정신으로서의 시의 존재론은 함께 설명되어야 하기 때문이다. 역사 종말에 관한 담론들은 한마디로 패권주의적이며 지배적인 일원론의 담론이라는 점, 그 담론을 생산하고 확대하는 논의가 자연스럽게 제1세계의 전일적 승리를 전제로 한다는 사실에 대한 우울한 깨달음[11]이 저변에 놓인다. 이 같은 진단은 20세기 후반부 한국 문학의 상황에 대한 뼈아픈 통찰과 무관하지 않다. 다층적이며 분산, 확산된 모순에 대한 새로운 인식과 세계사적인 정황 가운데서 한반도 내의 문제를 인식하는 태도가 시인에게 요구되는 과제임을 시인은 제시하고 있다. 이때 시는 진정한 시민성의 획득, 건강한 시민사회에 대

---

10 "죽은 시가 살아나야 한다"는 진술은 하나의 명제로 등장하고 있다. 그것은 최근 한국문화의 상황에서 시의 역할과 존재론에 대한 고은 나름의 진단이 내포되어 있기 때문이다. 필자는 이 진술을 통해 고은 시를 읽어야 하는 이유를 분석한 바 있다. 이에 대해서는 졸고, 「죽은 시가 살아나야 한다」(『시와정신』, 2002. 가을) 참조.

11 '역사는 끝났는가'라는 질문이 지니는 세계사적 의미에 대해서는 송두율, 『역사는 끝났는가』 (당대, 1995) 참조. 1990년대 이후 한국문학이 모든 모순과 갈등이 휘발된 듯한 상황에서 이루어지고 있다는 진단이 가능하다면 진정으로 한국사회도 '역사이후'의 시간으로 진입한 것인가라는 질문이 성립할 것이다. 이에 대한 비판적인 시각을 제출한 김윤식, 「역사의 종언과 소설의 운명」(『문학동네』, 1996. 여름)은 이런 의미에서 주목을 요한다. 필자는 김윤식의 논의에 기대어 한국 소설의 문제를 검토해 보기도 하였다. 이에 대해서는 졸고, 「소설의 과제와 승인운동」(『비평의 거울』, 청동거울, 2002).

한 갈망을 노래하는 새로운 '무기'로 등장해야 한다는 것이다. 상호 인정을 통한 문화적 다원성의 옹호야말로 지금 우리 시대의 삶이 지향해야 하는 제일의 가치라는 점을 고은은 힘주어 말하고 있다. 「그」, 「미국」이라는 시에서 다소 직접적으로 표출된 미국에 대한 비판은 21세기로 접어든 시점에서, 이 땅에서 산다는 것, 시를 쓴다는 것, 문학을 한다는 것의 의미를 돌아보게 하는 중요한 거울로 작용하고 있다.

5. 유보적 결론

고은의 시는 여전히 역사와 현실의 모순과 이에 대한 극복의지에 초점화되어 있다. 20세기를 지나면서 너무나 빨리 잊혀지고 관심권 밖으로 밀려나기 시작한 현실적인 문제들은 그러나 '여전히' 외면할 수 없는 우리 시대의 삶의 문제이고, 그런 문제들로부터 문학적 상상력은 벗어나기 어렵다. 개인이 선택할 수 있는 문제이기 이전에 개인이 놓인 환경의 문제이고 누군가는 깊은 관심을 가져야 할 대상인 것이다. 남북 문제는 남북문제이면서 동시에 세계사적인 문제이며, 사회적, 정치적 문제이면서 동시에 개인적, 실존적 문제이고, 한국인의 문제이면서 동시에 인류의 문제이고, 그 반대의 경우도 성립한다. 그러므로 남북 갈등의 해소가 당위적인 차원이 아니라, 인류사의 보편적인 문제의 하나라는 사실과 인간이란 무엇인가라는 근본적인 물음으로부터 해결점은 다시 찾아야 한다는 시인의 목소리에 귀 기울일 필요가 있다. 우리 시대 많은 시인들이 산에 오르거나 여행을 떠나

고, 고요히 명상에 잠기는 동안에도 고희를 넘긴 노 시인은 '여전히'
이렇게 노래한다.

　가리
　그대 모순의 애무 갈망하며
　함께 가리
　그대 해탈의 벽 거부하며

　익산 떠나 해진 들녘 논산에 이르렀구나 옛 마리아와 함께
—「어느 동행」 전문

'모순을 갈망하며' 걷는 그의 걸음이 아름답지 않은가. 그래서 그
에 대한 어떠한 결론 또한 유보되어야 하는 것이 아닌가.

변화와 동일성의 시학
―1990년대까지 시적 전개과정

Ⅰ. 초기시 개작 유형 및 텍스트 선택의 문제

1. 초기시 개작의 네 가지 유형

고은 연구에 있어서 가장 중요한 선결 요건은 그가 그의 초기시를 전집본으로 출간하면서 대부분의 시를 개작했다는 사실에 대한 검토이다. 여기서는 그의 초기시가 어떤 방법과 유형으로 개작되었는지를 살펴보고 아울러 연구의 판본을 확정하는 문제에 대하여 고찰하기로 하겠다.

1983년에 간행된 『고은 시 전집 1 · 2』(민음사)에서 그는 자신의 시를 거의 개작해 놓았다. 이 전집의 1983년 저자 서문에는 이렇게 적혀 있다.

특별히 언급해 두고 싶은 일이 있는데 그것은 이 시전집에 수록된 시들의 상당한 양에 손 댄 일이다. 송기원은 내가 시를 정리하면서 조금씩 고치는 작업을 보고 용기있는 일이라고 했다. 용기이기보다는 그 시들이 나를 나의외상에 대한 일종의 피고로 만든 것 같았다. <u>앞으로 나의 시는 여기에 수록된 것으로 정본시를 삼는다. 이 시전집 이전은 백지로 돌릴 결심이 서 있다 혹 나의 시에 관심을 가진 사람들은 이 점에 유의하기 바란다.</u>[1] (밑줄 강조는 인용자)

실제로 고은은 11권의 시집 분량에 이르는 제1기 시를 거의 개작해 놓았다. 그의 개작에는 일정한 규칙이나 일관성이 없어서 일목요연한 대조표의 작성을 불가능하게 한다. 하지만 개작 유형을 나누어 볼 수는 있다. ①시 구성상의 필요에 따른 개작, ②개작이 이루어지던 당시의 시대적 분위기에 압도되어 '당대적'인 의미부여에 관심을 기울인 개작, ③초기시의 세계를 스스로 부정하면서 자기반성의 계기를 마련하려는 개작, ④앞의 세 가지 경우 가운데 ②, ③이 결합된 유형. 그러나 어떤 경우에도 개작은 그것이 이루어지는 시점에서 시인의 생각이 지배적으로 틈입되기 때문에 원본이 이루어지던 당시, 시인의 의식과 세계관을 상당히 침해하는 것임은 부정할 수 없다.

초기시 개작과정의 유형을 추출할 때, 고찰의 대상이 되는 시집은 다음과 같다.

---

1 『고은 시 전집』 1권(민음사, 1983), 서문. 한편 1993년 개정판 서문에서 고은은 초기시에 대한 개작을 "미친 듯이" 해놓았다고 고백하면서 또 이렇게 말하고 있다. "앞으로 이 시전집에 관한 한 두 가지 일이 남아 있다. 하나는 개작 이전으로 돌아갈 것인가, 한번 더 개작할 것인가가 그것이다. 이와 관련해서 여기에 덧붙이고 싶은 것은 요컨대 한 시인이 아니라 여러 시인이야말로 내 운명 가운데 들어 있다는 사실이다."

『피안감성』(1960), 『해변의 운문집』(1966), 『신, 언어 최후의 마을(1967)
『문의마을에 가서』(1974), 『입산』(1977), 『새벽길』(1978)

이제 개작 유형에 따라서 구체적인 작품의 예를 들면서 초기시가
1983년 민음사 전집본에서 어떻게 달라져 있는지를 살펴보기로 하
겠다. 대표적인 작품을 집중 분석함으로써 개작의 유형을 제시하는
방법으로 이 문제에 접근하기로 하겠다.

1) 시 구성상의 필요에 따른 개작유형

시가 발표되기 전에 시인의 필요에 따라 개작하는 일은 보편적으
로 발생할 수 있는 일이며, 발표되기 전의 개작은 연구대상 밖에 놓
이므로 중요하지 않다. 고은의 경우 이미 발표된 시집에 대해 전면적
으로 개작을 했을 뿐 아니라 스스로 개작본을 정본으로 삼는다고 공
식적으로 발표할 정도로 원본을 부정하고 있다. 이때 먼저 생각할 수
있는 것은 시의 구성상의 완성도이다. 즉, 초기시에서 보이는 산문적
인 진술이나 시적 완성도를 저해하는 요소를 다듬어 가는 개작이다.
구성상의 필요에 따라 개작된 유형 중 가장 대표적인 작품을 살펴보
기로 한다.

1. 노을이 닿아도 울린 온갖 소리는 어두어 갔다

2. 내 지나간 노을에 물들었던

3. 뒷모습의 어디에도 따라가보라

4. 아는이여 사랑은 눈감아도 눈부신 어둔 밤

5. 웬일인지 밤은 흐리지 않더니

6. 어디선가 물소리 살아나는 새벽에라도

7. 눈에 익으며 시내는 흐르듯

8. 시냇물을 따라가보라

9. 내 지나간 노을이 밀려가다 남아 있어도

10. 내 어둔 하늘이 가랑비가 되어도

11. 물이 있듯 사랑이야 있었다

12. 옛날은 내 뒷모습의 어디에도 멀어지며

13. 옛날에는 시내가 스미기 시작하였다

14. 비록 시냇물 물소리가 살아나기 전에도

15. 아조 아는이여 내 지나간 사랑은

16. 물소리 살아나는 새벽이었다

17. 밤이 자도 나는 자지야 않았다

18. 한갈래 물소리는 온갖 소리를 담아흐르며

19. 어둔 물소리는 쌓여 오르고

20. 내 몰라하는 구비에서는 숨지다가도

21. 이윽고 어릴적에 돌아가

22. 눈부시게 오는 머언 칠팔월

23. 흰 밤바닷물이 넘쳐 나타났듯이

—「誘惑」(『피안감성』, 청우출판사, 1960, pp.65~69,
이하 행, 연 번호는 연구자의 것) 1~2연

5연 40행이나 되는 비교적 긴 시의 앞부분이다. 이 작품이 1983년 민음사 전집본에서는 3연 24행으로 줄었다. 시인이 상당히 많은 부분에 손을 댄 경우이다. 이 작품은 어느 특정한 시점에서 화자가 자신의 과거를 회상하는 형식으로 이루어진다. 즉, 화자는 과거 한때, 사랑과 희망이 존재했던 시간을 기억하고, 자신의 삶은, 메마른 삶의 현실과 기억 사이의 괴리를 인정하면서 삶의 논리에 순치되는 과정이라고 생각한다. 따라서 회상이 이루어지는 '현재' 화자는 "사랑이 다한" 시점에 존재하며, 잠에서 깨어나 "시냇물소리"를 듣고 있다.

그런데 처음 3연까지 시적 긴장이 유지되다가 4, 5연에 이르러서는 중복되는 이미지나 서술이 나타나면서 시 구성의 탄력성을 잃고 있다. 제1연 1행의 "울린"이라는 관형어는 두 가지 의미에서 그 쓰임의 목적이 불분명하다. 즉, "노을이 닿아도"와 연결되거나, "소리는"이라는 주어를 수식하기도 한다. 한편 '울리다'라는 용언은 '(사람이나 대상을) 울게하다'와 '(어떤 물건이나 종 등을 때려) 진동하게 하다'와 함께 쓰일 수 있는 술어이다. 전집본에서 이를 다음과 같이 고쳐놓은 것을 보면 이것이 시인에 의해 의도된 '애매성(ambiguity)'의 원리에 근거한 것이 아님을 알 수 있다.

보라, 노을빛이 닿아도 울리는 소리들이
이제는 노을과 함께 어두워 갔다.

전집본에서 의미가 좀더 분명해진 것이다. 그 다음 3~4행은 자연스럽게 읽히지 못한다. 특히 4행의 경우 "사랑"과 "밤"이 은유적으로 등치되어 의미상의 혼란을 가져오고 있다. 다시 말해 화자가 기억하

고 있는 과거의 사랑은 "눈 감아도" 떠오르는 아름다움, 가슴속에 각
인된 사랑인데, 그 사랑이 "눈부신 어둔 밤"으로 되어 있어 어둡다는
이미지가 강조되어 추억 속의 사랑이 그다지 아름답지 않은 것으로
서술되고 있다. 이 부분을 전집본에서는,

> 아는 이여 사랑은 눈감아도 눈부시고
> 밤은 밤새도록 썩지 않았다.

로 고쳐 놓았다. '(눈부신) 사랑'과 '(썩지 않는) 밤'이 어울려 사랑
의 확인, 처절한 아름다움을 불러일으키는 정서적인 효과를 가져오
고 있다. 계속해서 원본 5행의 "웬일인지"라는 부사어는 시의 구성
에 흠을 가져온다. 4행에서 밤이 "눈부시다"라고 했기 때문에 "흐리
지 않"은 "밤"이 새삼스럽게 놀랄 일이 아니다. 이어 2연 9행에서 3
연 23행까지는 이미지의 연상에 따른 전개가 이루어지지 못하고 '물
소리가 살아나는 새벽에 기억 속의 바다가 떠오른다'라는 내용이 중
복되거나, 반복되고 있다. 3연까지 2연의 의미가 계속 이어지는데
전집에서는 이를 하나의 연으로 줄여,

> 내 지나간 노을이 밀려가다 남아 있어도
> 내 어두운 하늘이 가랑비가 되어도
> 물이 있듯이 사랑이 있어야 한다.
> 밤이 깊어서 밤만이 잠들어도
> 나는 자지 않았다. 물소리라도 되어야 했다.
> 이윽고 어릴 적 눈부시게 닥쳐오는

> 칠팔월 흰 밤바닷물 해일이 되도록
>
> 바다밑의 드높은 태백산맥이도록

과 같이 개작한다. 새벽에 시냇물 소리를 들으며 과거의 사랑을 기억하는 행위의 의미, 다시 말해 한 번 흘러가 버리면 되돌리기 어려운 시냇물의 흐름은 시간의 속성과 같다는 것, 따라서 새벽에 깨어나 자신의 삶을 되돌아본다는 것은 메마른 현재를 달래는 자기 보상적인 행위로 이해될 수 있다. 물론 이와 같은 의미를 앞에서 제시했던 개작 유형 가운데 두 번째 경우와 관련지어 이해하는 것도 가능하다. 80년대 진보적인 지식인의 사회활동이 지사적인 태도에서 비롯된 것이라면 잠들지 않고 깨어서 "물소리라도" 되어야 했던 자신에 대한 고백으로 이해할 수 있다. 현실의 논리가 시간의 흐름처럼 거역이 불가능한 선험적인 억압으로 다가오더라도 시인은 "물소리라도 되"어서 견디겠다는 의지적인 선언으로 읽힐 수 있기 때문이다.

이후 4~5연은 서술의 중첩과 반복이 율격적인 고려 없이 나타나고 있어 시의 외형적인 세련미를 해치고 있다. 이를 전집본에서는 하나의 연으로 고쳐놓았다. 가령 4연에서 중점적을 쓰이고 있는 '가을', '잎새', '산', '밀물' 등의 시어와 '(잎이) 떨어지다', '(산이) 쓰러지다', '(산이) 가라앉다' 등의 하강적인 어조 등은 완전히 배제되고 5연의 '바다'와 '노을', '방랑'의 이미지가 정제되거나, '어떤 일에 없어서는 안될 필요한 존재'라는 의미를 부각시키기 위해 쓰인 '소금'이라는 시어가 부가되어,

> 나는 바다로 바다로 향하였다.

모든 시내들이 개울들이 강을 이루어

이윽고 큰 바다에 가서

하나가 될 때 그 바닷가의 짠 소금 한 줌이도록

나는 눈먼 심봉사의 소금이기 위하여

그렇게도 많은 노을 같은 유혹의 방랑이 있었던가.

로 개작된다. 「유혹」의 경우 시의 외형적인 면뿐 아니라 시인이 의도하는 의미를 좀 더 세련되고 정제된 형식으로 담고자 하는 강한 욕망이 표출된 예라고 할 수 있다. 원본과는 달리 전집본에서는 시의 율격이 상당히 고려되고 있다는 판단도 가능하다. 전집본 2연은 4음보로 읽혀 매끄러운 구성을 보여주고 있다.

2) 민중적 상상력과 진보적 세계관의 개입에 따른 개작유형

민음사 전집본이 1983년에 간행되었다는 사실은 매우 중요하다. 「시인의 마음」이라는 시를 살펴보기로 하자. 이 작품은 시인으로서 자신의 삶의 태도, 시인이라는 존재의 문제를 형상화한 시인데, 원본과 민음사 전집본은 의미상 큰 차이를 드러내고 있어 이 경우는 개작이라기보다는 전면적으로 다시 쓴 것이라 해도 과언이 아니다. 시 구성의 발상과 소재적인 유사성은 있지만 '시인'을 인식하고 있는 태도 면에서는 상당한 차이를 드러내고 있다. 먼저 원본 시는 다음과 같다.

① 어떤 誕生보다도 오랜

　세계의 航路에서

이미 詩人이었다,

외로운 너는.

② 누가 말하랴

永遠한 자는 永遠으로 가거라.

끝나는 幻想앞에

흰 갈매기여. 뮤즈여.

너의 고향은

바다에 닳은 世界였던가.

세계에 있었던 言語로서

누가 말하랴

詩人의 마음을.

③ 고향의 바닷가에

말없는 젊음이여. 또한 죽음이여.

오 얼마나 돌아오는 王族이었던가

바다는 순수한 苦行이거라

世界여,너의 영원 앞에

詩人은 誕生하라.

—「시인의 마음」 전문(『피안감성』, pp.141~142)

이 작품은 크게 3연으로 구분해서 이해할 수 있다. 1연에서 시인은 태생적인 존재로 인식된다. 그것은 시인이라는 직분의 숙명성을 강조한 것으로, 삶의 고통과 좌절을 짐지고 홀로 걸어야 하는 외로운 존재가 시인이라는 사실을 말하고 있다. 시인은 그 존재의 출발에서부터 순수성과 영원성을 지닌다. 마치 하늘에서 적강된 불우한 존재,

그래서 자신이 돌아갈 곳은 천상의 자유로운 공간이라는 점을 언제나 가슴속에 지니면서 살아가는 사람이다. 보들레르의 시「알바트로스」의 전언처럼[2] 선험적인 불행을 안고 살아가는 존재가 시인이라는 것이다. 그는 "흰 갈매기"와 같은 존재다. 천상과 지상을 오갈 수 있다는 사실은 존재의 이중성에서 비롯되는 운명적인 한계를 드러내는 시어로 볼 수 있다. 천상을 그리워하지만 지상에 묶인 존재의 비극성, 그래서 자신의 운명을 달래기 위해 노래를 하는 "뮤즈"가 바로 시인이라는 것이다. 따라서 시인의 마음을 표현하기에 이 지상의 언어는 부족하다(2연). 여기서 고은은 자신의 문제를 드러내려 한다. "바다에 닿은 세계"는 곧 자신의 성장체험에서 경험했던 군산 앞바다를 연상하게 한다. 바다와 함께 자라고 바다와 함께 노래했으며 그 바다에 몸을 던져 자살마저 기도했던[3] 그 바다에 대한 기억과 경험이 3연에 오면 좀더 구체적으로 드러난다. 그는 '시인'이라는 일반적인 존재론에서 자신의 체험으로 돌아와 "고향의 바닷가에/말없는 젊음"이라고 쓴다. 고은은 한국전쟁으로 인해 참혹한 경험을 한다. 보편적인 죽음에 대한 관념이 아니라, 실존을 위협했던 생생한 죽음의 문제, 한여름, 부패해 가는 시신을 묻는 일에 강제로 동원되어 일하다 그 충격을 이기지 못해 수없는 날들을 떠돌게 했던 젊은 날을 그는 죽음이라고 인식한다. 바다는 그에게 죽음과 함께 존재하는 대상

---

2 시인의 운명을 선험적인 불행의식에서 찾고자 하는 보들레르의 의식이 잘 표현된 시가「알바트로스」인데 이 작품에서 보들레르는 "시인도 폭풍 속을 드나들고 사수를 비웃는/이 구름 위의 왕자 같아라./那喩의 소용돌이 속에 지상에 유배되니/그 거인의 날개가 걷기조차 방해하네"라고 노래했다. (S. Baudelaire,『악의 꽃』, 김붕구 역, 민음사, 1970)

3 고은은 군산 앞바다에서 자살을 기도한 적이 있었다. 고은의 전기적인 사실에 관해서는 김승희,「파란과 신명의 축제」,『고은 문학앨범』(웅진출판사, 1993), 참조.

이다.[4] 자신이 시인으로 존재하게 된 배경에는 바다라는 현실 공간이 매우 중요했다는 사실을 3연에서 말하고자 한 것이다.

따라서 원본 시에서 시인은 선천적인 불행의식을 담지하는 존재로 그려지고 자신은 유년시절에 체험했던 바다를 통해 현재에 이르렀음을 드러내고 있다. 이제 전집본의 시를 보자. 원본의 의미는 상당히 변모되었음을 알 수 있다.

시인은 절도 사기 폭력
그런 것들의 범죄 틈에 끼어서
이 세계의 한 모퉁이에서 태어났다

시인의 말은 청계천 창신동 종삼 산동네
그런 곳의 욕지거리 쌍말의 틈에 끼어서
이 사회의 한 동안을 맡는다

시인의 마음은 모든 악과 허위의 틈으로 스며나온
이 시대의 진실 외마디를 만든다
그리고 그 마음은
다른 마음에 맞아죽는다

---

4 이 문제는 가장 최근에 간행된 시집 『독도』(창작과비평사, 1995)에까지 확장시켜 생각할 수 있다. 초기시부터 고은 시에 빈번히 등장하는 '바다'는 단순히 아름다운 모습으로만 존재하지 않는다. 그것은 거부하기 어려운 생의 실존적인 공간이면서 그의 시를 탄생시키고 성장하게 하는 시적 체험과 형상화의 동력으로 작용하기도 한다. 바다 이미지는 뒤에 다시 자세하게 논의될 것이다. 『독도』에서 드러난 회상의 형식과 그 회상 속의 '바다' 이미지에 관해서는 졸고, 「회귀, 혹은 방법적 비껴서기―고은, 『독도』론」, 열린시, 1995. 6. 참조.

시인의 마음은 이윽고 불운이다

—전문(『고은 시 전집』, 민음사, 1983, p.70)

제1연에서 시인은 이 세계의 한복판에서 태어난 것으로 그려진다. 원본에서 시인이 선험적인 불행의식을 갖고 태어난 존재라고 했다면, 전집본에서는 그 불행을 현실적인 맥락에서 파악함으로써 '세계—내—존재'로서의 시인의 의미를 구체화하고 있다. 자신에게 주어진 불행이 절대적인 위력을 갖고 있어 시인의 삶을 제약하는 근본적인 원인으로 작용하고 있다는 인식은 원본과 크게 다르지 않지만, 선험적인 불행이 산출되는 토양이 전집에서는 현실공간으로 구체화되고 있으며 따라서 시인의 운명은 단순히 노래하는 자가 아니라, 자신과 주변에 대한 적극적인 인식이 요구된다는 사실을 강조하고 있다. 시인은 이 지점에서 계몽주의자가 된다. 시인이 담지해야 할 윤리적인 영역이 제시된 것이다. 하지만 그것은 완성태를 지향하기보다 언제나 새로운 시대적인 요청에 따라 변화가능한 것으로 인식되어야 한다는 점이 이 작품에서 잘 드러나고 있다. 따라서 시인의 노력은 그 과정 자체로도 유의미한 것이며, 고은은 이를 시인의 "불운"이라고 한다. 그러나 이 불운은 언제나 자신이 시대의 한복판에서 규정되기를 원하는 자의 고뇌라고 할 수 있다.

3) 허무주의와 '누이 콤플렉스'의 변화와 반성을 통한 새로운 방향모색

초기 고은의 시는 절망을 통한 자기확인, 절망적인 포오즈를 시 형성의 원리로 삼았던 시기로 볼 수 있다.[5] 그 가운데 '누이'를 원점에 놓고 벌인 시적 포오즈는 초기 고은 시를 이해하는 데 중요하다. 『피안감성』에 실렸던 「폐결핵」에서 드러난 누이는, 『입산』(1977)의 「누이에게」와 전집본의 「누이에게」에서 상당히 다른 모습으로 등장하고 있다는 점에 주목할 필요가 있다. 김현은 고은의 허무의식의 본질에 대하여 다음과 같이 말한 적이 있다.

그의 허무는 구라파식 허무(nihil), 모든 가치가 파괴되었을 때 생겨나는 심리현상이 아니라, 모든 것은 윤회의 고리라는 인연설을 자각한 연후에 생겨나는 무애에 가깝다. 구라파식의 허무는 새로운 가치를 상정할 수 있고, 또 그래야만 한다. 그러나 그의 허무는 새로운 가치를 상정할 수 없고 상정해서는 안된다. 그것을 상정한다는 것 자체가 인연을 새로 맺는 일이기 때문이다. 그래서 그는 자기는 창조보다 소멸에 기여한다고 감히 말하는 것이다. 새로 만들고 새로 무엇을 주장하는 것은 그에게 연민을 일으킨다. 그는 그가 만들어낸 환영 속에 사람들이 애착을 갖지 않기를 바란다. 그러나 그것은 모순이다. 글을 쓴다는 것 자체가 이미 하나의 창조이기 때문이다. 그는 소멸을 바라지만 소멸을 바라는 그의 시는 창조된 어떤 것이다. 그는 다시 말해서 모순의 소산이다. 선방의 표현을 빌면, 문자로써 써서는 안되는 것을 문자로써 표시하려고 그는 애쓰고 있는 것이다.[6]

---

5 초기시의 허무의식은 다분히 낭만적 과장에 가깝다. 시인은 자신의 현존을 결핍의 존재로 인식하려는 경향이 강하다. 자기구원은 시에서 오랫동안 노래되었던 주제로서, 이를 둘러싼 의식의 길항작용에 대하여 주목할 필요가 있다. 이에 대해서는 다음 장에서 자세하게 다루게 될 것이다.

6 김현, 「고은을 찾아서」, 『전집』 3권 문학과지성사, 1991, pp.440~441.

　허무가 새로운 가치를 창조하려는 방법적인 차원이 아니라 허무 자체의 절대화, 삶을 고립의 정점으로 이끌어 소멸의 미학을 보여주려고 한 것이 초기 고은 시의 특징이지만, 언어를 통해 삶의 비의성(秘義性)에 대해 말한다는 것 자체의 모순성에도 주목해야 한다고 김현은 말하고 있다. 결국 고은의 허무의식은 곧 시적 형성의 원천이 되고 있다는 것이다. 고은은 '누이'의 변주를 통해 이러한 지점으로 육박해가고자 했다. 전집본에 드러난 누이의 이미지는 상당히 달라져 있다.

내 私生活 십여년 전까지는 허깨비 근친상간으로
흰 옷 입은 누이
흰 인조치마 누이
죽은 누이 어쩌구 어쩌구했으나
그건 새빨간 거짓말

오늘 아침 나는 펄펄 살아 있는
總天然色 누이를 찾아나선다.

누이야
누이야
누이야
앗 뜨거운 꼭두새벽 이 벌판을
細石平田 철쭉바다로 꽃 피어 소리질러라.
내 우렁찬 누이야

―「누이에게」 전문 (『전집』, p.512)

　원본에 없는 1연 1행의 "내 私生活"이라는 부분과 1연 5행의 "그건 새빨간 거짓말", 그리고 3연의 5행에서 원본에서는 "울부짖어라"라고 되어 있으나 전집본에서는 "소리질러라"로 그리고 "내 우렁찬 누이야"라는 부분이 첨가되었다는 점이 다르다. 시 전체의 요지는 크게 바꾸지 않고 부분만 개작한 듯이 보이지만, 세계를 이해하는 태도는 크게 달라져 있다. 여기서 주목할 점은 기존의 시적 장치에 대한 자의식 혹은 자기변명이라는 제어과정이 작용하고 있다는 점이다. 다시 말해 초기시의 누이 콤플렉스로 명명된 자신의 시적 특성을 고은 스스로 방법적 원리로 사용했음을 시인한 결과이다. 이는 일종의 성장체험이라고 할 수 있다. 이는 시인이 자신의 시세계를 규정하려 드는 해석적 관점에 대해 자기방어의 논리를 내세우는 형국이다. 초기시의 세계를 스스로 부정하려는 의식에는 자기 시의 지평을 확대하고자 하는 욕망이 개입되어 있기 때문이다. 『입산』이후 고은의 시적 변모는 현실 사회에 대한 관심이 높아지기 시작했다는[7] 사실과, 개작 당시의 현실주의적 관심을 고려할 때 「누이에게」에서 나타난 변모는 고은 시의 변화를 알리는 중요한 표지가 될 것이다. 이는 자기자신에 대한 선험적인 규정으로부터 스스로 탈출을 모색한다는 의미에서 창작 심리적인 차원의 설명도 가능할 것이다.[8]

---

7 시집 『입산 이후』(1977)에 실린 다음 시는 그의 시적 변화를 알리는 중요한 단서를 제공하고 있다. 시의 미적 완성도는 초기시에 미치지 못하지만 그가 '분단', '통일'이라는 단어를 사용하기 시작했다는 점이다. 즉, "우리 민족/4천 년 동안이나 미완성입니다/대개 역사가들은/고려에 이르러/민족이 완성되었다 합니다/아닙니다/……/일제40년/남북 분단 40년/이제야말로/우리민족 완성할 때입니다/재통일이 아니라/첫 통일입니다/……/추가령지구대 들국화 하나하나여/내가 그대들을 노래할 날/그날이야말로/우리민족의 크리스마스입니다/선통일이여/후통일이여/지금 잘못되면 큰 죄입니다/어린이 앞에서/애국자여 그대들은 무엇입니까"(「역사에 대하여」)

4) 자기부정의 논리와 민중적 상상력의 결합유형

민중적 상상력은 고은 시에서 가장 중요한 개작요인으로 볼 수 있
다. 대부분의 작품들은 이런 흔적을 강하게 남기고 있다. 『피안감성』
에 「교상기도(橋上祈禱)」라는 제목으로 실린 작품을 살펴보자. 이 시
는 9연 43행으로 비교적 길이가 긴 작품이다. 이 작품의 화자는 지금
새벽 안개가 자욱한 다리 위를 걷고 있다. 강물을 바라보다가 화자는
문득 "안개에는 많은 그림자가 들어있나니"라고 되뇌인다. 그리고
"돌 하나"를 집어 강물로 던진다. 강물에 돌이 빠지는 소리는 화자에
게 "환도후/누이가 이곳에 빠진 소리"로 인식된다. 그러자 누이의 울
음 소리가 들리는 듯하다. 화자는 이 안개가 걷히고 "새벽 등불이 보
이면/누이는 또 가버리나" 하면서 아쉬워한다. 잠든 한강의 다리 위
에서 화자는 "나를 사로잡는 누이여"라고 절규하면서 걷는다. 여전
히 "새벽은 말하지 않는다".

낭만적 감성에 깊이 사로잡혀 있는 이 작품이 전집본에서는 다음
과 같이 개작된다.

오래, 내 누이가 망설이던 죽음인 양
나는 새벽에 간다.

---

8 프로이드는 노이로제 환자들이 자신의 부모들로부터 멀어지는 과정, 즉 성장하면서 부모로부
터 독립해 가는 과정에서 자신의 정체성을 모색하기 위해 부모에 대해 복수나 보복의 심리현
상을 가질 수 있다고 설명한 바 있다. 이는 자신의 선험적인 존재조건에 대한 거부반응을 통해
새로운 세계로 진입을 시도하는 의식현상이라는 점에서 한 시인의 심리 변화를 설명하는 방법
이 될 수 있다. 프로이드는 이를 '가족 로맨스'라고 명명하고 있는데, 고은의 경우는 이를 문학
적 정당성을 찾아가는 과정에서 드러낸 변형태라고 설명할 수 있다. 프로이드에 대해서는 S.
Freud, 「가족 로맨스」, 『성욕에 관한 세 편의 에세이』, 김정일 역(열린책들, 1996) 참조.

안개 속에 걸리는

恩惠와 같은 철교 위로

이 세상이 잠들었을 때 한강은 깨어 있다.

안개 속에 떠나가는 적막한 여의도

그 너머의 밤섬 마음이여

모든 끝이 들어 있는 안개 속에서

내가 돌 하나로 던진다.

한 점의 물소리가 나면

이어서 모여드는 커다란 고요

還都 직후

누이가 이곳에서 빠진 소리이다

그 소리가 작아진 돌 하나의 소리

내 누이가 새로 태어나야 할

새벽 漢江을 간다.

이 세상이 깨일 때도 한강은 깨어 있다.

어느덧 내 누이는

강 건너 용산 지아이의 스잔이다.

—「흑석동에서」(『전집』, p.55)

화자는 새벽에 길을 간다. 그런데 그 길은 "철교"이다. 철로는 평
행한 두 선의 마주봄으로 이루어진다. 이 마주봄은 만남을 전제하지

못한다. 단지 바라볼 수 있을 뿐. 이 부분은 원본에는 나타나지 않는다. 새벽에 돌 하나를 집어 강물로 던지는 화자의 행위가 원본에서는 "누이는 내 앞에 비맞은 빛"을 확인하기 위한 것으로 그려지지만, 전집본에서 돌이 물에 빠지는 소리는 "누이가 이 곳에서 빠진 소리"이면서 "그 소리가 작아진 돌 하나의 소리"로 나타난다. 즉, 원본에서의 누이의 이미지는 여전히 고은 시의 내면적인 지층에 중요하게 놓이는 소재가 되고 있으나, 전집본에서 누이는 그 의미가 현저하게 축소되어 나타나고 있다. 그래서 그가 걷는 한강은 "내 누이가 새로 태어나야 할" 곳이다. 그의 누이가 낭만적 감성의 심연으로부터 현실적인 맥락으로 구체화되고 있다는 점이 중요하다. 그의 누이는 이제 "경 건너 용산 지아이의 스잔"이 된 것이다. 한국현대사의 어두운 면에 대한 시적 통찰이 이루어지기 시작한 것이다. 전집본에서 이와 같이 누이의 의미가 현저히 달라지게 된 것은, 당연히 이 시가 개작될 당시의 시대적인 분위기와 무관하지 않을 것이다.

이제 이러한 개작의 유형을 고려하면서 『피안감성』(1960)에서 『새벽길』(1978)에 이르는 시들이 어떠한 특징으로 개작되었는지를 보이면 다음과 같다. 먼저 이러한 유형분류는 다음 몇 가지 기준에 의하여 이루어진 것이다.

첫째, 원시집에 실린 작품이 민음사 전집본(1983)에 실릴 때를 기준으로 작성한 것이다.

둘째, 초기시 개작에는 일정한 원칙이 없다. 즉, 단순히 제목만 바뀌거나 조사 하나의 첨삭만 이루어진 경우에서부터 거의 다시 쓰다시피 한 작품에 이르기까지 개작의 범위가 광범위하기 때문에 여기서는 가장 특징적인 면모가 드러나는 경우를 주목하였다. 이 때문에 중복 표시된 작품은 그 개작 특징 역시 겹치는 경우에 해당된다.

셋째, 개작이 여기에 제시된 네 가지 경우에만 해당되는 것은 아니지만, 개작의 결과 가장 특징적인 부분을 추상화하여 유형을 제시한 것이다. 이 유형을 다시 한 번 제시하면 다음과 같다.

1 유형 시 구성상의 필요에 따른 일반적인 의미가 강조된 경우이다. 물론 개작 이후의 시가 반드시 문학적 완성도 면에서 더 높다고 할 수는 없다.

2 유형 개작 당시의 시대적인 문제에 집착하거나 고려한 흔적이 강한 작품이다. 여기서에는 1980년대의 정치적 상황과 시대의 문제가 암시적으로 그려진 작품도 포괄하고자 했다.

3 유형 초기시의 '허무주의'와 '누이 콤플렉스'에 대한 미적 자의식이 강조되거나 이를 부정하면서 새로운 방향을 모색하고자 하는 흔적이 강한 작품들이다.

4 유형 '2 유형'과 '3 유형'이 결합되는 양상을 보인 작품들이다.

이 같은 개작에서 제목이 바뀌거나 전집에 수록되지 않은 작품들도 '기타'란에 표시하고자 했다.

제1기 시의 개작과정을 유형화하면 다음과 같다.

■ 고은 제1기 시의 개작유형 분류표

시집	작품명	1유형	2유형	3유형	4유형	기타
彼岸 感性	肺結核	○				
	새봄의 航行	○				
	밤의 法悅	○				
	별빛	○				
	沈淸賦	○	○			

시집	작품명	1유형	2유형	3유형	4유형	기타
彼岸 感性	낡은 短詩	○				
	晉州南江	○		○		
	放禪	○				
	窓의 리리시즘	○				窓의 서정
	자장가				○	
	寢室靈歌	○				寢室의 노래
	봄비	○				
	가을노래	○				
	봄밤의 말씀	○				
	눈길	○				
	續 눈길	○				
	水神에게					삭제
	離別	○				
	요오요오	○				삭제
	誘惑	○				
	茶語	○				
	눈의 이별					삭제
	泉隱寺韻	○				
	山中問答	○				山中新綠
	눈물					삭제
	봄여름의 書翰	○				無題
	想像姙娠					삭제
	어린시절의 紀行					삭제
	證言					삭제
	소녀 幻想曲					삭제
	초파일날	○				
	련심氏					삭제
	橋上祈禱				○	黑石洞에서
	내 잠은 하늘	○				잠
	彼岸	○				저 건너

시집	작품명	1유형	2유형	3유형	4유형	기타
彼岸 感性	가을파리	○		○		가을날 피리를 노래함
	하늘의 戀歌	○	○			하늘놀이
	黃金時代	○				
	招魂	○				無題
	벌레울음		○			벌레소리
	白夜	○				
	挽歌	○				
	갈밭에서	○				
	海邊頌歌	○				해변의 노래
	林間呪術	○				숲속의 小夜曲
	詩人의 마음		○			
	님의 섬나라	○				섬을 위하여
	옛날	○				
	雪和에게	○				어느 沙彌尼에게
	受肉	○		○		
海邊 의 韻文 集	待望	○				
	이 滿潮에 노래하라	○				濟州滿潮
	墓地頌	○				
	모래 한 줌을	○		○		
	獨身者의 주위	○				
	향수	○				
	갈대를 베면서	○				
	咯血		○			
	가을 病吟抄	○		○		가을 病床
	扇宮	○				
	山家素描	○				山寺感覺
	悲哀의 一페이지	○				
	十月의 술	○		○		十月의 숲
	여름 강 가에서				○	
	겨울 端坐	○				

시집	작품명	1유형	2유형	3유형	4유형	기타
海邊의 韻文集	山莊尋訪	○			○	
	九月節				○	九月 어느날
	어느 少年少女의 四季歌			○		
	가을의 小目錄	○				
	肺結核	○				재수록
	漢江에서					삭제
	療養所에서					삭제
	三月願寺					삭제(「泉隱寺韻」 개작본)
	눈물					삭제
	奢侈			○		
	초겨울의 小曲	○				
	저녁 강 가에서	○				
	經典의 뜰	○				
	당의 東海岸에서				○	
	가을 바느질		○			
	微熱日	○				微熱
	龍頭山公園의 벤치	○				
	神聖勞動節	○				
	朝鮮의 마당				○	
	강은 흐른다 해도	○				강은 흘러도
	新月光曲	○			○	감꽃달밤
	韓國待人詞		○			
	가을의 商人	○				가을 商業
	海軟風		○			
	이렇게 소라껍질을 찾네	○	○			
	愛馬 「한쓰」와 함께	○				
	二月의 窓 가에서	○				
	水彩畵記念日	○				
	내 아내의 農業			○		
	새해는 山에서 온다	○				
	望鄕	○				

시집	작품명	1유형	2유형	3유형	4유형	기타
海邊의 韻文集	濟州의 D短調	○				
	비오롱 G線을 고르다가	○				비오롱 絃을 고르다가
	海邊의 拾得物		○			
	漢拏拜禮日	○				
	早春修身			○		
	夫婦의 寫眞	○				
	하루만의 戀唄	○				하루만의 연가
	新年의 盞	○				
	馬羅島에서		○			
	御悲哀		○			
	봄의 편지	○				봄의 엽서
	저문 別刀原에서	○				
神, 言語 最後의 마을	새벽 密會	○				
	所願			○		
	主日을 며칠 지난 뒤	○				
	어느 井邑詞		○			밭두렁에서
	西歸邑에서				○	
	病後	○				
	산길	○				
	슬픈福音	○				
	豫感	○				
	除夜	○				
	저녁 숲길에서	○				
	室內	○				
	失物	○				
	消燈	○				
	元旦	○				
	受胎	○				
	別伸	○				追伸
	祈禱四句	○				四句

시집	작품명	1유형	2유형	3유형	4유형	기타
神, 言語 最後 의 마을	四月下旬				○	
	편지-김현에게	○				편지-현에게
	不眠症	○				
	休息	○				
	손의 奧面		○			
	겨울달빛-어느 시체의 일루우젼		○			겨울달빛
	汽笛		○			
	바다의 大文字	○	○			
	乾杯	○				
	果肉	○				
	슬픈 씨를 뿌리면서		○			
	배가 떠난 뒤	○				
	國道	○				
	햇빛사냥	○				
	降臨	○				
	未亡人		○			
	그리이스인의 窓	○				
	下直	○				
	送別-故 曉峰大僧正께	○				送別-曉峰 스님 入寂에 대하여
	十三夜	○				
	入院	○				
	섬의 보리밭에서	○				
	國寶一行-서정주「韓國 星史略」에 次韻		○			國寶一行
	코스모스	○				
	겨울을 지나려면	○				
	約束		○			
	濟州邑에서		○			濟州 南門通에서
	思春	○				

시집	작품명	1유형	2유형	3유형	4유형	기타
神, 言語 最後의 마을	이른 아침	○				
	새벽 萬歲		○			
	同居	○				
	夏季學校	○				
	修士抄		○			修行餘白
	傷處	○				
	죽은 叔父에게	○				
文義마을에 가서	鐘路		○			
	呼名		○			
	蟾津江에서	○				
	投網				○	
	文義마을에 가서	○				
	귀	○				
	나의 往五天竺國傳	○				
	三四更	○				
	三角山 普賢峰을 바라보며	○				
	殺生		○			
	楚句		○			
	南山	○				
	夢遊	○				
	겨울海溢	○				
	感謝	○				
	秋收以後	○				
	羞恥	○				
	진달래	○				
	寂	○				
	눈물 한방울	○				
	延禧洞에서	○				
	辛亥舊稿	○				
	無爲集					삭제
	다만 어떤 마을이	○				

시집	작품명	1유형	2유형	3유형	4유형	기타
文義 마을 에 가서	淸水莊에서	○				
	竹寺에서	○				
	第四 漢江橋에서	○				
	淸進洞에서		○			
	강건너 마을	○				
	光化門에서		○			
	一禪寺에서	○				
	南韓에서	○	○			休戰線언저리에서
	門	○				
	겨울 回生	○				
	나의 死亡申告	○				
	五月	○				
	無常	○				
	우리나라의 들국화		○			
	銅雀洞 墓地	○				
	龍仁 절터에 가서			○		合掌
	未知에 대하여	○				
	貞陵에서	○				
	初秋	○				
	十一月	○				
	凡例	○				
	還生		○			
	早朝絶句	○				
	水踰里에서	○				
	昌慶苑				○	
	문득 晩年이 와서	○				
	謝罪				○	
	돌배나무 밑에서			○		
	寧越에서	○				
	이어도	○				
	孔德洞	○				

시집	작품명	1유형	2유형	3유형	4유형	기타
文義 마을 에 가서	라일락 앞에서	○				
	서울의 비		○			
	沈默에 대하여		○			
	豆滿江으로 부치는 편지				○	
	省墓		○			
	개나리를 기다리며	○				
	秋風嶺에서		○			
	삶	○				
	南原韻文(1)	○				南原에서
	南原韻文(2)	○				蟾津上流
	乙巴素	○				
	降雪		○			
	動動	○				
	바다의 무덤	○		○		
	道斷	○				
	最近의 勸誘	○				
入山	허허벌판		○			
	가을 아비의 노래		○			
	어머니	○				
	아시아의 아지랭이		○			
	술마신 뒤	○				
	심지 하나	○				
	보리밭	○				
	八月 上書		○			
	머리숙여	○				
	임종		○			
	저녁 普賢寺址에서	○				瑞山近處에서
	無等의 노래		○			
	大藏經	○				
	희망	○				

시집	작품명	1유형	2유형	3유형	4유형	기타
入山	몰래 물어보는 노래	○				몰래 물어보는 몇 마디 말
	失題		○			
	저녁 물가에서	○				
	편지-지이.에이치에게	○				편지-현저동 백일번지의 벗에게
	제주 휘파람새	○				
	황사 며칠		○			
	入山		○			
	復活					삭제
	돌	○				
	祭祀 이튿날	○				
	終身		○			
	松廣寺 가서	○				
	밤 放禪	○				
	버릇 하나	○				
	漂流		○			
	술에 대하여	○				
	招待	○				
	니나노	○				
	虛한 날	○				
	어린 시절 병든 아버지 말씀	○				
	가뭄을 위하여	○				
	德談 하나		○			
	上院寺		○			上院寺에서
	漢江에 나가서	○	○			
	어둠과 더불어	○				
	待望	○				
	새해 두어마디	○				새해 두어마디 말씀
	아침 迎日灣에서	○				

시집	작품명	1유형	2유형	3유형	4유형	기타
入山	性慾	○	○			
	뜻	○				
	누이에게			○		
	休火山	○				
	명주 실꾸리 실 따라	○				
	地球 놀이	○				
	자장가	○				
	夜雨辭	○				밤비소리
	智異山	○				
	大屯山 새벽	○				어느 새벽
	아우에게 보내는 편지		○			부탁
	잠자리에게	○				잠자리에서
	追憶	○				
	經 읽다가	○				四十
	초파일 밤		○			
	忘憂里에서	○				
	기러기	○				
	絶筆		○			
	가을 絶句	○				
	雪嶽을 사랑하며	○				雪嶽을 사랑하여
	장마	○				
	多島海를 돌며	○				
새벽 길	푸른하늘	○				
	斷食		○			
	산길		○			
	달밤	○				
	얼음	○				
	화살		○			
	벗		○			
	비둘기		○			감옥 비둘기
	진달래와 더불어	○				

시집	작품명	1유형	2유형	3유형	4유형	기타
새벽길	사랑	○				어느 방
	어린 잠	○				
	새벽길	○	○			
	연애				○	작은 연애
	어느날	○				
	첫닭 울면	○				
	봄밤	○				三舍上 봄밤
	그 앞을 지나며		○			
	大雄殿	○				
	연금 며칠	○				
	노래를 위하여	○				
	썰매	○				
	인당수	○				
	밤샘		○			
	지도놀이	○				
	소리	○				
	소식	○				
	만세소리	○	○			萬歲打令
	범	○				
	행복	○				
	아주머니	○				
	어린이 학교	○				
	웃음에 대하여		○			
	고향		○			고향에 대하여
	自畵像		○			
	가시리	○				가시리 마당
	오늘	○				
	어린 바우에게 2		○			
	갯비나리	○	○			
	자장가	○	○			자장가–민족통일을 위한 어느 행상 일기

2. 텍스트 선택과 확정의 문제

지금까지 시인 고은의 초기시에 해당하는 시집이 1983년 민음사에서 전집본이 간행될 당시 전면적으로 개작이 이루진 점을 중시하고, 전집본의 개작이 어떤 유형을 가지는가에 대하여 고찰해 보았다. 시인 자신은 개작 이전의 작품을 버리겠다고 언명하면서 전집본을 정본으로 삼겠다고 말한 바 있다. 중요한 것은 이러한 시인의 태도가 아니라 그 개작 과정에서 숨겨진 시인의 의도, 다시 말해 개작 당시의 상황과 시의 미적 완성도의 제고라는 관점에서 그가 개작을 단행한 이유에 대해서 설명하는 일이다. 그가 개작을 시도한 유형을 크게 네 가지로 제시했지만, 실제로 개작이 이루어진 작품을 조사해 보면 개작이 이루어지지 않은 작품은 발견되지 않았을 뿐만 아니라 개작 과정도 일정한 원칙이 없어서 원본과 개작본 사이의 차이를 일목요연하게 드러낼 대조표의 작성이 불가능한 것이 사실이다. 이 연구가 텍스트 자체를 문제삼는 원본연구라면 분량에 관계없이 대조표를 작성해야 옳겠지만 본 연구의 의도는 개작 자체의 고찰에 있는 것이 아니라, 그의 의식이 변화해 간 흔적을 추적하려는 데에 있기 때문에 개작 유형의 제시는 고은 시 전체의 변화과정을 설명하는 기초적인 점검에 해당되는 일이었다.

이러한 어려움에도 불구하고 남는 문제는 고은 제1기 시의 텍스트를 선정하는 문제와 최근까지 진행된 고은 시 전체를 조망할 때 어떤 판본을 정본으로 삼는가 하는 문제이다. 초기시 전집에 관해서는 이미 몇 몇 연구자들 사이에 논란이 벌어진 바 있다. 즉, ①개작은 시인의 작품세계가 끊임없이 변화하는 과정의 반증이며 늘 새롭게 삶을 인식하는 태도의 산물이므로 시 세계의 심화와 확대라는 관점에서 가능한 일이라는 긍정론과 ②개작 당시의 세계관, 특히 80년대 한국상황을 고려해 볼 때 그의 개작은 초기시의 주제를 1980년대적인 의미로 환치시킨 것이므로 초기시의 순수성을 해친 개작은 전집으로 인정할 수 없으며 따라서 순수한 의미에서 전집은 다시 출간되어야 한다는 비판론으로 대별된다. 이와 같은 주장은 나름대로 타당성이 있기는 하지만 지금까지 고은 시에 대해 다양한 형태로 제기된 논의들 가운데 이 같은 개작을 염두에 둔 논의는 거의 발견되지 못했다는 점이 중요하다.[9] 따라서 고은 시의 전반적인 변화과정을 살펴보기 위해서는 이같은 개작 과정에 대한 고찰이 반드시 선행되어야 한다. 따라서 앞으로 고은 시 연구를 위한 텍스트를 확정하는 문제를 다음 몇 가지 제시하고자 한다.

첫째, 1960년 『피안감성』 이후 1978년 『새벽길』의 간행에 이르는 시기의 시는 간행 당시의 시집을 정본으로 삼고 1983년 민음사 본은 참조본으로 한다. 단, 사실상 시 선집인 『해변의 운문집』에는 『피안감성』의 시가 개작되어 실려 있는데, 이 경우는 개작본도 원본과 함께 고려한다.

둘째, 고은은 1969년부터 1987년 사이에 세 번의 선집을 간행했다. 즉, 1975년의 『부활』(민음사)과 1987년 『너와 나의 황토』(실천문학사), 그리고 『나의 파도소리』(나남출판사)가 그것이다. 이 경우 문제가

---

9 연구자가 조사한 바로는 고은의 「문의마을에 가서」의 개작 과정을, 관념적인 좌절을 죽음의식으로 구체화해간 과정으로 살펴본 이광호의 「죽음의 구체성을 향한 도정」, 『위반의 시학』(문학과지성사, 1993)이 있다. 이는 한 시인의 시 세계가 변화해 간 과정을 한 편의 시가 개작되는 과정을 중심으로 심도있게 살펴본 글로서 주목을 요한다.

되는 시집은 『부활』이다. 이 시집에는 ①초기시 가운데 고은 스스로 선별해서 작품을 실은 경우와, ②발표되지 않은 시를 새롭게 실은 경우가 있는데, ①의 경우는 민음사 본에서 다시 한 번 개작되었으며 ②의 경우도 민음사 본에 실리지 않은 시가 있다는 점이다. 특히 민음사 본에서 누락된 시 역시 원본 간행시집을 존중한다는 원칙 아래 연구범위에 해당된다는 것이다.

셋째, 고은의 시 전집이 1988년 청하출판사에서 간행되기 시작했으나 이 시리즈는 중단되었는데, 간행 당시 청하출판사는 민음사 전집본을 그대로 수록했으므로 엄밀한 의미에서 청하출판사 본은 고려의 대상이 될 수 없으나 참조될 수는 있다.

넷째, 고은은 자신의 시를 언제든지 개작할 수 있다고 말한 바 있다. 1983년 민음사 본 이후에 그가 자신의 시를 개작한다면 언제나 연구의 대상이 되는 정본은 개작 이전의 판본이 될 것이다. 다만 개작 이전과 이후 사이에 나타나는 의식과 세계관의 변화는 그 변화의 폭을 진단하고 원인을 밝히는 차원에서 별개의 연구가 진행되어야 한다는 점이다.[10]

고은의 초기시에 대한 개작은 자신의 변화된 세계관에 대한 자기검열이라는 관점에서 접근할 수 있지만 1980년대라는 시대적 특수성이 지나치게 개작과정에서 고려되었다는 점을 부인할 수 없다. 따라서 그의 개작과정에 대한 고찰은 이제 개별적인 작품으로 시각을 좁혀서 한 편의 작품이 어떤 방식으로 개작되었는가를 주목하는 작

---

10 이 글이 진행되는 동안에도 고은은 1997년 하반기에 시선집을 간행하면서 다시 한 번 개작할 것이라는 의도를 밝힌 적이 있다.(1997. 8. 6. 백담사에서 인터뷰) 하지만 항상 이미 발표된 시집을 정본으로 한다는 연구자의 원칙에는 변함이 없다.

품론이 선행되어야 할 것이다. 단어, 문장, 그리고 어법에 따른 개작
의 흔적을 추적하는 일과 그 개작이 이루어지던 당시의 현실적 정황
에 대한 면밀한 자료적 검토가 뒷받침되어야 한다. 이 같은 과제는
본고의 연구범위를 벗어나는 것으로 추후의 과제로 남겨 두기로 한
다.

Ⅱ. 작품의 '지속성'과 '변화' 양상

1950년대[11]는 우리 시사에 있어서 또 하나의 전환기에 해당한다. 전환기에 처한 문인들은 언제나 선배 문인들과는 다른 모습을 보이기 위해 노력한다. 가령, 이어령의 도전적인 평론[12]이 갖는 문학사적 무게는 이론 자체의 논리성과 과학성에서 비롯되었다기보다는 당대 문화를 이해하는 방법의 새로움에서 찾아져야 할 것이다. 전후의 '정신적 공동화(精神的 空洞化)'[13]를 극복하는 방법의 모색은 삶의 중심찾기라는 기본적인 구도 아래 다양한 형식적 실험과 문화적 대타의식을 형성한다. 청록파의 서정성과 〈후반기〉의 모더니즘, 미당의 생명적 구경탐구와 김수영, 신동엽 등의 현실인식, 박재삼, 이형기의 감성적 세계이해와 송욱의 냉소주의 등은 모두 자신의 시대를 이해하려는 힘들의 다양한 표출형태라고 할 수 있다. 이 같은 다층적 의미망의 연쇄는 1950년대 한국시단을 이해하는 데 매우 중요하다. 정부 수립 이후 좌익이념이 소멸한 가운데, 민족주의적인 문학의 지표 설정을 중요한 시대적 과제로 인식했던 남한 문학계의 양상이 새로운 경향을 통해 드러났던 것이다.

전후에 등장한 신세대 가운데 고은만큼 전통적 질서와 결을 철저

---

11 1950년대는 1950. 6. 25에서 1960. 4. 19에 이르는 기간을 이른다. 이 시기는 한국사회의 주요모순이 형성되거나 촉발되는 시점이었고, 아울러 근대화에 대한 문제제기가 이루어지기 시작했다는 점에서 커다란 의미가 있다고 본다. 또한 문학적으로 한국의 전후문학의 원형을 형성하는 기간으로 생각된다. 근대화 경험의 파행과 질곡을 통해 한국문학의 정신적 상처를 구명하려는 시도로 졸고, 「한국문학의 현대성 비판 시론」(『비평의 거울』, 청동거울, 2001) 참조.
12 이어령, 「화전민 지역」, 『저항의 문학』(경지사, 1959).
13 송욱, 『문물의 타작』(문학과지성사, 1978), p.73.

히 부정한 인물은 드물다. 〈후반기〉가 새로운 시적 지평을 열 것이라는 기대를 받았음에도 실패한 모더니즘으로 규정되는[14] 이유는 당대 현실의 중요한 문제에 관심을 기울이는 긴장감을 상실한 채, 언어의 구심력을 잃고 공중분해된 데에서 기인된다면, 고은의 경우 자신을 현실과 고립시켜 실험의 대상으로 삼고 그것을 미학적 차원에서 이해하는 방법을 통해 전후 정신의 황폐화된 일면을 투명하게 보여주고 있어 새로운 면모를 갖는 것이었다. 현실의 불구성을 자신의 육체적 소멸과 정신적 방황을 통해 이해하고 극복하려 했던 고은의 고투는, 한 개인의 실존적 고뇌가 갖는 역사성과 '역사'의 상처를 동시에 드러내는 문제적인 의미를 갖는다. 이는 우리 시사의 '맨얼굴' 갖기에 해당하는 것으로, 고은의 미학적 아름다움이 90년대 들어서면서 좀더 원숙한 경지를 열어 보이는 것도 젊은 날 그의 방황과 고민의 깊이에 비례하는 것이라고 볼 수 있다.

1970, 80년대의 험열했던 시대를 지나서 오늘날 고은이 이루고 있는 문학적 성취가 어떤 과정을 거친 것인가를 확인하기 위해 젊은 날 그가 지녔던 상처의 진원지를 살피는 일은 매우 중요한 의미를 지닌다. 그의 시에 자주 등장하는 '바다'와 '죽음'의 이미지는 초기 고은[15]의 정신적 편향을 드러내는 가장 기본적인 이미져리였다.

---

14 오세영, 『20세기 한국시 연구』(새문사, 1988), p.125.
15 고은의 초기시를 규정하는 데는 논자마다 조금씩 차이가 있지만, 전술했듯이 『피안감성』 (1960), 『해변의 운문집』(1966), 『신.언어 최후의 마을』(1967), 『문의 마을에 가서』(1974), 『입산』(1977)까지를 대상으로 한다. 민음사 본 『고은 시 전집』(1983) 1권에 수록된 장시 「니르바나」, 「사형」, 단시집 「여수」도 고찰의 범위에 해당된다.

1. 허무주의의 미학적 근거

1) '바다' 이미지와 절망의 상상력

> "바다. 바다는 멀수록 내게 너무나 슬프다"
>
> —고은, 「龍豆山公園의 벤치」

> "나로서는 오랫동안 無 깊숙히 내려가 본 경험이 있어 단
> 언하지만 오직 아름다움이 있을 뿐이오. 그리고 그 아름다
> 움의 완벽한 표현은 하나밖에 없소. 詩뿐이요."
>
> —S. 말라르메, 「까잘리스에게, 1867. 5. 14」

시인에게 시간은 계기적으로 인식되지 않는다. 현실 속에서 시인
은 끊임없이 자신을 부정하며, 때로는 현재를 시간의 가역적인 질서
로 파악하기도 한다. 시인에게 과거란 지나간 추억의 일회적인 간이
역이 아니다. 추억함으로써 살아갈 의미를 얻으며 회상하지 않고는
잠시도 존재할 수 없는 존재가 시인이기도 하다. 그러므로 시인은 언
제나 언어의 '부정적 인식'을 통해 세계를 이해하며 그의 언어는 꿈
꾸는 자의 노래가 된다. 자신이 현실과 화해하지 못하는 존재라는,
그 '불구성' 역시 현실의 일상적 삶과 쉽게 화해시키지 못하는 의식
의 괴리에서부터 출발된다. 시인이 '시인'이 되는 이유, '시인'으로
서의 특수성은 바로 이 같은 의식의 괴리를 어떠한 방법으로 문제삼
고 있는지를 판별할 때 비로소 드러난다. 시인은 단순히 '말하는 자'
는 아니다. '어떻게 말하는가'를 아는 사람만이 시인이 될 자격이 있
다. 그 말하는 방법, 그 방법의 역사성에 주목할 경우 고은은 전후 시
사에서 매우 독특한 위치에 서 있다고 판단된다.

고은의 시 세계를 하나의 논리적 척도를 통해 규정하기는 어렵다. 실제로 그의 시를 종합적으로 분석하고 이해하려는 시도들은 드물었다.[16] 그의 시가 이루어낸 외형적 성과에 대한 체계적 정리와 분석의 결여는 몇 가지 편견에서 비롯된 것이 사실이다. 생존시인에 대한 연구불가능이라는 편견과, 고은을 지나치게 정치적 관점에서 이해하여 그의 시를 면밀하게 읽어내지 못하는 오류가 그것이다.

이와 함께 지난 1980년대를 거치는 동안 지나치게 현실주의적인 안목을 동원하려 했던 비평적 관습이 작용하고 있다. 시가 거리에 나와서 돌멩이와 함께 허공을 떠도는 시대에도 시 자체가 갖는 아름다움이라는 것은 존재했다. 현실의 질곡이 너무 크다고 판단되어, 문학은 이 어두운 시대의 등불이 되어야 한다고 소리 높여 외치는 목소리가 진리로 받아들여졌던 과거에도 시인은 존재했고 죽음을 추도하던 조사(弔辭)도 시의 형식을 빌 수밖에 없었다. 이 말은 어느 시대에도 시는 존재하고 시는 영원할 것이라는 의미가 아니다. 문학적 반성이 갖는 역사성을 문제삼기 위해서, 이러한 문제제기의 처음에 서는 사람이 고은이라는 점을 인식하기 위해서, 이와 같은 판단은 전제되어야 한다.

고은의 생애가 비애로 점철되어 있었다는 사실이 그의 시를 이해하는 데 필수적인 요인은 아니지만 그가 보여주었던 '고통스러움의

---

16 앞에서 살펴본 바와 같이 고은 시에 대한 연구는 크게 세 가지 관점에서 이루어 졌다. ① 초기시를 중심으로 한 연구 : 논자들은 대개 허무주의를 초기시의 특징으로 본다. ② 1970, 80년대 민주화 투쟁기의 시 : 이 경우 현실주의적 관점과 투쟁이라는 시각이 고은을 이해하는 데 크게 작용한다. ③ 1990년대 이후 현재까지 문학성의 제고라는 관점에서 그를 이해하는 경우. 고은 시 문학의 연구현황에 대해서는 졸고, 「高銀문학 연구의 현황—시를 중심으로」, 『시와 시학』, 1994. 봄. 참조.

시적의장(詩的意匠)'은 자신의 삶을 적극적으로 드러내는 좋은 통로
였다. 초기시의 특질은 이와 같이 자신의 정신적 상처를 적극적으로
시화하는 데서 분명히 드러난다.

> 내 지나간 노을이 밀려 가다 남아 있어도
> 내 어둔 하늘이 가랑비가 되어도
> 물이 있듯 사랑이야 있었다.
> 옛날은 내 뒷 모습의 어디에도 멀어지며
> 옛날에는 시내가 스미기 시작하였다
> 비록 시냇물 소리가 살아나기 전에도
> 아조 아는이여 내 지나간 사랑은
> 물소리 살아나는 새벽이었다
>
> 밤이 자도 나는 자지야 않았다
> 한 갈래 물소리는 온갖 소리를 담아 흐르며
> 어둔 물소리는 쌓여 오르고
> 내 몰라하는 구비에서는 숨지다가도
> 이윽고 어릴적에 돌아가
> 눈부시게 오는 머언 칠팔월
> 흰 밤바닷물이 넘쳐 나타나듯이

―「誘惑」 부분

　지나가 버린 시간 속에 숨은 상처를 기억하는 일이란, 그 상처의
고통스러움에도 불구하고 아름답다. 시간이 흐르면서 고통은 기억할

'무엇'으로 자리잡고 그 상처를 기억하는 행위 속에서 가끔은 현재 살아있음의 의미가 눈물겹도록 아름다울 수 있다. 기억 속의 상처는 그래서 힘이 될 수 있다. 언어로 탈바꿈한 고통은 지속적으로 새로운 언어의 외피를 쓰고 나타나야 한다. 시인이 '시인'일 수 있는 이유는 고통스러움도 언어의 의장을 통해 아름다움으로 변화시킬 수 있기 때문이다. 고은에게 지난 시간들은 "지나간 노을"이며 "어두운 하늘"이다. 자신은 어두워 가는 하늘 한 켠에 조금 남아 있는 석양의 잔영이며, 가끔은 초라하게 지상 위를 적시는 "가랑비"에 불과하다. 그렇지만 기억할 무엇이 있다는 사실만으로도 불면의 밤을 지킬 수 있다. 물이, 흘러가 버린 시간의 불가역성을 상징한다면 "물소리"는 과거가 부활하는 소리, 시간의 불가역성을 뒤집어보려는 몸부림이다.[17] 그 몸부림 속에서 그는 언제나 "바다"로 향하는 자신을 발견한다. 바다는 움직이고 출렁인다. 움직이지 않는 바다란 바다가 아니다. 고여 있는 물은 바다로 가지 않는다. 자신의 존재를 말하지 않는 바다는 없다. 그러므로 "노래하라/바다위의 모든 것"(「해변의 頌歌」)과 같이 시인의 바다는 살아 있다. 그것은 시인 자신의 존재를 확인하는 행위이며, 자신이 살아온 생애의 질곡을 인식하게 되는 매개가 되기도 한다. 가령,

젊은 어머니여 젊은 어머니여
밀물로서 바닷가를 쳐들어 왔다가
허무의 부르짖음으로 밀려나간다.

---

17 류철균, 「고은 초기시에 나타난 演技의 의미」, 『작가세계』, 1991. 가을.

세계를 가장 고요하게 하는 부르짖음

바라보라 이 죽음의 되풀이를

—「바다의 무덤」 부분

에서처럼 바다는 "허무의 부르짖음"이면서도 "젊은 어머니"처럼 열정을 안으로 간직한 존재이다. 시인은 바다를 "세계를 가장 고요하게 하는 부르짖음"이라고 노래한다. 왜 바다는 되풀이되는 죽음인가. 바다는 그에게 시적 체험의 근저에 놓인 대상이기 때문이다. 그는 바다에서 죽음을 생각하고 바다에서 재생을 꿈꾼다.[18] 그러므로 바다는 기억의 원천을 제공하며, 바다를 생각할 때 그는 자신이 처한 좁고 답답한 세계에서 자유로울 수 있다. 실존의 갑갑함, 존재하는 일의 무게를 그가 '잠'이라는 행위를 통해 이겨내려 하는 것도 실은 바다를 그리워하는 일과 다르지 않다. 그가

자고 싶도록 밤이 간다

—「폐결핵」 부분

잠은 이내 것

---

18 고은은 일생 동안 세 번의 자살시도를 하게 된다. 18세 때인 1951년 고군산 선유도에서, 그리고 30세 때인 1963년 제주도로 가는 배에서, 그리고 37세 때인 1970년 정릉 계곡에서 자살을 기도했다. 이에 대해서는 김승희, 「파란과 신명의 축제」(『앨범』) 참조. 그러나 시적 개진 양상을 살펴볼 때, 그에게 바다의 이미지는 죽음에 대한 관념적인 이해를 바탕으로 한 생의 의지라고 말할 수 있다. 김재홍은 그의 바다 이미지에 주목하여, 바다는 "삶과 죽음, 죽음과 부활이라는 모순의 양극성"을 지닌 것으로 고은 초기시에서 이는 "비극 정신의 한 상징성"이며 "고은 특유의 부정의 변증법 또는 절망의 상상력을 반영한 것이다"라고 진단한다. 이에 대해서는 김재홍, 「현대시의 바다 생태학」, 『한국 현대시의 사적 탐구』(일지사, 1998), 참조.

理想은 남의 것이라

―「자장가」 부분

저마다 한 굽이 한 굽이의 歸依로서
얼마나 눈부신 잠이 오는가

―「여름 강가에서」 부분

四月 노랑 油菜꽃 밭이 길다//
가장 優美한 잠을 자고 싶다.

―「水彩畵記念日」 부분

라고 할 때 "잠"은 현실의 고통을 잊기 위해 선택된 행위가 된다. 현실상황의 부침에 따라 상처받는 존재를 위로하고 어딘가에 안착시키려는 유폐적 상상력의 결과물이 바로 잠이기 때문이다.

바다를 추억하는 일이, 잠을 선택하게 만드는 현실의 고통을 상쇄시키는 정신의 활동성이라면, 그래서 그의 시적 자장의 진원지이기도 하며 회귀점이기도 한 바다("길들은 바다로 내려가서 마친다", 「濟州邑에서」)는 더 이상 시인이 선별적으로 차용하는 낱개의 이미지가 아니다. 바다를 시의 문맥 속으로 가져오는 것은 곧 시가 출발하는 지점이기도 하다. 그는 바다를 보면(회상하면) 시를 '만들 수' 있다.

바다는 나더러 슬픔을 찾아오라 하네
누가 만들지 않았어도
섬은 내 앞에 있고

어떤 슬픔이라도 찾아야 하네

(……)

오늘만 내가 누구의 아내라면
어떤 슬픔이라도 찾아야 하네
섬은 내 앞에 있고
이제 배들은 보이지 않고,
그러나 나는 슬픔을 찾아야 하네.

내 귀에서 나온 어린 날의 젖 고동
나는 슬픔을 만들 수 없고
바다는 슬픔을 찾아오라 하네

―「이렇게 소라껍질을 찾네」 부분

고정된 것은 삶이 아니다. 세계(대상)에 대한 끊임없는 관심, 열린 감성은 상처받기도 쉽다. "슬픔"은 살아 있는 감성을 요구하기 때문이다. 슬퍼할 수 있음은 곧 살아갈 수 있음이다. 슬픔은 붙박힌 일상을 거부하고 유동하는 세계로 존재를 인도한다. 슬픔을 잃을 때 생은 살아갈 의미를 잃는다. 슬픔은 자기로 향한 적극적 관심이면서도, 자신과 주변을 관계짓는 정서적 반응이다. 그것이 슬픔의 사회적인 의미이다. 세상이 의미없게 메말라 버렸다고 판단하고 있는 시인에게 바다는 슬픔을 요구한다. 시인의 절망과 탄식이 클 수밖에 없는 이유가, 그에게는 "어떤 슬픔"이라도 없기 때문이다. 슬픔은 존재 조건의 최저점에 있다. 따라서 슬픔을 잃는 것은 최소한의 생의 의미를 상실

변화와 동일성의 시학　173

하는 것과 같다. 바다는 이런 사실을 잘 알고 있는 시인에게 슬픔을 "찾아오라"고 한다. 바다에 서서 생의 의미를 반추하는 시인에게, 이 세상에서 계속 존재할 수 있는 유일한 통로인 슬픔을 확인하는 일은 가장 절망적이면서도 가장 희망적인 일이다. 그래서 그는 "아무데도 있지 않고/나는 바닷가에 있네"라고 말할 수 있다. 바다는 그를 그토록 오래 그 앞에 서 있게 하면서, 시인으로 하여금 "나는 슬픔을 찾아야 하네"라는 절박함을 부여하는 대상이다.

2) '죽음'에 대한 인식과 유폐적 상상력

> "누구에게도 내가 보이지 않고 바람에 휩쓸리며 갈대는 말한다. "홀로 돌아가라. 누가 홀로 기다리리라""
>
> —고은, 「갈대를 베면서」

고은에게 바다는 시를 낳는 체험의 원형적 공간이었다. 단 한 번의 경험으로도 전 생애를 지배하는 강렬한 기억을 가질 수 있었던 것은 그 기억을 재생시키는 언어의 힘에 기인한다. 초기시의 누이와 관련된 이미지들이 센티멘탈한 애상을 넘어서 보편성을 획득하는 지점[19]에 그의 바다가 놓인다. 그런데 그의 바다는 언제나 회상 속에만 있다. 추억 속에서만 살아 있는 시적 오브제로서 바다는 시인에게 삶의 극점으로 인식되었다. 한 발만 앞으로 나간다면 그는 자신의 생을 그 바다에서 마감했으리라. 바다에까지 나아가서 절망하고 자학하고 자신을 쥐어뜯으며 고뇌하다 결국 그 바다로부터 뭍으로 나오게 되는

---

19 김현, 「『바다의 무덤』에 대하여」, 『전집』 3권, p.362.

그의 시적 편력에서,[20] 생을 위한 방법적 소멸의 충동을 목도하는 일
은 어색하지 않다. 바다에서 그는 외로웠다. 그 깊은 외로움에서 그
는 어떻게 빠져나올 수 있었을까.

    이제 한 여자를 섬처럼 사랑하고 싶다

    내 눈을 울고
    저 꽃 뒤에서 잎들이 울리라

    작은 묘지들의 고개 너머
    바다 瀝靑의 파도 소리가 떠나간다

—「水彩畵記念日」 부분

    그는 외로움의 근거를 자신으로부터 타인의 부재, 아름다움의 결
핍으로 인식하고 있다. 사랑하는 대상의 부재를 그는 역설적이게도
"섬처럼 사랑하고 싶"은 "여자"로 표현한다. 그것은 바라보는 대상,
다가서기 어려운 대상에 대한 증폭된 그리움에 대한 전언일 것이다.
폐쇄되고 고립된 현실에서 자신을 구원하는 길을 찾기 위해 그가 선
택한 것은 소멸과 죽음에의 충동이었다. 그것은 생을 다스리는 보편
적 원리의 파괴 충동을 동반하기도 하고 절망적인 외로움을 견디려
는 성적 충동으로 나타나기도 한다. 기존의 많은 논자들에 의해 허무

---

20 바다가 생의 미분적 상태를 의미한다면 육지는 분화된 시간, 지배와 질서가 있는 현실공간
   이다. 그가 제주도 생활(1963~67)을 끝내고 뭍으로 돌아오는 것은 생의 근원적인 허무로부
   터 정연한 논리의 세계로 회귀하는 현상으로 볼 수 있다.

주의의 시적 발현이라는 평을 가능하게 한 소멸적 심상들은 실상 관념적 죽음이 빚어내는 생의 욕망과 다르지 않다. 그가 선택한 죽음은 형이상학적인 것이었다. 출가와 환속을 거듭하면서 생에 대한 심연을 경험해 버린 한 허무주의자의 내면에는 살기 위한 몸부림이 미학적 수준에서 형상화되어야 한다는 강박관념이 존재했던 것이다. 도(道)를 닦기 위한 선승의 방황이라면 모를까 문학이 요구하는 삶은, 육질의 고통을 떠안을지라도 언어라는 외피를 쓰지 않을 수 없었던 것이다. 불완전한 삶의 반영형태로서의 시는 도의 세계에서 보면 생에 미달하는 것이다. 시인이 몸을 바꾸면서 새로운 '탈(persona)'을 써야 하는 이유가 이것이다. 시적 의장(意匠)으로서 정신의 해탈을 추구하는 일이 죽음과 소멸의 '장치'였다. 제주도 시절(1964. 5～1967. 5)을 회상하는 자리에서 그는 이렇게 말한다.

나는 과장된 감수성으로 제주체험의 삶을 시작했던 것이다. 낭만주의가 발달하다가 그 끄트머리에서는 아주 무책임한 자기 과장만이 남아있는 시대가 있었다면 나는 바로 그런 시대의 더럽혀진 낭만적 잔재에 자리잡았다.[21]

그러므로 고은에게 삶의 방황은 시를 산출하기 위한 방법적 장치가 된다. 이 방법의 미학적 수준을 논의하는 일이 고은의 초기시의 본령을 이해하는 통로가 된다.

"집없는 자가 떠나는 길"에서 "갈대밭에 싸인 마을에서 개 짖는 소

<hr>

21 고은, 『濟州島』, 일지사, 1976, p.8.

리"(「가을 小目錄」)를 먼 발치에서 듣는 시인에게 시 쓰기가 더 이상 허무로만 관철될 수는 없었다. 허무의 극단에는 '해탈'과 '죽음'이 존재하기 때문이다. 존재하기를 포기하느냐 아니면 정신적 죽음을 통해 새롭게 부활하느냐 하는 고민에 그가 봉착한 것은 우연이 아니다. 한 논자는, 무대 위에서의 배우의 '연기(演技)'[22]와 같은 행위를 통해 고은은 이 딜레머를 극복하려 했다고 말했지만 이는 그의 시가 필연적으로 도달할 수밖에 없는 귀착점이었다고 판단된다. 선택의 차원에서 고려될 문제는 아니었다. 그가,

> 눈깔사탕을 사 주고 싶은데
> 나에겐 딸이 없다
>
> 가을의 구멍가게
>
> —「작은 노래」[23] 부분

와 같이 노래할 때 그는 벌써 '시인'이 되어 있었던 것이다. 방랑과 고통으로 점철된 생애를 통해 볼 때, 자신을 이같이 쓸쓸한 풍경 속에 위치시키는 것도 역시 자기를 구원하고 싶은 의지의 반작용이라고 볼 수 있다. 삶이 아무리 허무하고 절망적이라도, 절규하는 듯한

---

22 류철균, 앞의 글.

23 이 작품은 시선집 『復活』(1974)에는 「작은 노래」로 실리지만, 민음사 전집본(1983)에는 「旅愁」라는 제목으로 실리고, 그 내용 역시 크게 달라져 있다. 시인이 전집본에서 상당히 개작한 흔적이다. 이 시에 대한 그의 애정은 남다른 면이 있는데, 시와 산문이 만나는 형태로 편집된 수필집 『세노야 세노야』(1969)의 첫머리에 이 시가 놓이기도 했다. 본고에서는 출판이 먼저 이루어진 『復活』의 「작은 노래」를 따르기로 한다.

목소리를 발산하는 것으로는 진정한 삶의 본질이 체득되지 않는다. 죽음은 생의 내피라는 것, 육신의 소멸로는 이 허무한 세계의 본체를 밝힐 수 없다는 깨달음이 작용한 것이다. 허무적인 관념이 그의 시적 문맥 속에 전면적으로 드러나는 것은 그의 삶 자체가 빚어낸 절망적 몸짓에서라기보다는 '관념이 현실적 문맥 속에 유착된 결과'[24]라고 볼 수 있다. 허무의 표정은 이제 삶이 아니라 시를 만들어내는 '제도'가 된 것이다.

> 나는 전하였다
> 나의 고향사람들에게
> 언제나 나의 길은 최후이었다.
> 언제나 나의 길은 죽음이었다.
>
> ―「證言」 부분

> 아주머님, 이 至亂의 뜰에서 멈춰 주세요
> 아무도 없습니다
> 곧 죽으렵니다.
>
> ―「所願」 부분

> 지붕 저 쪽에서 비로소 蒼空이 地球에 떨어진다.
> 어서 아버지 곁에 가고 싶구나
>
> ―「슬픈 福音」 부분

---

24 「고은 시인과의 대화」, 신경림, 백낙청 엮음, 『고은 문학의 세계』(창작과비평사, 1993), p.20.

容納하라. 내 모든 帆船들은 떠나갔다.

저 마을 등불들이 하나씩 꺼지고

내 죽음이 열쇠처럼 잘칵잘칵 열리는구나

—「乾盃」부분

이와 같이 초기시의 전편에서 흔히 발견되는 소멸 혹은 죽음의 이미지는 다분히 과장되었으며, 전후의 폐허 속에서 정신의 상처를 위로하는 형식, 역시 방법적인 것이었다. 실존의 위기를 시화하는 것은 그 위기에서 비롯되는 정신적 갈등을 극단화하는 과정이라고 볼 수 있다. 현재를 살아가는 일의 어려움이 과거를 기억하는 행위로 상쇄될 수 있다고 믿는 것도 그 위기를 극복하는 대안이 된다. 가령, "내 혼자 보리밭에 가서 딸꾹질을 한다/문득 억울한 허리쪽에서/그대 누이만 남아 아우를 달랜다"(「早春修身」)라는 유년시절의 성적 욕망에 대한 표출도 죽음의 욕망에 값하는 무게를 갖는다. 외로움에 못 이겨 죽음을 택하려 했던 절박한 삶에 대한 시화(詩化)는 실상 그 위기로부터 자신을 구원하고자 하는 강한 생의 욕구라고 할 수 있다. 고통을, 관념적 죽음의식을 통해 제거하고 부활하고자 하는 의지와, 흔들리는 실존에 대한 위기감으로 인하여 끊임없이 자기동일성을 유지하려는 고투가, 유년시절의 자위행위를 통해 나타나는 것은 같은 맥락에서 이해할 수 있다.

그러므로 무수히 절망하는 언어, 소멸과 죽음으로 가득 차 보이는 제1기의 시에서, 가을날 떨어지는 나뭇잎을 보면서

물우엔 하늘의 첫숨들이 내려와 거길

변화와 동일성의 시학 179

바라보다. 눈감아라.
물은 살아난 물소리를 쌓아
크다란 깊음으로 가을은 자는 나라
아시는가, 잎새가 와 물우에 지고.

—「水神에게」 부분

라는 말을 듣는 것은 한편으로 놀랍지만 자연스럽기도 하다. 잎이 지
는 생명의 현상을 "크다란 깊음"으로 수용하는 자세야말로 소멸을
생성으로 이끄는 힘이 된다. 그는, "살고 싶다는 말에도/죽음이 들어
있고"(「悲哀의 ─ 페이지」)라는 인식으로부터 "그리고 나는 劇藥을 만
들기 시작한다"(「室內」)라는 비장의 결심 과정을 거쳐서,

그렇다. 들키지 않는 쪽으로 무덤이 남몰래 열린다.

—「修士抄」 부분

라는 세계 인식에 도달한다. 삶의 시간적 끝, 혹은 절망의 정점에
'나' 아닌 모습으로 죽음이 존재하는 것이 아니라 죽음은 언제나 '이
곳'에 편재하는 것임을 그가 깨닫기까지, 그의 여정은 고뇌에 찬 것
이었다.

정신적 방황과 현실의 고통으로부터 해방되는 일이 유년시절의 바
다를 그리워하고 소멸과 죽음을 노래함으로써 가능하다고 그는 믿고
있다. 실존적 조건의 위기를 극복하려 했던 그가 자신의 시적 정체
성, 넓게는 삶의 정향점을 어디서 구하고자 했는지를 탐색하는 일이
중요했던 것이다. 그것이 바로 유폐적 상상력이 빚은 낭만적 과잉의

세계가 아니었을까. 이런 관점에서 볼 때, 이후 그의 민주화 투쟁기
는 매우 이질적으로 보인다. 이러한 사실은 시집 『文義마을에 가서』
(1974)에서 보이는 역사적 현실에 대한 관심과 "소위 허무를 낚아올
렸을 뿐"(「投網」)이었던 과거에 대한 새로운 인식으로 이어진다. 이는
그가 성장형 시인이라는 점을 확인하게 하는 대목이 아닐 수 없다.

3) '누이' 이미지와 세대의식의 관련양상

초기 고은의 시는 자신과 처절한 싸움을 견뎌내는 과정의 고통스
럼움을 보여준 것이라고 할 수 있다. 극도의 허무적인 절망감을 이겨
내기 위한 시적 장치가 소멸과 죽음의 이미지들에 경도되는 것이었
지만, 그는 현재의 좌절감을 유년시절의 바다를 기억해내는 일로 위
로받고자 했다. 바다를 '기억하는' 일만으로도 그는 시인일 수 있었
다. 그의 시가 만들어지는 과정에서 바다는 언제나 감성의 중심에 와
있었다. 고은에게 바다는, 「환상수첩」에서 김승옥이 보여준 죽음의
유혹에 비견되는 짙은 절망감이기도 하며, 「광장」의 주인공 이명준
의 숙명적 선택과 무관하지 않다. 고은의 시 「墓地頌」을 읽은 한 시
인의 다음과 같은 고백은 60년대 고은이 보여준 세계의 낯설음과 예
민한 시적 감수성의 수준을 어느 정도 짐작하게 한다.

정말 깜짝 놀랐다. 하도 기뻐서 여편네한테까지 읽혔다. 그를 읽고 나
서 아직 덜 읽은 사람의 것을 마저 읽어 보았는데, 이건 말이 되지 않는
다. 「이삭을 주울 때」 전체가 시들해진다. 그리고 그 다음에 우리 시단 전
체가 시들해지기 전에, 타락한 내 자신에 대한 반성이 번갯불같이 들이

닥친다. (······) 그 이튿날 그의 시를 다시한번 읽었다. (······) 다시한번 이번에는 마음 속으로 읽어보고는 역시 최초의 섬광적인 인상을 신용했다. 신용해도 좋다고 생각했다. 그것이 바로 재주이기 때문이다.[25]

김수영을 놀라게 한 시를 보이면 다음과 같다.

아무도 찾아오지 않는데 그대 자손은 차례차례로 오리라.
지난 밤 모든 벌레 울음 뒤에 하나만 남고 얼마나 밤을 어둡게 하였던가.
가을 아침, 財寶인 이슬을 말리며 그대들은 잔다.
햇빛이 더 멀리서 내려와 잔디 끝은 희게 바래고
올 이른 봄의 할미꽃 자리 가까이 며칠만의 산국화가 모여 피어 있구나.

그대들이 지켰던 것은 비슷비슷하게 사라지고 몇 군데의 墓碑는 놀라면서 산다.
그대들이 살았던 이 세상에는 그대의 뼈가 까마귀 깃처럼 운다 하더라도
이 가을 진정한 슬픈 일은 아니리라.
오직 살아있는 男子에게만
가을은 집없는 산길을 헤매이게 한다.

그대들은 이 세상을 마치고 작은 祭日 하나를 남겼을 뿐
옛날은 이 세상에 없고 그대들이 옛날을 이루고 있다.
어쩌다, 잘못인지 노랑나비가 낮게 날아가며

25 김수영, 「재주」, 『김수영 전집』 2권(민음사, 1981), p.80.

이 가을 한 무덤 위에서 자꾸만 저 하늘에 뒤가 있다고 일러 준다.

아무도 찾아오지 않는데 그대들은 이 무덤에 있을 뿐 그대 자손은 곧 오리라.

—「墓地頌」, 전문

이 시의 전반적인 분위기는 적막하지만, 그 적막은 화자 자신의 냉정함과 삶을 인식하는 시각의 거리감으로부터 발생한다. 화자는 아마 어딘가 이름모를 무덤가를 지났을 것이다. 아침햇살에 무덤 위의 풀빛이 희게 보이고, 할미꽃과 더불어 산국화가 모여 있는 풍경이 화자의 발길을 멈추게 했을 것이다. 문제는 이러한 죽음 뒤에 따르는 망각의 원리, 시간의 흐름 앞에 죽음의 의미가 퇴색되는 삶을 화자가 인식한다는 데 있다. 죽은 자의 이름으로 수없이 이루어졌을 말과 약속, 혹은 기약이란 한갓 부질없는 것. 그래서 화자는 "몇 군데의 墓碑는 놀라면서 산다"라는 다소 어색한 비유를 제시한다. 따라서 이 가을 진정으로 슬픈 일은 살아서 그 앞을 지나는 자, 혹은 "살아 있는 男子"의 방황일 뿐이다. 결국 죽음이란 지상 위에 "작은 祭日" 하나만을 남기는 일이라는 것. 그리하여 죽은 자 스스로 이루어낸 "옛날"이라는, 쉽게 잊혀지는 시간이 가져다주는 사소함이라는 것, 혹은 "어쩌다, 잘못인지 노랑나비가 낮게 날아가"는 풍경만으로 존재하는 시간이라는 것이다. 이 시의 새로움이란 이와 같이 죽음이라는 소재를 냉정하게 제시하고자 하는 시인의 노력에 있다. 이 낯설게 하는 방법은 당시 문단에서 볼 때 분명 신선한 것이었음은 분명하다.

따라서 김수영의 감각은 정확했다. '재주'라는 것, 고은이 가지고 있었던 절망과 좌절의 표정이 그의 시적 재주에서 비롯된다는 사실은 전후세대의 한 사람으로서 고은이 갖고 있었던 탁월함이었다. 그 탁월한 감수성의 이면에 자리잡은 창작 원리란 무엇인가. 그것은 고립무원한 세계에서 자신을 인지하고 그 절망을 수용할 수 있는 자는 오직 자신뿐이라는 생각, 사물에 대한 태도가 언제나 자신의 태도로부터 발생하는 '자기 목소리 흉내내기'로서의 시적 장치 마련이 그것이었다. 실제로 그는 이렇게 말하고 있다.

> 내 말을 듣는 손님은 이제 내 鼓膜일 뿐입니다.
> 예로부터 「아 가을이 왔어」라는 그 말이
> 내 말이라면
>
> —「비오롱 G線을 고르다가」 부분

말할 대상이 부재할 때 자기를 그 대상으로 삼는 방법, 외부세계와 철저하게 고립된 자아의 자기 정체성 확인이란 외로운 일이지만 그것만이 자기를 위로할 수 있다. 그러나 더욱 중요한 것은 자기를 시적 대상으로 삼는 방법의 아름다움이 갖는 문학사적 의미이다.[26] 고은은 '누이' 혹은 여성의 이미지에 대한 변용을 통해 이 같은 지점에

---

26 李箱의 시 「遺稿」에는 이런 표현이 등장한다. "眼球에 아무리 해도 보이지 않는 것은 眼球뿐이다"(이승훈 편저, 『李箱詩全集』, 문학사상사, 1989, p.234.) 이 부분에 대한 편저자의 해설은 "역설적 표현으로 어떤 이성적 사고 능력도 이성적 사고 능력 자체를 사고할 수 없다는 뜻"으로 되어 있다. 그러나 저자의 이러한 해설은 순환론의 오류에 빠져서 시의 표현이 가져다 주는 본의를 제대로 전달한 것으로 보기 어렵다. 대신, 李箱의 이같은 표현은 주관적 관념론이나 인식의 자기반영적 성격을 드러낸 것이라는 한 연구자의 주장이 매우 설득력 있다. (한상규, 「1930년대 모더니즘 문학에 나타난 미적 자의식에 관한 연구」, 서울대 석사논문문, 1989, p.35.)

다가서고자 했다.

1

　누님이 와서 이마맡에 앉고/외로운 파스.하이드라짓瓶 속에/들어있는 情緒를 보고 있다/뜨락의 木蓮이 쪼개어 지고 있다./한 번의 기인 호흡이 창의 하늘로 삭아가버린다./오늘 하루의 이 午後/肋骨에서 두근거리는 체온의 되풀이/머나먼 곳으로 간다./지금은 틀거울에 담은 祈禱와/아래 얼굴/모든 것은 이렇게 두려웁고나/기침은 누이의 姦淫./언제나 실크빛 戀愛나/나의 시달리는 홑이불의 日曜日을/누님이 보고 있다./누님이 치마 끝을 매만지며/化粧얼굴의 땀을 닦아 내린다

2

　형수는 형의 말씀을 해준다./형수의 묵은 젖을 빨으며/고향의 屛風아래로 유혹된다./그분 보다도 이미 아는 형의 半生涯,/나는 모르는 척하고 눈 감아 버린다/英雄이 떠오르며/영웅을 잠재우는 美人,/형수에게 드넓은 우리 農地를 물어보려 한다./쓸쓸히, 고개에 녹아가는/눈 허리의 明暗을 씻고 그분은 나를 본다./혓바닥 작은 카나리아 핏방울을 구을리며/자고 싶도록 밤이 간다./형의 死後를 잊는다./형수는 밤의 부엌램프를/나에게 맡기고 간다.

─「폐결핵」 전문

이 시는 시인이 25세 되던 1958년 조지훈의 천거로 『현대시』 제1집에 발표되었던 작품이다. 이 작품에서 "누이"는 그 실체성의 여부와 관계없이 고은 초기시의 방황과 절망, 그리고 허무의 표정을 가장

정확하게 드러내는 이미지이다. 이 시의 화자는 병에 걸려 누워 있는 상태이다. 그에게 누님은 자신의 육체적 결핍을 치유하게 하는 정신적 구원의 징표이다. 정확히 말해서 누이에 대한 성애적 감정이 그의 상처를 다스리는 힘이 된다. "늑골에서 두근거리는 체온의 되풀이"란 이 같은 성적 욕망의 드러냄이며, 누이 역시 그의 이러한 성적 욕망에 은밀하게 다가서는 존재로 그려진다. "치마끝을 매만지며" "화장얼굴의 땀을 닦아 내"리는 누이의 모습을 통해 이 점은 확인된다. 2연에서 누이는 형수로 전이된다. 성적 대상에 대한 갈망이 형수의 이미지에서는 모성회귀의 욕망으로 그려진다.[27] "형수의 젖을" 갈망하는 일과 "고향의 병풍아래로 유혹"되는 일은 심리적으로 같은 맥락에서 이해된다. 현실의 고통을 상쇄하고 죽음에 대한 정신적 부활을 꿈꾸는 화자의 욕망이 안온한 삶에 대한 그리움으로 표출되고 있는 것이다. 화자는 "드넓은 농지"로 돌아가 자연적 존재로 자신과 성적 대상을 일치시킬 수 있는 조화로운 삶을 꿈꾼다. 그러한 삶은 현실세계의 경쟁관계 혹은 부담으로부터 벗어나는 것을 전제로 한다. "형의 死後를 잊고" "형수는 밤의 부엌 램프를/나에게 맡기고 간다"라고 했지만 사실 화자는 형의 죽음을 '잊고 싶은 것'이고, 밤의 램프를 형수로부터 '받고 싶은 것'이다. 여기서 주목할 것은 1연에서 그려진 화자의 성적인 욕망은, 그 욕망의 현실적 관계 즉, '화자―형―

---

27 김재홍은 고은의 초기시에 나타나는 누이 혹은 여성의 의미를 밝히면서 성애적 대상으로 드러나는 누이 혹은 여성의 이미지는 일종의 여성 콤플렉스의 증상이라고 하였으며, 이는 전후의 고통을 이겨내려는 심리적 방어기제로 설명되며, 그의 『만인보』 등에서는 구원과 삶의 근간을 이루는 대지적 상상력, '민중적 어머니' 등의 모습으로 변이되고 있다고 분석한다. 이에 대해서는 김재홍, 「고은 시의 지속과 변화―여성상을 중심으로」, 『생명, 사랑, 자유의 시학』(동학사, 1999) 참조.

형수'라는 구도에서 보면 실현불가능한 일이다. 형의 존재는 가장 가까운 성애적 대상이었던 '누이' 혹은 '형수'에게 다가설 수 없게 만든다. 이러한 현실세계의 제한 속에서 화자는 자신의 욕망을 안타깝게 바라볼 뿐이다. 이 같은 그리움, 도달하기 어려운 삶의 지평에 대한 막연한 동경 등이 고은 초기시의 미학적 층위를 해명하는 중요한 단서로 작용한다. 따라서 욕망의 대상이 존재하지만 다가설 수 없다는 것, 전후의 황폐함 속에서 삶의 의미를 찾는 일의 어려움과 힘겨움을 이 작품에서 발견할 수 있다. 이 같은 안타까움의 시적 구현 양태에 대한 평론가 김현의 반응은 의미있는 일로 보인다.

> 그의 신비스런 유인력은 어디서 나오는 것일까? 제주의 소금기 있는 바람에 쓸려, 구멍이 송송 뚫어진 그의 살 끼인 천한 얼굴 때문일까? 그의 순진한 듯하면서 잔인하고, 비속한 듯하면서 날까로운 말투 때문일까? 아니면 남의 비웃음을 사기에 꼭 좋은 그의 허장성세 때문일까? 그는 나의 이해를 초월한다. (……) 그의 질병, 그의 오만, 그의 허장성세, 그의 급격한 말투, 그의 신비스런, 그렇지만 약간은 거칠은 웃음, 그런 것들을 나는 알고 있다. (……) 그 기억 속에서 나는 며칠을 허우적거리는 것이지만, 그 허우적거림 속에서 내가 붓잡은 것은 그의 가면이 아니다. 그 가면의 양각이 우리에게 던져주는 허무감이다. 자신의 감정을 기묘한 손길로 빚어 놓은 그의 솜씨 때문에 그 빚어진 돌출부분이 찍어 놓은 그의 솜씨 때문에 나는 허무감을 느낀다.[28]

---

28 김현, 「고은의 전설」, 『신, 언어 최후의 마을』(인문서점, 1967), 발문, pp.149~153.

이는 또 하나의 시적 경지라고 할 수 있다. 비평가 김현을 허무감에 젖게 한 고은의 감수성은 분명히 문학사적 '사건'이라고 할 수 있다. 비평가는 언제나 작품을 통해서 말할 수밖에 없는 운명을 지닌다. 비평가 자신에게 존재하는 감성의 미적 충동이란 논리적 의장을 통해서 직조되지 않고는 한낱 신기루에 지나지 않는 것이다. 한 명의 아름다운 작가를 만나는 일은 비평가에게 있어서는 축복일 수 있다. 고은은 탁월한 감성을 지닌 한 비평가를 만난 것이다. 그 비평가는 시인은 될 수 없었지만, 디오니소스적 열정을 간직한 사람이었다. 고은은 그에게 자신의 내면을 보상해 줄 수 있는 훌륭한 시인이었다. 생의 적나라한 실감 앞에 시적 충동을 지닌 한 탁월한 비평가는 비평적 논리의 한계, 논리의 그물코를 빠져나가는 삶의 생기발랄함에 대해 머리를 숙인다. 그래서 고은이 김현과 만나는 장면은 전후 한국시 문학사에 나타난 허무주의의 미학적 정점이었다. 범논리주의가 지닌 한계, 그리고 충동으로서의 삶이 지닌 균형감에 대한 욕망이 만나는 지점에서 그들은 마주보고 있었던 것이다.

지금 나는 넓은 後面을 돌아다 본다.
길들이 再會한다. 하나의 길이 구비친다.
누가 저길로 반짝이며 올 것인가.
새가 잘못 나를 때 죽음이 여기저기서 메아리친다.
가장 멀리까지 들릴 새 소리 밑으로 나는 가야 한다.
그리하여 上廻하는 하늘에서 편지를 받는다.

받은 편지는 한번 죽는다. 그리고 태어난다.

어떤 여자가 첫인사의 길을 묻고
함께 가다가 語意때문에 헤어진다.
새가 나대신 떨어져 죽는다.
다 마친 일 속에 남은 일이 있다.
마침내 반짝이는 편지 속에 새가 운다.

지금 나는 밭에서 흙 묻은 손과 이야기한다.
편지의 귀절들이 살아서 내 말이 된다.
저만큼 남은 處女地까지 가기 전에
貴寶인가, 먼 곳에서 地震이 지나간다.
그러나 내 앞으로 올날들이 서두르고
하늘은 무엇인가를 자꾸 시키면서 높아진다.

편지는 저 너머의 것을 이 땅에 가지고 온다.
새가 죽은 뒤의 劇藥 묻은 가지에서
언젠가 날으고 잊어 버린 우뢰 아래서
곧 무너질 謹弔의 언덕에서
편지는 비처럼 내 일들을 적신다.
여기까지 얼마나 많은 뜻으로 비가 왔는가.

―「편지―김현에게」 전문

　이 작품의 부제가 말해주듯, 시인은 평론가 김현에게 편지를 쓴다. 그런데 그 편지는 답장일 가능성이 높다. 3연에서 "편지의 귀절들이 살아서 내 말이 된다"라는 진술이 주목되기 때문이다. 화자는 지금

"밭에서 흙묻은 손과 이야기"하고 있다. 즉 화자는 어디론가 떠나 있는 상태이다. 여기서 그가 김현에게 화답하는 형식, 즉 1, 2연에서 그리고 있는 이미지의 변주가 특이하다. 화자는 길 위에서 누군가 "저길로 반짝이며" 올 것 같다는 생각을 한다. 그리고 새 소리를 듣는다. 하늘을 선회하는 "새 소리"를 그는 김현의 편지로 생각한다. 그 편지는 화자에게 매우 중요하거나 신선한 의미로 다가온다. 이런 심정을 그는 "받은 편지는 한번 죽는다. 그리고 태어난다"라는 진술 속에 함축하고 있다. 편지가 죽을 수는 없다. 그렇다면 편지를 받은 사람의 내면 속에서 편지가 일으키는 파장이 중요하다. 그는 자신의 삶이 죽음에 비견되는 짙은 절망감에 싸여 있음을 고백한 것이다. 그러므로 "죽는" 것은 삶의 고통과 불안한 실존에 대한 상징적 수식이고, "태어"나는 것은 그러한 관념으로부터 산출되는 시, 혹은 시에 대한 열망인 것이다. 화자는 그 편지를 통해 자신의 삶의 정황이 죽음에 대한 의식에 수렴되고 있음을 말하고자 했던 것이다. 따라서 "극약 묻은 가지"라든가 "근조의 언덕"이라는 표현은 결국 자신의 시적 정체성의 근원에 모종의 고통이 도사리고 있다는 사실을 깨닫게 하거나 환유하는 기표로 작용하고 있다. 이를 두고 평론가 김현은 '신비스런 유인력'에서 나오는 '허무감'이라고 적어 둔 것이다. 이러한 마주봄은 전후 한국 시문학사에서 매우 중요한 의미를 갖게 된다. 고은과 김현의 '만남/이별'은 바로 고은 문학의 변화과정을 극명하게 설명해주기 때문이다.[29]

하지만 초기 고은의 시는 절망적 포오즈와 낭만적 과잉으로 인해 허무주의가 갖는 생산적인 역할을 다하지 못하고 말았다. 허무주의는 대상에 대한 일회적인 체념과 다르다. 그것은 생을 이해하는 또 하나의 방법으로써, 권력과 제도의 불합리성, 억압적인 권위, 물화된 일상성으로부터 자유로운 사고와 삶의 양식을 얻고자 하는 능동적인 표현행위로 인식될 필요가 있다.[30] 고은 시에 산견되는 유폐적 상상력과 죽음의 이미지들은 자신의 실존적 정황을 알리는 지표로서 작용하고 있다. 다시 말해 시를 쓰고 있다는 현존성에 대한 믿음이야말로 고은 시의 표정이었으며 이를 통해 그는 문학적 권력관계 속에 편입되고자 했던 것이다. 그의 초기시에는 '간다'라는 술어의 쓰임이 매우 많다. 가령,

---

29 고은의 초기시 특히 여성에 관한 김현의 분석은 초기 고은시를 해석한 기존의 논의 가운데 주목할 만한 것이다. 고은 초기시에 대한 김현의 애정이 가장 극명하게 표출된 글로 「시인의 상상적 세계」를 들 수 있다. 이 글의 초점은 고은 초기시에 드러나는 '의식의 편향'에 관한 분석이다. 김현은 시인들에게 나타나는 '상상적인 것'의 편향을 발견할 수 있다고 하면서 여러번 되풀이되는 이미지란 그것을 창조한 자의 '원초적 경험'과 밀접한 관련을 맺고 있다고 말한다. 이러한 논의의 연장선에서 김현은 고은에게서 '누이의 죽음'이라는 원초적 경험, 혹은 정신적 외상이 존재하고 있다고 판단한다. 이 같은 근거로 김현은 『해변의 운문집』에 실린 「奢侈」라는 시를 분석한다. 이 시를 두고 김현은 '고은의 가장 좋은 부분들이 거의 다 모습을 드러낸다'라고 말하면서 고은이 말한 '나는 창조보다도 소멸에 기여한다'는 진술이 타당성을 얻었다고 평가하고 있다.(「시인의 상상적 세계」, 『김현전집』 3권)
그러나 후에 고은은 스스로 '누이'의 이미지란 한낱 허구에 불과하다고 말하면서 자신의 경험적 세계와 여성 이미지의 사용은 무관하다고 주장한 바 있다. 여기서 눈여겨 볼 것은 김현의 비평적 판단이 옳았느냐의 여부보다는 김현이 초기 고은과 아름답게 만나는 장면의 문학사적 의미인데 이 부분은 고은 연구에 있어서 매우 중요하게 밝혀져야 할 과제로 남겨두기로 한다.

30 니힐리즘을 곧바로 허무주의로 번역하는 문제는 논란이 예상된다. 니힐리즘은 '진리와 가치의 부재absent를 강조'하고 있지만, 이러한 인식이 곧바로 진리와 가치의 전면적인 부정으로 이어지는 것은 아니기 때문이다. 니힐리즘의 생산성은 지배적인 도덕관념이나 가치에 대한 '방법적 부정'을 통해 세계와 지식에 대한 근본적인 반성의지를 피력하는 사유구조로 이해될 필요가 있다. 이에 대해서는 J. Goudsblom, *Nihilism and Culture*(Oxford, 1980) 『니힐리즘과 문화』, 천형균 역(문학과지성사, 1988), 참조. 이와 같은 '방법적 부정'은 한 니체 연구자에 의하면 '모든 가치를 재평가' 하는 작업으로 이해되기도 한다. 이에 대해서는 J. P. Stern, *NIETZSCHE*(Haper Collins Pub, 1978) 『니체』, 이종인 역(시공사, 1998), p.85. 참조. 또한 이런 내용은 니체의 "반시대적으로─말하자면 시대에 반항하며, 그럼으로써 시대를 위하여, 그리고 앞으로 올 시대를 위하여─공헌하는 것 이외에는 없으리라"라는 술어 속에도 찾을 수 있다. F. Nietzsche, 『반시대적 고찰』, 임수길 역(청하, 1982), p.109.

> 언덕에는 某處로 가는 길이 있다
>
> 겨우 몇 줄의 로망스 死語를 읽고
>
> 나는 흰 가방베 신을 신고[31]
>
> 저 언덕으로 가야한다.
>
> ㅡ「失物」 부분

와 같은 작품에서 "某處로 가는 길"과 "가야한다"라는 술어의 상관
관계에 주목할 필요가 있다.그는 자신이 가고자 했던 길에서 실존의
죽음을 만나고 그 죽음을 시화(관념화)하는 방법을 얻은 것이다.

> 머무는 親友여, 나는 혼자서 뻗은 길을 걷고 싶구나.
>
> ㅡ「除夜」 부분

라거나,

> 또다시 나는 새벽마다 무덤에 가야 한다.
>
> ㅡ「새벽 密會」 부분

등의 작품 속에서 '가다'라는 술어로 포괄되는 시적 진술의 의미내
용은 그의 시가 씌여지는 과정을 선명히 드러내고 있다.

고은은 1964년 5월부터 1967년 5월까지 약 3년 동안 제주도에서
생활하게 된다. 그의 제주생활은 『피안감성』 이후 『해변의 운문집』

---

31 "흰 가방베 신"은 "흰 가방 베신"의 오류이다. 83년 민음사 전집본에는 "흰 가방 베신"으로
고쳐져 있다.

과 『신, 언어 최후의 마을』을 통해 주요한 시적 체험으로 형상화된
다. 제주도 시절을 '무책임한 자기과장'이라고 술회했던 시인의 내
면 속에는, 전후세대의 감각, 다시 말해 한국전쟁을 기점으로 새로운
감수성이 요구되는 지점에 자신이 놓여있음에 대한 자각이 도사리고
있었던 것이다. 그는 한국전쟁의 상흔을 목도하면서 나름대로 문학
사적 안목을 동원하여 1950년대의 문학을 정리하는 자리에서 다음
과 같이 말하고 있다.

> 전쟁은 50년대의 문학에 그러한 오랫동안의 산야에 남겨져 있는 재래
> 언어들을 기성건물과 함께 파괴했다. (……) 그러므로 6·25 이전의 재래
> 주의자들이 전통이라고 오도하고 있는 사실은 그것에 대한 자각적 저항
> 을 받은 뒤에 한국문학의 기본형을 수정하지 않으면 안될 의무를 가진다.
> (……) 사실상 재래문화는 50년대의 저항을 받을만한 견고한 방어력을
> 가지지 않고 전혀 한말韓末의 구식 군대와 방불할 정도였다. 그런 군사력
> 이 청·일의 위력에 굴복한 것처럼 서정주 김동리는 누구보다도 감상적
> 아프레게르의 저항에 의해서 잠정적으로 탈색될 수 있었다. 50년대 문학
> 은 전쟁을 배경으로 삼고 그 전쟁의 특혜를 받고 있었다. 그것은 기성작
> 가들의 대부분이 전쟁을 흉년 악역쯤으로 생각했기때문에 그 전쟁으로부
> 터 자동성自動性을 얻지 못한 사실에 의해서 새로운 세대에게 전쟁의 의
> 미를 박탈당한 것이다.[32]

조금 긴 인용문에서 고은이 주장하고 있는 것은 대체로 다음 두 가

---

32 고은, 『1950년대』(청하, 1989), pp.15~16.

지로 정리할 수 있다. 첫째, 한국전쟁 이전의 기존의 문학적 전통은
'전통'이라고 불릴 만한 방어력을 갖지 못했기 때문에 전쟁을 겪으면
서 그 문화는 여지없이 허물어졌다는 점. 둘째, 50년대의 신세대작가
들에게 전쟁의 상흔은, 문학적 생산을 가능하게 하는 최소단위였다는
점이다. 이 같은 진술 속에 전후세대로서의 세대의식이 강하게 자리
잡고 있었음을 고은은 고백한 것이다. 그렇다면 '기성 작가들이 전쟁
을 흉년 악역쯤'으로 여겼던 반면, 50년대 작가들은 전쟁으로부터 오
히려 역동적 상상력을 부여받았다는 것인데, 고은 자신에게 그와 같
은 역동성은 어떤 형태로 내면화되었으며 실제로 그의 시는 어떤 방
법에 의해 직조되었을까. 바로 '불행체험'을 극단화하는 시 쓰기와 그
속에 자신을 문학 생산의 거울로 인식하는 '자기텍스트화'의 방법론
이 자리잡고 있었던 것이다. 고은은 전후에 등장한 신세대로서 자신
의 시 쓰기에 대하여 나름대로 자각적인 입장에 서 있었던 것인데, 이
는 한국전쟁 이후, 문단의 헤게모니 장악을 위한 세대논쟁이 미만했
다는 정황과 무관하지 않다. 가령, 다음과 같이 문단의 상황을 분석하
고 있는 글은 당시 문단의 정황을 이해하는 데 많은 도움을 준다.

20代 乃至 30代는 4, 50代에 대하여 老朽視 骨董品視 함으로써 자기네
世代의 思考 方式을 合理化하는데 主力을 했고 이러한 젊은 世代의 挑戰
에 世稱 낡은 世代의 50代는 稚氣視 또는 ?殺 等의 戰法으로서 이에 對抗
해오고 있는 것이다. (……) 우리는 젊은 批評家들에 의해서 解剖된 既成
層의 作品내지 作家論을 들 수 있으며 老年作家들의 대부분이 自然主義
的 寫實을 발판으로 하고 또 아직도 리얼리즘이란 文學思想을 唯一한 그
리고 가장 崇高한 文學理念으로 삼고 있는 반면에 젊은 世代의 作家들이

이러한 旣成世代의 作家들을 卑下視 前世代視 하면서 <u>새로운 文學 理念</u>
<u>으로서 主知的 또는 非正常的인 不條理의 世界를 誇示함</u>으로써 이 兩世
代의 對戰은 本格的인 段階에 든 感이 있다.[33] (띄어쓰기, 밑줄강조는 인
용자)

위의 진단 가운데 주목할 부분은 세대의식을 문학의 방법론의 문
제, 즉 리얼리즘과 주지주의(모더니즘)의 대립구도로 몰아가고 있다는
점이다. 물론 이무영의 이 같은 분석은 좀 더 구체적으로 보면 염상
섭, 주요한 등의 기성세대 작가군과 김성한, 손창섭, 장요학 등의 신
세대 작가군의 위상에 대한 설명을 목적으로 하고 있지만, 당시 전후
세대로 분류되던 일군의 작가, 시인, 평론가들의 의식 속에는 이 같은
세대의식이 강하게 자리잡고 있었던 것이다.[34] 고은 역시 이 같은 세
대의식으로부터 자유롭지 못했다. 오히려 이 같은 세대의식을 자신의
시 쓰기 전면에 내세움으로써 새로운 문학의 대열에 서고 싶었던 것
이다. 그가 다음과 같이 말하는 것은 이미 정리된 문학사적 안목이 작
용했다는 정황을 감안하더라도 상당히 주목할 필요가 있다.

또한 나에게는 전후의 폐허세대로서의 혼란과 자포자기 따위의 의식이
완강하게 자리잡고 있었다. 밤을 새워서 술 마시고 이른 아침부터 풀뿌리

---

33 이무영, 「陣痛摸索의 8年─判然해진 新舊世代의 對立」, 《조선일보》, 1958. 6. 25.

34 같은 맥락에서 50년대 말 한국문단의 중요한 경향을 전통서정 계열과 모더니즘 계열로 이해
하려는 태도는 자주 발견된다. 가령, 김규동은 해방 이후 한국시가 걸어온 길을 개관하면서
이렇게 말하고 있다. "다만 오늘의 시단을 지배하는 주되는 유파를 조지훈 계열과 주지주의
시인 계열이라는 것을 말하고 산만한 이 원고의 고를 막기로 한다"(김규동, 「우리시가 걸어
온 길─해외시의 영향 아래 탄생된 제유파」, 『신문예』, 1959. 3.)

말라붙은 명동의 판잣집 거리를 배회하는 그런 세대의 상흔이 산과 들을 떠돌던 나에게도 없으란 법이 없다.[35]

바로 이와 같은 의식이 초기 고은의 시를 규정하는 근거가 된다. 그는 제주도 시절의 방황으로부터 시의 논리를 얻고자 한 것이다. 모든 '현대의식은 한마디로 해서 不幸意識'[36]이라는 한 평론가의 견해에서도 확인되는 바와 같이, 이 시기의 고은은 경험적 삶과 미적 체험을 일치시키고자 노력했다. 당연하게도 미적 체험이란 경험세계를 어느 정도 굴절과 변용시킨 이후에 구축되는 세계이다. '누이' 이미지로부터 파생되고 있는 죽음과 소멸의 이미져리들은 모두 이 같은 미적 체험의 범주에서 설명 가능한 것이다. 여기에 제주도 체험과 바다를 둘러싼 시적 상상력은 초기 고은을 가장 아름답게 수놓게 했던 정황들이었다. 가령,

> 길이란 길은 다 멀다
> 내가 걸어갈 수 없다
>
> —「病後」부분

---

35 『제주도』, p.6.
36 백철, 「轉形期의 文學」, 『思想界』, 1955. 10. 이 글에서 백철은 서구문학의 경향은 '주류가 없는 것, 경향에 일치가 없는 것이 현대문학의 주특징인 동시에 20세기 전체에 공통된 특질'이라는 말로 요약하면서 그러한 혼돈 속에서 작가들의 내면 속에 놓여있는 것이 바로 '不幸意識'이라고 말한다. 그는 이어서 지식인들은 모두 '病人'들이며, 그 병명은 '自意識'이라고 주장하면서 이런 의식은 '어떤 체계가 전체적으로 崩壞되어 버리고 아무것에도 의지할 固定한 근거를 喪失'한데서 나온다고 보았다. 백철의 이같은 견해는 전후 한국문학을 이해하는 데 중요한 근거를 제시하는 것이면서 동시에 전후 문학의 정신적 풍경을 잘 그린 것으로 판단된다.

와 같은 진술은, '길을 가야 한다'는 앞의 진술과 어긋나면서, '길은 가야 하지만 이미 길은 없다'는 모순을 일으킨다.[37] 하지만 이 같은 형용모순은 바로 불행의식, 불행체험의 시적 구현을 통해서 그 진의를 드러냈던 것이다.

초기 고은의 시는 절망과 부정의 상상력이 지배적이었다. 그것은 전후의 정신적 공동감(空洞感)을 극복하려는 방법론의 하나로 작용하고 있었으며, '누이' 이미지에 대한 시적 변용 역시 이 같은 과정에서 산출된 기제였다. 하지만 그의 시에 자주 등장하는 죽음과 좌절, 혹은 소멸과 절망의 부정적 상상력은 관념적인 죽음을 통한 생의 의지, 부활에 대한 갈망으로 이해되는 것이었다. 특히 '누이' 이미지의 발현은 전후 신세대의 세대론적 감각, 즉 기존의 문학적 전통에 대한 도전의식으로부터 배태된 것이었다. '부재하는 것'에 대한 병적인 갈망은 자기 자신을 창조적 바탕으로 삼는 모더니즘적 방법론에 다가선 것이었으며, 고은은 자신의 낭만적 감수성의 밑바탕에 이 같은 세대의식을 강하게 갖고 있었던 것이다. 이제 그의 이런 의식은 70, 80년대로 오면서 현실과 역사, 타인과 타인의 삶에 대한 이해로 전이되면서 그 폭을 넓히게 된다.

---

37 고은의 세 번째 시집인 『신, 언어 최후의 마을』에서는 '가다', 혹은 '떠나다'라는 시어가 자주 쓰이고 있다. 즉, "머무는 친우여, 나는 혼자서 뻗은 길을 걷고 싶구나"(「除夜」), "死別했다. 나는 무덤과 비 오는 서울을 떠난다"(「消燈」), "또다시 달빛.沃度의 파도소리/나는 떠나간다"(「불면증」), "겨우 떠날 수 있다.—句節에서/길들이 親展한다 (……) 상여처럼 떠나는 나의 길"(「미망인」) 등이 그렇다. 그러나 그의 '길떠나기'는 이미 그 종말이 예측된 것이었다. "여행은 끝났"(「受胎」)기 때문이다. 삶의 고단한 행려의 의미에서 길가기는 이미 시작된 것이고 그 행위를 통해 그는 시인이었던 것인데, 그렇다면 그의 여행이 다다른 지점은 어디였을까. 그것이 물리적인 공간으로는 제주도였으며 그 공간에서 그는 자기를 텍스트로 삼는 시쓰기를 계속할 수 있었다.

和信 街角을 돌아가다가
부끄러워서 서 버린다.
문득 오고가는 사람들 사이에서
서울 사람들 사이에서
부끄러워 걸을 수 없다.
이 세상의 가스라기로
나 같은 것도 살아서
어쩌구 어쩌구
걸어간다는 것이 부끄럽다.

—「羞恥」부분

　방황과 고통으로 점철된 날들에 대한 자기인식에 대한 이 같은 내면 풍경과, 현실적인 문맥 속에서 자신을 이해하고자 하는 노력이 양립하는 지점에 그는 서 있다. 후에 「休戰線 언저리에서」로 개작되는 시를 보면 다음과 같다.

북한 여인아 내가 콜레라로
그대의 살 속에 들어가
그대와 함께 죽어서
무덤 하나로 우리나라의 흙을 이루리라.

—「南漢에서」전문

　『文義 마을에 가서』와 『入山』이후 고은의 변화는 이 지점으로부터 시작된다.

198

2. 현실주의 문학의 논리

고은의 1970년대는 『새벽길』(1978)로 집약된다. 이 시집은 이전의 그가 보여주었던 미적인 세계인식과 상당히 다른 모습을 드러내고 있다. 직설적인 비판과 조롱, 때로는 과격한 언어사용 등이 두드러지는데, 그의 이 같은 변화는 어떤 근거 위에서 설명될 수 있을까. 또한 그의 이런 변화는 과거와는 전혀 다른 단절적인 변화인가, 아니면 나름대로의 필연적이면서 연속적인 설명이 가능한 변화인가. 뿐만 아니라 1980년대에 더욱 강화되는 정치적 의식의 본질을 어떻게 설명할 수 있는가. 이제 이러한 문제에 대답하기 위하여 그의 1970, 80년대의 작품에 주목하기로 하자.

1) 역사와 현실의 변증법

> "나는 '운다'. 그러므로 존재한다"
> ―고은(황지우, 「歸巢―고은과의 만남」)

> "시인은 정치에 실패하는 것이 옳다. 나는 이 사실을
> 깨닫기 위해서 시인의 길을 걸어온 것인지도 모른다"
> ―고은, 『아침이슬』(1990), 「시집 머리 몇 마디」

시인이, 자신이 몸담고 있는 현실의 세계가 매우 불합리하고 모순으로 가득찬 것이어서 현실 변혁적인 태도가 필요하다고 믿는다 하더라도, 그가 창작해낸 시의 세계에서는 이 같은 변혁적인 의식이나 태도가 생활세계의 논리와 언제나 일치하는 것은 아니다. 즉 시인의

세계관과 창작 방법 사이에는 불일치가 존재하고 있다. 시인의, 삶의 문제와 미학적인 문제를 동일시하려는 경향을 한국문학사에서 찾는 일은 어렵지 않다. 이광수의 계몽주의가 가장 대표적인 경우에 해당하는데, 그의 경우, 미적인 자의식보다는 현실문제에 좀 더 목소리를 높여야 했던 계몽주의자로서의 자각이 더 강했다고 볼 수 있다. 1920년대 카프문학운동의 경우 역시 지식인 중심의 전위주의 운동이 갖는 한계를 잘 보여주고 있다는 점에는 별 이견이 없어 보인다. 다시 말해 그들이 보여주고자 하는 미적인 세계(작품)는 반드시 자신들이 존재하는 생활세계의 원리에 한치도 어긋남이 없어야 한다는 주장이 그것이다. 이 같은 생각은 오랫동안 한국문학사에서 지배적인 권위를 행사했던 의식의 패러다임이었다. '미당 서정주의 경우, 시는 좋은데 삶의 경력이 좋지 않다'는 이유로 그의 시를 폐기해야 한다는 논리에 대응하기가 쉽지 않았던 것도 사실이었다. 그러나 이 같은 생각은 기계론적 반영주의로서, 문학적 상상력의 폭과 넓이를 설명하는 데 중대한 결함을 갖는다.

고은의 1970, 80년대의 시를 보는 시각 역시 이 같은 관점이 중요하게 고려될 필요가 있다. 그가 경험했던 삶의 문제와 시인이 이루어낸 미적인 성취 사이에는 일정한 간극이 존재하고 있다. 즉 혁명적 낭만주의와 내밀한 속삭임이 공존하는 모습을 간과했던 기존의 논의들이 이 시기의 고은을 초기 고은과 단절적으로 이해하는 근거를 제공했던 것이다. 그가 소리 높여 부정한 권력을 질타하고 혹은 분단의 고통과 통일을 노래하고, 가난한 삶에 대해 분노할 때도 그는 조용히 속삭일 줄 아는 시인이었음을 이해하는 일은 중요하다.

고은의 1970년대는 초기의 허무주의와 이를 미학적 차원에서 수용하면서 새로운 세대의식으로 자신을 드러내고자 했던 모더니즘적 방법론으로부터 이탈하는 시기였다. 그러한 이탈은 '어떤 결단의 이정표'[38]로 작용하고 있다. 그가 무엇으로부터 이탈하고 왜 결단을 해야 하는가 하는 점은 전기적인 사실에서 확인할 수 있지만, 그러한 결단이 어떻게 미학적인 층위를 형성하고 있는지 살펴보는 일이 더욱 중요하다. 시 「부활」로 제1회 한국문학상을 수상했을 때의 수상 소감에 이런 부분이 보인다.

> 저의 근원은 전후입니다. 그때 전후의 폐허 사회는 아무런 고전적 자기 구역을 소유하지 않았습니다. 오랜 시대의 사회를 이루어온 전습의 질서와 단위, 그리고 그것들이 만들어낸 유서 깊은 문화의 구성이 보존되었다고는 전혀 생각할 수 없었던 것입니다. 전혀 난데없이 그 폐허에 내던져진 원시적인 자아밖에는 아무것도 이해할 수 없었습니다.
>
> (……)
>
> 저는 제 동인들의 이른바 모더니티 또는 우스꽝스러운 징병 기피의 앙가주망의 문학에 저 자신을 누설하면서도 저 자신의 종교적 허장성세 때문에 고립되었으며 문단의 문제 한복판에서 소외되는 변경의 한 작가가 될 수밖에 없었습니다.
>
> (……)
>
> 저는 10여 년 전에 엽기적으로 환속했으나 제 이념의 깊은 밤으로부터 끊임없이 무기명의 환속을 실현하고 있습니다. 그러나 저의 세속은 하비 콕스의 세속 개념이라기보다는 오늘날 극도로 비문화적인 사회체제에 대

---

38 고은, 「저자 뒷글」, 『새벽길』(창작과비평사, 1978)

한 회의로서의 세속입니다.[39]

이 글에서 가장 두드러지는 것은 자신의 과거를 스스로 돌이켜보면서 자신이 전후의 황폐함으로부터 스스로를 구원하고자 하는 의지로서 "고독 자체"를 문제삼는 시쓰기에 경도되었다는 점이고, 종교적인 이유로 당시 문단의 주류로 인정되던 모더니즘의 경향에 심정적으로는 동의하면서도 문단적인 관계를 유지해 갈 수 없었다는 점이다. 여기서 또 한 가지 주목할 점은 자신이 행했던 실제의 환속을 비유의 차원에서 사용하고 있다는 점이다. 환속은 출세간의 지점에서 세속적 삶으로 돌아온다는 뜻이지만, 현실에 대한 비판적 시선을 바탕으로 무엇인가 새로움을 추구하고자 한다는 의미에서 그것은 '환원'이라는 의미에 가깝다고 할 수 있다. 그러나 그 환원이 그의 시를 변화로 이끌게 하는 동력이었음은 부정할 수 없다.

그는 어느 날 전태일 분신사건을 알리는 신문기사를 우연히 접하게 된다. 한 가난한 노동자의 죽음을 통해 그는 자신이 지금까지 무수한 시간을 방황과 허무주의적 탐닉에 빠져 있었던 사실을 근본적으로 반성하게 된다. 전태일의 죽음을 통해 '죽음의 혈친화, 육친화'[40]가 생겨난 것이다. 1973년 초반, 삶을 이해하는 의식의 패러다임이 전태일 분신사건을 통해 바뀌는 지점을 그는 이렇게 설명하고 있다.

그렇다. 40세란 나에게 있어 일종의 전사적 재탄생이었다. 사건이나 시대야말로 사람에게 더 짙게 고향을 체험케 한다. 비로소 나는 정치적인

<hr>

39 고은, 「나는 날마다 환속한다」(『한국문학』, 1975. 2)
40 김승희, 「파란과 신명의 축제」, 『앨범』, p.104.

고향을 얻은 것이고, 내 역사 실체로서의 어버이를 다시 만난 것이다. 그동안 나는 내 조국이나 그 무엇에나 타향으로만 떠도는 자에 불과했다. 어떤 향수도 책임도 나의 몫이 아니었다. 그런데 그때부터 나는 전혀 다른 사람이 되고 말았다. 이것을 그저 변모라고만 말하면 얼마나 부족한 표현인가. 변모가 아니라 변모따위를 부정하고 나서야 겨우 이해될 수 있는 어떤 사건의 발생인지도 모른다.[41]

그는 자신의 생애에서 상당히 중요한 몇 번의 '변모'를 시도했다. 18세의 나이였던 1951년에 "군산 북중학교"에서 국어 및 미술교사로 생활하다가 군산 부근의 동국사에서 혜초라는 승려를 만나 출가를 하게 된다.[42] 이후 약 10년 간의 승려생활을 보낸 후 1962년(29

---

41 고은, 「만인의 시 만인의 진실」, 『노둣돌』, 창간호, p.152. 또한 그는 이렇게 말한 적도 있다. "70년대와 80년대에 대한 나의 삶은 단 한마디로 이땅의 역사가 나에게 베풀어준 은총, 그 것이 아닐 수 없다."(고은, 『그내는 누구인가 나는 누구인가』, 아침, 1991, p.247.)

42 그는 승려시절에도 종단과 불교현실에 비판적인 태도를 취했다. 그는 불교철학과 서양의 실존주의 철학을 '주관성과 객관성'의 범주로 비교, 설명하기도 했는데,(고은, 「客觀性 主觀性의 問題」, 『文學評論』, 1959. 2) 이는 불교에 대한 나름대로 논리적 이해를 시도한 것이어서 주목된다. 또한 그는 한국불교의 문제를 진단하는 글을 발표하기도 했다. 가령, "불교도들은 歷史를 忌避하여 산에서 灰身하고 在家에서 눈물을 흘리는 '아미타불'을 感傷하고만 있다. (……) 거짓과 無力, 인간의 失格이 넘실거리는 우리들의 現世紀에서 보다 歷史的 인식으로서의 宗敎實踐을 지니기 시작해야만하는 것이다. (……) (서양은―인용자) 二次大戰 뒤에는 東洋宗敎나 文化와 西歐의 그것과의 綜合에서 인간의 日常的 存在를 誕生시키려고 새로운 宗敎的 開拓을 試圖하였다. (……) 지금이 적어도 인류의 역사가 開始한 以來 가장 커다란 動搖과 轉換의 때라는 것을 의식해서 내려오는 인간의 盲目的 遊戱에 전 存在를 유린당할 수도 없는 것이다. (……) 佛敎가 인간사회에 있다는 것, 불교가 歷史的社會에 항상 있었던 現象일 때 사회가 煩惱하고 있으면 佛敎도 煩惱속에 들어있어야만 한다. (……) 불교는 어느 종교보다도 進步性을 띠고 있다. 불교는 行爲만이 實在이며 行爲하는 主體이(……)다" (띄어쓰기는 원문 그대로. 고은, 「佛敎는 生活이다」, 《한국일보》, 1959. 4. 9)라는 글에서 불교가 좀 더 적극적으로 '전환기'에 처한 삶에 참여하여 실천종교로서의 위상을 높여야 한다고 주장한 것이 한 예가 될 것이다. 그가 환속하게 된 이유 가운데는 종단에 대한 실망감도 중요하게 작용했을 것이라는 판단이 가능한 것은 이 때문이다.

세)에 환속을 한다.[43] 그의 이 같은 변모는 어느 한 곳에 머물기 어려운 보헤미안적인 기질과 삶에 대한 열정 등에서 비롯된 것으로 보인다. 그는 '너무도 수줍어서 한 껍질을 쓰고 있는 것은 아닌가 싶을 때도 있고, 너무 광란적이어서 이 사람이 미치광이가 아닐까 하고 의아해하'[44]게 하는 인물이거나, 어린 시절엔 '한번 들으면 외우는 총기, 한번 보면 박아내듯이 그리는 그림, 한번 쓰면 달필이 되는 필재'[45]를 지닌 수재로 평가되기도 한다. 그의 시적 변모과정 역시 이같은 성정과 무관하지 않다. 초기시가 자신의 경험세계를 과장하고 때로는 자신을 시 구성의 거울로 삼는 방법론에 입각했다면, 그의 1970년대는 경험세계가 시의 전면에 등장하면서 상대적으로 화자의 목소리는 시인의 그것과 자주 일치되는 경향을 보인다. 그의 70년대를 가장 상징적으로 드러내주고 있는 작품으로 자주 거론되는 시를 보자.

우리 모두 화살이 되어
온몸으로 가자
허공 뚫고
온몸으로 가자

---

43 기존에 제출된 고은에 대한 논의들은 대부분 1962년 고은이 한국일보에 〈환속 선언문〉을 실었다고 전했지만, 그것은 오류이다. 필자는 그 환속 선언문을 확인할 수 없었다. 다만 경향신문에 「시인 고은은 왜 환속했나」(1963. 8. 5)라는 제목의 분석기사가 살린 바 있다. 이 기사에 의하면 그의 환속 이유는 (1)엄격한 선승 생활이 가져다주는 고통에 대한 회의 (2)가짜 고은 사건의 발생으로 인한 부담감 (3)작은 인간의 행복에 대한 소박한 희망 (4)불교 대중화와 개혁에 대한 바램 등으로 정리할 수 있다.
44 리영희, 「언제나 경이로운 시인」, 황지우 엮음, 『고은을 찾아서』(버팀목, 1995), pp.10~11.
45 이문구, 「문화의 집대성」, 황지우 엮음, 앞의책, p.33.

가서는 돌아오지 말자

박혀서

박힌 아픔과 함께 썩어서 돌아오지 말자

우리 모두 숨 끊고 활시위를 떠나자

몇십년 동안 가진 것

몇십년 동안 누린 것

몇십년 동안 쌓은 것

행복이라던가

뭣이라던가

그런 것 다 넝마로 버리고

화살이 되어 온몸으로 가자

허공이 소리친다

허공 뚫고

온몸으로 가자

저 캄캄한 대낮 과녁이 달려온다

이윽고 과녁이 피 뿜으며 쓰러질 때

단 한번

우리 모두 화살로 피를 흘리자

돌아오지 말자

돌아오지 말자

오 화살 정의의 병사여 영령이여

―「화살」 전문

이 작품에서 가장 두드러지는 "간다"라는 이미지에 주목할 필요가 있다.[46] 화살은 일단 시위를 떠나면 갈 수밖에 없는 상태에 이른다. 되돌아올 수 없음의 가장 극단적인 예에 화살이 해당되는 것이다. 화자가 굳은 결의를 통해 '가자'고 하는데 그 지향점은 어디인가. 물론 화살이 꽂히는 과녁이다. 그런데 화자는 "저 캄캄한 대낮 과녁"이라고 표현한다. 낮인데도 불구하고 "캄캄한" 것은 화자가 인식하는 삶의 환경 때문이다. 시가 전위적인 대열에 서서 "정의"를 위해 헌신할 수 있다는 믿음을 가장 확실하게 보여주고 있는 셈이다. 이 같은 비장미는 자기희생의 결단을 동반하고 있으며, 동시에 소시민적인 안락함과 무관심, 혹은 기득권을 버리고 현실과 역사의 변혁을 위해 봉사하고자 하는 의지로 드러나고 있다.

여기서 주목할 점은 이 시의 행위 주체가 복수형인 "우리"로 설정되어 있다는 사실이다. 서정 양식은 기본적으로 '나'를 문제삼는 방식이라 할 때, '우리'라는 복수형은 매우 이질적이다. 이는 선동적 태

---

46 1970, 80년대 고은의 시에서는 '간다', '떠난다'라는 술어, 혹은 이미지군이 자주 발견된다. 가령, "술주정뱅이 어머니의 아들 이제야 싸움터로 떠납니다"(「새벽길」), "길을 보면/나는 불가피하게 힘이 솟는다/나는 가야 한다/나는 가야 한다"(「길」), "동지들이여 때로는 주저앉아 버리고 싶으나 이윽고 등짝세워/또 다시 먼 길 내 자식의 길까지 가야합니다"(「먼길」), "가야한다/그곳/그곳//가야한다//그러나 끝내 가서는 안될 곳이 있다/그곳을 묻지말라/네가 알고 있지 않느냐 묻지말라"(「갈 곳」) 등이 그것이다. 이같이 '간다'의 모티브는 (1)소시민적 안락함으로부터 벗어나 (2)현실변혁적 전망을 소지한 채 (3)모순극복을 위한 투쟁적 의지의 표현으로 이해된다. 그런데 흥미로운 것은 이같은 '간다'의 모티프가 여기서는 외향적 자세를 취하고 있는데, 90년대에 들어서면 시인의 내면 혹은 정신과 역사 등 내향적 모습으로 자주 드러난다는 점이다. 이 문제는 다음 장에서 논의될 것이다.

도, 즉 화자와 독자의 감정적 일체감을 유발하여 시의 현실 대응력을
제고하려는 의도에서 비롯된 방식이다. 당연히 시적 탐구의 대상 자
체가 화자의 내면적 정서나 심리보다는 외부현실에 놓이게 된다. 하
지만 이 작품은 화자가 어떤 대상과 외부현실에 아주 열정적으로 대
응하고 있다는 사실만을 드러낼 뿐, 역사, 민족, 분단, 통일 등의 문
제에 대하여 구체적인 관심을 표명하지는 않았다. 다만 시인의 시 세
계가 구축하고 있는 한가지 원리, 즉 삶에 대한 열정과 분노에 시적
구성원리의 일단이 놓여 있음을 드러내고 있다. 이로부터 고은의 민
중지향적[47] 성향은 좀 더 구체적으로 형상화되고 현실에 파급되기
시작한다.

1973년에 그는 화곡동으로 거주지를 옮긴다. 소위 '문인 간첩단
사건'으로 구속된 동료들과 '민청학련' 사건으로 구속된 시인의 석
방운동을 기점으로 그의 현실 참여적 문학운동은 구체화되기 시작한
다. "자유실천문인협회"의 초대 대표간사로 선출되면서 구금과 석방
이 되풀이되는 시련의 시기를 맞이하게 된다. 1980년 '김대중 내란
음모사건'에 연루되어 대구 교도소에 수감되어 1982년 8·15 사면으
로 석방되기까지, 당시 그의 삶은 고통과 질곡 속에 놓여 있었다.

그의 이 같은 경험이 시적으로 예각화되는 과정을 잘 보여주고 있

---

47 70년대 변혁론 혹은 그에 기댄 문학론 등을 통칭 민중주의로 부르는 경향에 대하여 좀 더 숙
고할 필요가 있다. 민중주의라는 용어 자체가 갖는 애매모호성이 일차적으로 지적될 필요가
있기 때문이다. 먼저 민중이라는 개념이 갖는 다의성과 실체성 여부에 대하여 물어야 하고,
더욱이 작가, 시인들의 세계관을 문제삼을 때 민중주의는 그들이 갖는 생활태도, 혹은 가치
관의 총체로 이해되는 만큼, 민중들의 삶의 방식, 그리고 권력관계 사이의 역학관계를 고려
하여 민중주의보다는 민중지향적 태도로 수정하여 지칭하는 것이 타당하다고 본다. 민중의
성격과 분류에 관한 것은 김재홍, 「한국현대시와 민중의식의 전개」, 『현대시와 역사의식』(인
하대출판부, 1988), 참조.

는 작품이 있다. 시집 『네 눈동자』(1988)에는 「풀」이라는 제목으로
두 편의 시가 실려 있다.

①나는 너를 소위 비유로 죽여왔구나
　가장 가까운 너를

　문학이 비유일진대
　문학을 죽여라
　늦게나마

　오 풀 한 포기의 삶과 죽음이여

②우리나라 산야 새삼스러이 떠돌건대 풀뿐이로다
　일제 식민지시대 아득한 나날
　풀조차 없었던들
　그냥 꺼져버리고 만 땅 아니었겠느냐
　아버지 풀 한짐 지면 어둑발 배 고픈 것 몰랐다
　그러나 풀을 노래하지 말라
　이제 노래하려거든
　반외세보다
　반독재보다
　앞서 풀로써 비유하지 말라
　우리나라 민중 1억 비유 때문에 노예이리라

②번의 시는 김수영의 '풀'에 대한 반론이라는 주장[48]을 유발하기
도 한 작품이다. 여기서 민중은 나무 한 짐을 해서 지게에 지고 황혼
무렵 돌아오는 아버지의 모습으로 그려지고 있다. 하지만 그런 아버
지의 모습이 곧 민중의 본질이라고 볼 수는 없다. 다만 관념적으로
이해된 민중을 실체적으로 드러내고자 한 노력이 엿보이고 있다. ①
에서 풀은 세 가지 층위에서 고려될 수 있다. '자연의 사물/삶과 죽
음/비유의 대상'이 그것이다. 풀의 실체성을 비유라는 이름으로 억
압해 왔다고 시인은 고백한다. 풀은 "가장 가까운" 대상이다. 풀은
"삶과 죽음"이라는 생의 원리를 가장 명시적으로 보여주는 대상이기
때문이다. 그런데 시인은 삶의 실제를 "비유"라는 형식 속에 감금하
여 제대로 전달하지 못했다고 판단한다. 왜 그렇게 생각하고 있는 것
일까. "비유"는 일종의 제도권의 언어, 권력의 언어형식이기 때문이
다. 민중적 삶을 그대로 전달하는 언어가 아니라는 것이다. 그가 시
인으로서 해야 할 가장 우선의 임무는 이 같은 관념의 언어, 소시민
의 언어를 버려야 한다는 것이다. 그래서 ②에서 시인은 이 땅의 역
사와 목숨을 지켜준 것이 풀이었다고 말다. 풀이야말로 역사의 산 증
인이었던 것이다. 그러나 시인은 "풀을 노래하지 말라"고 한다. 엄밀
히 말하면 김수영식의 관념적 유희로서의 풀[49]은 더 이상 언급될 가
치가 없다고 주장하고 있다. 따라서 고은은 '풀'을 곧 소시민적 관념
의 유희로 이해하여 민중 지향적 삶이 요구되는 시점에서 더 이상 관
념적 시쓰기를 중단하라고 스스로에게 외친다. 경험적 삶의 수준을
미적인 차원에서 설명, 해석하고 혹은 형상화하기 위한 방법이 이 작

---

48 조동일, 「선승(禪僧)이면서 광대인 고은의 시」, 황지우 엮음, 앞의 책. p.288.

품에서 구체적으로 드러나고 있었던 것이다.

그의 이 같은 시쓰기의 본질에는 계몽주의자[50]로서의 각성이 깊이 자리잡고 있다. 소위 허무의 시대를 마감하고 1970년 전태일 분신사건을 계기로 역사현실에 뛰어든 그가 독재정권과 싸우면서 민중지향적 성격을 분명히 드러내게 된 동기를 설명하는 데 일종의 자각적 자기검열의 과정이 필요하지 않았을까. 1975년에 발표한 다음과 같은 글에 주목할 필요가 있다. 조금 길게 인용해 보자.

---

49 김수영의 「풀」에 대한 여러 논자들의 해석이 다양하게 제출된 것이 사실이다. 그러나 최근 강웅식의 논의에 주목할 필요가 있다. 그는 「풀」에서 보이는 긴장감은 "바람에 나부끼는 풀의 타율적인 움직임(사실)과 바람 없이도 움직이는 풀의 자율적인 움직임(환상) 사이의 충돌에서 유발된다"는 것이다. 그러면서 강웅식은 "사실과 환상의 이 같은 충돌에서 빚어지는 긴장감이 이 작품에 대한 일방적인 확대해석을 차단하면서 동시에 무한한 해석 가능성을 열어주는 것"이라고 설명하고 있다. (강웅식, 「'사실'과 '환상'의 대극적 긴장」, 『시, 위대한 거절─현대시의 부정성』, 청동거울, 1998, 참조) 그의 논의는 「풀」에 대한 이해의 차원을 한층 제고시켰다는 의미가 있다. 80년대 고은의 「풀」에 대한 이해는 여기에 미달하고 있었던 것인데, 그의 시대가 현실지향적 태도를 강하게 요구하고 있었음에 비추어볼 때, 한계와 유효성을 동시에 지니는 것이라고 볼 수 있다.

50 계몽주의는 본래 17세기에서 18세기에 이르는 기간 동안 서양에서 왕성했던 문예사조이다. 계몽주의는 인간의 이성에 기초하여 미신과 편견 등을 배제하고 과학적 사고방식을 정립하는 것을 그 본래의 목적으로 삼았다. 이런 의미에서 계몽주의는 합리주의적 사유와 맥을 함께하는 것이다. 18세기 칸트철학의 위상에서 서구 계몽주의의 핵심을 읽어낼 수 있다. 이에 대해서는 E. 카시리, 『계몽주의 철학』(민음사, 1995) 참조. 또한 서구 계몽주의가 도구화되면서 권력적 장치와 효과적으로 결탁하는 수단으로 전락했다는 비판으로부터 자유롭지 못한 것도 사실이다. 처음에 의도했던 탈신비화, 계산가능성과 유용성의 척도라는 계몽주의 본래의 의도가 어떻게 희석화되는지를 명쾌하게 보여주고 있는 저서로는 M. 호르크하이머, W. 아도르노, 『계몽의 변증법』, 김유동 외 역(문예출판사, 1995), 참조. 본고에서 계몽주의는 '새로운 합리주의를 전파하는 목적으로 행해진 민중에 대한 호소'라는 의미로 사용하기로 한다. 이런 관점에서 이는 '교훈주의 문학(didactic literature)'이라는 말로도 쓰일 수 있을 것이다. 물론 계몽주의는 목적이라기보다는 '해석의 태도'로 이해될 수도 있을 것이다. 이 경우 고은의 시는 불합리한 권력과 그로부터 파생되는 모든 억압과 왜곡을 바로잡는 문학적 장치로 인식되기 때문에 계몽주의적 관점에서 읽힐 수 있다. 물론 계몽주의의 문학은 시대적 유효성을 쉽게 상실할 가능성이 있지만 그것의 역사적 의미마저 사라지는 것은 아니다. 이에 대해서는 이상섭, 『문학비평용어 사전』(민음사, 1976), 참조.

(전략)

　내가 만난 삶은 상황이나 역사가 없는 풍화된 자연환경의 그것일뿐이었다. 온갖 민족의 슬픔. 아픔. 괴로움을 등져버리고 온갖 중생의 삶에 담겨져 있는 뼈저린 진실로부터 귀가 먼 상태로 자연 가운데서 사람다움을 화석화하고 있었던 것이다. 이런 상태에서 시작한 내 문학이라는 것도 어줍잖기가 그지없다. (……) 자기마취, 자기기만에 빠진 사실에 그대로 복속되어 버린 것이다. (……) 해방이 되어도, 아니 민족사의 크나큰 참사였던 상잔의 폐허에서도 그런 시대의 문학을 성찰하기는커녕 거기다 한 술 더 부가한 엉터리 실존주의에 빠졌던 것이다. (……) 나는 내 시대를 참답게 형성하려는 아무런 중추의 일도 하지 않고 도리어 그런 참다운 가능성까지 방해했다. (……) 이런 나에게 문제제기가 불가능하므로 내가 참가해야 할 책임의 사회가 있을 리 없다. 한 사회를 살면서 그 안의 여러 모순과 병리를 알고 삶의 실체에 부닥쳐야 종교도 나오고 문학도 가능한 것이다. 나는 이런 사회의 혁신적인 건설사업과 절연된 한 부도덕한 여행자였다. (……) 내 생애 가운데서 가장 불명예스러운 사실은 내가 4·19 혁명의 현장에 없었다는 사실이다. (……) 이 4월 혁명의 젊은 산화를 목격하지 못한 일은 나에게 민족과 민족의 역사운동의 위대성을 만나지 못하게 한 것이다. 가야산 해인사에서 나는 21일 단식 따위를 하고 벽에 기대고 있었던 것이다. (……) 이런 여러 가지 사정을 살펴볼 때 나는 비역사적인 사람이라는 사실을 알 수 있다. 나는 문학이라는 것을 획일주의자로부터의 해방이라고 생각한다. (……) 민족을 지향하는 문학이 바로 그런 사랑의 문학이다. (……) 사람이 이런 시대에 어떻게 살아야 할 것인라는 문제를 제기할 때 바로 그 이름이 역사에 대한 성찰이다. (……) 나는 온돌방에서 편안하게 죽고 싶지 않다. 마르크 브로크나 본 회퍼를, 그

리고 김구를 감히 떠올린다. 죽을테면 그런 죽음의 밑이라도 닦아주는 그
런 죽음이어야 한다. 그러나 지난 겨울 얼어죽은 한 향나무를 기억하며
그 엄청난 추위에도 동상하나 걸리지 않고 펄펄하게 살아남은 감옥의 젊
은이들도 안 떠오르는 것은 아니다. (후략)[51]

이 글은 일종의 참회록이다. 문학적 자전의 형식을 빌고 있지만,
1975년이라는 상황이 매우 강하게 의식되어 있다고 볼 수 있다. 이
글에서 고은은 ①자신의 유년시절 정신적인 영향을 받았던 인물이
나 사건에 대하여 회고하고 ②거기서 자신도 모르게 민족적 자각이
생겨났음을 고백하고 ③승려시절과 제주도 시절 자신의 과장된 시
적 표정을 허무주의, 실존주의로 비판하며 ④진정한 시인은 민족현
실을 생각하고 민족적 사랑을 실천하는 사람이며 ⑤앞으로 자신의
시와 삶은 역사적 맥락에 다가서게 될 것이라고 다짐하고 있다. 이
글에서 가장 주목할 점은 4 · 19 혁명의 현장에 자신이 없었다는 진
술이다. 여기에 고은 문학의 열정과 본질의 일단이 숨어 있다. 그는
스스로 역사의 현장, 즉, 중심에 서고 싶었던 것이다. 그에게 중심이
란 시적 상상력이 태동하는 모태이다. 시인이나 작가의 내면고백은
자신의 문학적 지향점이 중요한 변화를 겪거나 새로운 이데올로기를
접했을 때 행위의 필연성과 당위성을 알릴 필요성이 있을 때 이루어
지는 경우가 많다.[52] 고은의 이 고백은 1975년에 이루어진 것이며,
이 글이 실린 단행본 『방황, 그리고 질주』가 간행되었던 1990년 현
재에도 이 글의 유효성은 인정되는 것이었다. 그의 이런 다짐과 결의

---

51 고은, 「한 이름없는 삶」, 『방황, 그리고 질주』(미학사, 1990), pp.86~97.

가 계몽적 관점으로 드러나는 것은 자연스럽다.

시인은 시인이기 전에 수많은 날을 울어야 합니다
시인은 세 살 때 이미
남을 위하여 울어본 일이 있어야 합니다

시인은 손길입니다 어루만져야 합니다
아픈 이
슬픈 이
가난한 이에게서 제발 손 떼지 말아야 합니다
고르지 못한 세상
시인은 불행한 이 하나하나의 친족입니다

시인은 결코 저 혼자가 아닙니다
역사입니다
민중의 온갖 직관입니다

마침내 시인은 시 없이 죽어 시로 태어납니다

---

52 가령, 김윤식이 해방 이후 문인들의 자기비판과 양심선언 등에 주목하면서 그들의 고백과
비판이 진정한 고백체 형식으로 승화되지 못하고 정치적 감각으로만 공허하게 울림을 준다
고 비판한 대목을 참조할 수 있다. (김윤식, 『한국 현대문학사론』, 한샘, 1988, pp.47~61.)
물론 고은의 경우 이런 고백은 나름대로 이론적 근거(정치적 감각)를 갖고 있으며, 문학적
형상화로 외화되기도 하여, 해방 직후의 문인들과 사정이 다르다는 점을 주목할 필요가 있
다. 특히, 민족주의라는 성격이 해방 직후의 문인과 고은이 현저히 다른 토대 위에 놓여 있
다는 점도 주지의 사실이다.

즈믄 날 밤 하늘의 거짓 없는 별입니다.

—「시인」 전문

  어두운 시대에 시인의 운명과 역할을 가장 명시적으로 보여주고
있는 작품이다. 고은은 자주 자신의 시에서 '운다'라는 술어를 사용
한다. 그의 울음은 민족적 현실을 앞에 두고 시인으로서의 자기를 인
식하는 맨 처음의 행위이다. 가령,

비유를 버려라

다 버려라

빈 마음으로 통일호를 탔다

송정리 나주 사이에서 밥 대신 술을 마셨다

유달산이 보이며

나는 결국 무슨 노래였다

무슨 울음이었다

—「호남선」 전문

와 같은 진술에서 그는 자신을 "울음"이라고 표현한다. 그 울음은,
그러나, 훼손된 현실에 대한 자각 위에서 비롯된다. 그래서 그는 "슬
픔도 힘이구나"(「하루」)라고 말한다. 슬픔이란 모순을 인식한 자에게
만 주어진다. 모순에 대한 인식이야말로 변화 가능성과 필요성을 깨
닫게 한다. 민중의 고통을 아는 시인이라면 "민중의 울음을 우는 천
한 곡비"(「哭婢」)라도 되어야 한다는 것이 그의 생각이었다. 모순으로
가득찬 현실을 바라보는 시인에게는 분노하고 저항하는 자세뿐 아니

214

라 도덕적 염결성도 함께 요구된다. 정신의 순결주의는 진보적 세계관에 필수적으로 요청되며, 고은은 자신의 민중적 세계관에 이 같은 순결성 모티프를 강하게 그려넣고 있다. 그래서

> 이제 이 땅의 구석구석까지 처녀들이 지킬 수밖에 없습니다
>
> 여기저기 우르르 팔려가는 처녀가 아니라
>
> 애로라지 허약한 순결이 아니라
>
> 순결이야말로 쇠뭉치이며 깊이깊이 사상입니다 부활입니다
>
> —「처녀를 위하여」 부분

라고 노래할 수 있는 것이다. 이 같은 순결주의는 혁명적 낭만주의와 결합하여 1970, 80년대 고은의 민중지향적 계몽주의를 특징적으로 나타내주는 중요한 지표가 된다.[53] 여기서 그가 보여주었던 진보적이며 민중적인 시쓰기의 다른 쪽에는, 보편적 삶에 대한 성찰과 세계를 심미적 관점으로 드러내려는 노력이 강하게 나타나고 있다는 점을 강조할 필요가 있다. 군부독재정권과의 투쟁이 한창이었던 1980년대 초반에 그는 이같이 말한 적이 있다.

오늘의 리얼리즘과 나 자신의 로맨티시즘으로

---

53 그가 스스로 관념적 현실이해를 부정하려고 애쓰고 자신을 비판했지만, 민중에 대한 그의 이해 역시 매우 추상적인 면을 노출하고 있다. 『전원시편』에서 드러난 그의 농민관, 민중관이 이를 뒷받침하고 있다. 성민엽은 '농민이야말로 민족의 본질' 이라는 고은의 생각이 갖는 비과학성에 대하여 비판하고 있으며(성민엽, 「고은 혹은 시의 숨결」, 『네 눈동자』, 발문) 최원식은 시인이 살고 있는 지역적 특수성이 결여되어 있고 농민운동과의 관련성이 약화되어 있다는 점을 부각하고 있다.(최원식, 「일이 결코 기쁨인 나라」, 『전원시편』, 해설)

이 최후 절벽의 세계 앞에 정정당당해야겠습니다.

―「나」 부분

여기서 그의 리얼리즘이 "이 세상에 대하여/눈을 똑바로 뜨자는 것"(「나의 리얼리즘」)[54]이라면 로맨티시즘이란 진보적인 문학운동이 지향하는 새로운 패러다임에 대한 낭만적 열정으로 이해될 수 있다. 그의 이러한 이분법은 매우 거칠기는 하지만 자신의 시가 발딛고 선 토대를 가장 정직하게 드러낸 진술로 보아야 할 것이다.

그가 길을 '걷다' 다다른 어느 저물녘의 풍경은 이렇게 그려진다.

비로소 세상이 제 모습입니다
제 모습에 저녁 연기 피어오릅니다
그 어디메 말없음이여
날 저물어 세상이 제 모습입니다

―「저녁」 전문

왜 저녁이 되어서야 "세상이 제 모습"으로 보이는가. 그는 어느 마을 앞을 지나다 문득 저녁 연기 피어오르는 모습에 발길을 멈춘다. 투쟁과 비판, 투옥과 고문으로 점철되었던 어두운 시간들은 그에게

---

54 참고로 『조국의 별』(1984)에 실린 「나의 리얼리즘」이란 시의 전문을 보이면 다음과 같다. "말하자면 리얼리즘이란/이 세상에 대하여/눈을 똑바로 뜨자는 것이외다/특히 제삼세계 사람들 눈뜨자는 것이외다//또한 나 자신에게도 전통에도 속지말자는 것이외다//아 이렇게도 無敵의 날/나에게는 이런 날도 밤중이외다/어이할 수 없이 중부 휴전선 금화땅/어떤 낭으로 눈앞이 캄캄하외다//그러나 나는 이 세상에서 나이도 없이/어린 로맨티스트이외다/그래서 혁명이 아름다움이외다 꽃밭이외다"

무엇이었을까. 결국 "제 모습"의 세상을 찾기 위함이 아니었을까. 그 제대로 된 세상의 모습을 그는 지금 바라보고 있는 것이다. 고은은 그렇게 생각한다. 물론 그는 마을의 외곽, 먼 발치에 서 있다. 아름다운 농촌의 저녁 풍경에 마음을 빼앗기고 있는지도 모른다. 하지만 그가, 가난한 농민들의 삶 속에도 미움과 배반, 질투와 탐욕이 존재하고 있다는 것을 모를 리 없다. 관념적 순수성만으로 농민과 노동자의 모습이 그려지지 않는다는 것을 그 역시 잘 알고 있다. 중요한 것은 그가 바라보고 있는 한 풍경이 그로 하여금 "그 어디메 말없음이여" 라고 중얼거리게 했다는 점이다. 그 "말없음"은 시인이 보고 있는 마을의 '상태'를 나타내는 것이 아니라, 시인으로 하여금 그 같은 침묵에 이르게 했다는 점에 주목해야 한다. 그가 한국 역사의 고통과 왜곡된 현실구조와 정당성을 상실한 군부독재 정권에 대한 비판으로부터 한 발 물러서 바라본 것은 바로 이 같은 마을의 풍경이었음을 지적하는 것은 중요하다. 그의 정적인 시선은 때로는 미시적인 통찰력을 동반하기도 한다. 가령,

동지섣달 한밤중 떡갈나무 자라기 시작합니다
지난해 자라다가 멈춘 뒤
언 땅위로 그 가지들 자라나고
언 땅 밑으로 뿌리 자라납니다
아무도 몰래 먼저 봄을 시작합니다
어둠 속 거친 눈발 날리는데도 내린 눈 날리는데도

—「자정」 전문

와 같은 작품의 아름다움이 그것이다. 눈발 날리는 동지섣달 추운 겨울에도 뿌리는 새 봄을 준비하고 있다는 진술은 '믿음'과 '신념'을 동반하지 않으면 불가능하다. 전복적 상상력, 뒤집어 읽기를 통해 삶을 바라보는 일이 시인의 몫이라는 점은 공감할 수 있지만, 고은의 이 같은 진술은 그의 고난에 찬 삶으로부터 배태되었다는 점에 주목하면 그리 단순한 표현으로 여길 수 없다. 그의 '믿음'과 '신념'은 바로 그의 체험에서 비롯된 것이어서 더욱 아름다운 것이다.

2) 현실대응의 두 가지 방법

고은의 시 쓰기는 1987년에 시작하여 1994년에 완성된 『백두산』과 1997년까지 15권이 간행된 『만인보』에 이르러 그 외형적인 변화와 함께 질적 변모를 보인다. 서사시의 전형적인 면모를 갖추고 있는 『백두산』과 하나의 인물시로서 1930년대 이야기시의 계보에 닿아 있다고 평가되기도 하는[55] 『만인보』가 한 개인에 의해 창작되는 모습은 한국 시문학사상 매우 새로운 모습임에 틀림없다. 특히 1980년대 신군부의 집권과정에서 혹독한 핍박을 당해야 했던 시인에게 1930년대 항일 무장투쟁사에 대한 시적 복원은 매우 중요한 의미를 담고 있는 것이다. 뿐만 아니라 관념적으로 이해되기 쉬운 민중, 혹은 민중적 세계관을 구체적으로 드러내려는 시도로서 가장 한국적인 삶을 살아가는 인물들에 대한 광범위한 관심과 탐구는 깊은 문학적 울림을 주는 것이며, 작품 속에서 구사된 토속어와 율격적 호흡의 문

---

[55] 윤영천, 「인물시의 새로운 가능성」, 『고은 문학의 세계』, p.173.

218

장은 매우 아름답다. 특히 『만인보』에서 대상을 관찰하는 화자의 시선과 관찰된 대상, 그리고 시 속에 등장하는 인물의 목소리가 상호 결합되거나 중첩되는 현상은 정밀한 독법을 요구하고 있다.

이와 같이 『백두산』과 『만인보』는 1980년대 한국사회에 대한 고은 나름의 독특한 대응방식으로서 의미있는 작품이다. 이제 그가 작품을 통해 현실에 대응하는 방식을 구체적으로 살펴보기로 하자.

(1) 『백두산』의 서사적 응전력

『백두산』이 처음 간행된 것은 1987년의 일이다. 당시 사회에 미만해 있던 민주화의 열기와 정치적 관심에 비추어 볼 때, 이 작품의 출현은 매우 고무적인 현상이었다. 이 작품은 처음 1부 1, 2권이 간행되고 1991년에 2부 3, 4권, 그리고 1994년에 3부 5, 6, 7권이 간행됨으로써 기나 긴 시적 여정을 맺음한다. 여기서 주목되는 것은 2부가 간행되기까지의 4년이라는 시간적 간격과 그에 따른 시인의 고백이다. 그에 의하면 이 4년이라는 시간은 '시가 무엇일까'라는 근본적인 질문에 새롭게 마주했던 시간이었다.[56] 이 물음은 시를 통해 좀 더 역사의 문제에 육박하고자 하는 의지의 드러냄으로 볼 수 있으며, 동시에 변화되는 삶의 환경에 대한 인식과 자신의 시적 대응방법에 대

---

[56] 그는 『백두산』 3권의 머리말에서 이렇게 적고 있다. "시가 무엇일까. 이 질문은 장래에까지 걸쳐 있다. 그러므로 이제까지의 시에 관한 성찰 이상이 것인지 모르겠다. 어쨌거나 태어난 땅에서 시인노릇이란 갈수록 어렵다. (……) 이 『백두산』과 『만인보』 그리고 다른 많은 시편들을 짓느라고 만년필 촉이 무척 닳았다. 다른 것으로 바꿀 때가 되었다. 이와 함께 나도 다른 나로 바꾸어질 수 있을까." (이하 『백두산』은 권수와 면수로, 『만인보』는 해당 작품으로 표시함)

한 고민의 흔적이라고 할 수 있다. 물론 분단극복의 의지를 서사적 형식을 통해 드러내려는 시인의 생각이 희석되는 것은 아니었다.

여기서 시인의 이러한 고백을 조금 다른 관점에서 고찰할 필요가 있다. 다시 말해 서사시의 현실적인 대응력을 감안할 경우 마무리가 늦어지게 된 배경에는 80년대 말의 달라진 삶의 환경이 작용하고 있다고 판단된다. 시인이 이렇게 고백하고 있음에 주목할 필요가 있다.

이 일을 마치는데 어느덧 10년 세월을 밑돌기까지 이르렀다. 까닭인 즉 자주 다른 일에 해찰의 눈을 파느라고 그랬거니와 지난 10년의 시대변천의 긴박성의 의미가 상대적으로 실종된 듯한 상황에 이르기까지 이 일의 박음질에도 그 영향이 없지 않았다.[57]

지난 10년 간의 사회적 상황의 변화가 시집이 늦게 간행된 중요한 원인 가운데 하나라는 언급은 중요하다. 이 점은 서사시의 존재방식을 잘 설명하고 있기 때문이다. 서사시는 창작 당시의 '현재성'을 강조하는 장르이다.[58] 변혁에 대한 갈망이 1987년 6·29 항쟁 이후 급격히 소멸되는 현상을 목격한 시인으로서 서사시 쓰기의 긴장감 역시 반감되었던 것이다.

따라서 『백두산』은 1900년대에서 1940년대에 이르는 역사적 공간

---

[57] 고은, 머리말, 『백두산』 5권.

[58] 김재홍은 서사시의 구성요건으로 ①서사적 구조를 가질 것 ②역사적 사실과 연관, 대응될 것 ③사회적 기능을 가질 것 ④집단의식을 배경으로 할 것 ⑤당대 현실과 암유적 관계를 가질 것 ⑥노래체의 율문일 것 ⑦길이가 비교적 길어야 할 것 등을 제시했다. 창작 당시의 현재성이란 이 가운데 ②, ③, ⑤항과 연관되는 것으로 판단된다. 김재홍, 「한국 근대서사시의 역사적 대응력」, 앞의 책, 참조

을 통해 민족 정신의 근원을 탐구함으로써 1980년대의 변혁적 열망
에 부응하고자 하는 의지의 결과라고 볼 수 있다.

돌아가지 못한다
돌아가지 못한다
(……)

여기가 어디라고
마천령 산자락 북녘 끄트머리
허항령 넘어
삼지연 물가에
물 건너
낙엽송 그림자 울타리 삼엄하구나
여기가 어디라고
여기가 어디라고
여기까지 와서
이제 돌아가지 못한다
돌아갈 데 없이
돌아갈 데 없이 돌아가지 못한다
거적에 말려 송장으로도 돌아가지 못한다(1-18)[59]

　『백두산』의 서두는 머리말과 서시에 이어 「불귀」라는 제목으로 시

---

[59] 『백두산』과 『만인보』의 작품인용은 권수와 면수로 표시한다.

작된다. 그런데 왜 "돌아가지 못한다"라는 진술이 서두에 와야 하는가. 백두산 밑 삼지연 물가를 중심으로 벌어지는 민족투쟁의 운명적 성격을 강하게 부각하려는 의도와 함께, 그들의 실존적 생애 역시 이곳을 끝으로 마감되기 때문이다. 그러나 중요한 것은 그들의 '돌아오지 못함'이란 민족의 자주적 독립과 번영의 바탕이 되는 것이라는 시인의 판단이 강하게 작용하고 있다는 정황으로 보아 그들의 '돌아오지 못함'이란 실상 '돌아올 수 있음'과 반어적으로 일치하고 있다.[60] 이는 한양아씨가 어린 아들 바우에게 이야기를 들려주는 형식을 취하고 있는 작품의 구조와 관련이 있다. 즉, 한양아씨는 4권에 이르면 죽음을 맞이하게 된다. 이때 새로운 미래에 대한 혁명적 전망을 짊어지게 되는 바우의 삶을 통해 희생의 의미가 전승된다. 따라서 한양아씨의 죽음은 바우의 탄생으로 이어지고 있다. 이는 혁명세대의 순수성을 드러내는 데 바우라는 인물이 효과적이라는 시인의 판단이 작용한 결과이다.

1890년대에서 1900년대 초반의 조선사회는 내부의 정치, 사회적인 영역에서 전반적으로 위기에 봉착했던 시기였다. 내부적으로는 상업자본의 초기형태의 축적과정이, 기존의 사회구성 질서가 재편되는 과정에서 제도적 뒷받침을 받을 수 없었으며, 외부적으로는 주변 열강들의 세력 확장에 맞서는 뚜렷한 정책방향을 수립하지 못하는 어려움을 겪고 있었다. 이런 상황에서 민족적 생존과 부패관료의 척

---

60 김영무는 고은의 『새벽길』에 등장하는 심청이의 모티프를 『백두산』 읽기와 연결지어야 한다고 말하면서, 인당수에 몸을 던진 심청이가 『백두산』에서는 삼지연 물위의 연꽃 같은 한양아씨(바우의 어머니)로 환생되고 있다고 본다. 따라서 『백두산』의 '돌아가(오)지 못함'은 '돌아가(오)지 않음'의 음각된 표현이며, 더 나아가서 그것은 '돌아가(오)지 않을 수 없음'의 다른 표현이라고 해석한다. (김영무, 「『백두산』의 시적 상상력」, 『고은문학의 세계』, p.209.)

결을 주장하면서 나타나게 된 것이 의병투쟁이었다. 『백두산』은 19세기 말 조선 사회의 이 같은 모순에 기초하면서 민중들의 궁핍한 삶과 사랑에 얽힌 이야기가 어떻게 당대의 중심적인 문제와 만나게 되는지를 일제 강점기 항일 무장투쟁을 중심으로 보여주고 있다. 우리 민족이 걸어야 했던 고단한 삶의 역정과 숙명이 역사와 만나는 필연성에 대한 고통스러운 확인행위가 이 작품에서 그려지고 있다. 주인공에게 '길 가기'는 자신에게 주어진 삶의 질곡을 처절하게 인식하면서 자신이 놓인 세계자체의 모순에 대해서 눈 뜨는 과정이었다. 그러나 그 길은 "돌아가지 못하는" 길이면서, 끊임없이 역사 속으로 '회귀'하는 길이기도 하다.

양반 대가의 머슴이었던 만길이는 주인 아씨와 사랑하여 백두산 밑 삼지연까지 도망을 하게 된다. 이런 그들의 여정은 "쪽빛 물든 새 세상"(1-54)에 대한 그리움에서 비롯된 것이다. 그들의 사랑을 방해하는 것은 토착 봉건세력과 외세였다. 이러 사실을 주인공 만길이가 깨닫는 과정은, 끊임없이 다른 사람에게 자신이 주어진 세계의 실상에 대하여 듣는 것으로 묘사되고 있다. 삶의 층위가 다양화되고 자기 존재를 자연적 존재로부터 사회적인 관계의 그물 속에서 이해하게 될 필요성이 증대되면서 물리적인 세계의 좁음을 깨닫고 세계의 외연적 확장을 필요로 하는 지점에 그들이 도달하게 된 것이다. 한 여인을 사랑하는 일이 자신의 삶을 근본적으로 변화시키는 동인이 되었음을 그가 깨닫는 순간 그는 돌아오지 못할 길 위에 서게 된 것이다. 이는 개인의 실존적 몸부림이 역사와 만나고, 죽음이 역사성을 획득하는 모습으로 이해된다.

그들이 자리잡은 백두산 물가 삼지연은 그들에게는 억압과 구속이 없는 자유로운 공간이면서 지금까지 그들에게 주어졌던 봉건적 질서를 근본적으로 회의하게 되는 지점이 된다. 백두산이라는 존재의 웅장함을 체화하면서 자신들에게 주어진 숙명적인 굴레를 벗어나는 힘을 지닐 수 있다고 그들은 생각했기 때문이다. 눈 덮인 산길에 쓰러진 서필노인을 구해 아버지로 모시고 아들까지 얻은 만길이가 천지에 오르는 행위는 일종의 제의적인 엄숙함을 지닌다. 그것은 자신이 살아온 지금까지의 시간의 고통, 모순, 질곡이 역사의 공간에서 상쇄되는 순간이면서 새로운 세계로 향하는 삶의 발원지에 대한 확인행위이기 때문이다. 실존적 개인에게 주어진 삶의 곤고함이 대지적인 신비와 풍요로움에 대비될 때, 주체는 도달하기 어려운 삶의 지평에 대한 끊임없는 그리움을 표출하게 된다. 천지의 장관을 보고 "아름다운 슬픔"(1-133)이라고 느끼는 것이란 바로 삶이 역사와 만나는 지점에서의 회한의 표출이면서 동시에 역사가 혁명적인 낭만주의로 이해되는 순간이기도 하다.

머슴 만길은 김투만이라는 이름으로 개명하면서 이후 자신에게 주어진 자연적 환경을 역사적 모순의 발현으로 이해하게 된다. 여기서 주목해야 할 것은 문제적 주인공으로 성장해 가는 김투만에게 삶의 의욕과 투쟁의 열망을 깊게 간직하도록 하는 동인으로 그의 아내 조화연이 있다는 사실이다. 김투만에게 아내는 삶의 중심을 지탱하게 하는 존재이다. 자신의 삶을 반성하고 역사의 공간으로 뛰어들게 되는 시점에서 고민하는 김투만의 내면에는 그의 아내에 대한 사랑과 외경이 존재하고 있다. 주어진 삶을 쉽게 거부하지 못하고 사랑하는 가족과의 안온한 생활에 안주할지도 모르는 자신에 대하여 자책하는 그의 내면에는 무엇보다도 아내에 대한 부끄러움이 강하게 자리잡고 있다.

> 부끄러움이여
>
> 아름다운 아내여
>
> 장차 아이들 거룩한 여자여
>
> 말 한마디도
>
> 물에서 물 뜨듯이 삼가하는 사람이여
>
> 흐르는 물
>
> 호수에 이르러 고요함이여
>
> 무엇보다도 이 아내에게 낯 들 수 없는 부끄러움이여(1-182, 183)

민족을 위한 투쟁의 역사의 이면에는 사랑하는 남편들을 사지(死地)로 나가게 할 수 있는 여인들의 의연함이 있다는 사실에 시인은 많은 부분 주목한다. 투만이 둘째로 얻은 딸 옥단이 후에 여성운동가로서 일제에 저항하다가 백두산 근처에 이르러 목숨을 거두는 장면이 『백두산』의 대미를 장식하고 있는 것 역시 중요한 의미를 갖는다고 할 수 있다.[61] 옥단의 죽음은 종말이 아니라 새로운 기원이 되기 때문이다. 그녀의 죽음을,

> 새로 눈이 내린다
>
> 쓰러진 옥단을

---

61 고은 시의 민중성을 여성의 의미와 연결하는 논의으로는 김재홍, 「고은 시의 지속과 변화―여성상을 중심으로」(『문학과의식』, 1998. 여름호), 참조.

그 눈이 덮어준다

따뜻한 것은 오직 그것뿐

그 눈에 덮여서

그것이 사람인지 무엇인지 모른다

(……)

마침내 눈 쌓인 세상 하나

그칠 줄 모르고

눈 퍼붓는 세상 하나

높은 곳 낮은 곳

다 없어지는 세상 하나

아니 그것이야말로

한 나라가 아니라

온 세상 여러나라의 새로운 시작이므로 (7-271)

라고 묘사하는 마지막 대목에서 죽음이 "새로운 시작"으로 인식되고 있음을 알 수 있다. 또한 만주 항일 무장 독립군이 점차로 세력을 잃게 되면서 국내로 진입하게 된 바우가 자신의 어머니의 고향 부여에 이르러 삶의 활력을 얻고, 국내와 만주를 연결하는 항일 투사로 새롭게 활동하게 되는 장면도 이와 같은 맥락에서 이해할 수 있다. 여성성의 대지적 풍요로움은 역사를 산출하는 굳건한 토양이 된다는 사실이 확인되는 셈이다.

작품의 전반부에서 잘 드러나고 있는 혁명적 낭만주의는 1920년대 항일 무장투쟁을 다루는 후반에 이르면 상당히 약화된다. 그것은 두 가지 방향으로 나타난다. 일본군의 끊임없는 증원과 우세한 화력,

이와 달리 빈약한 무장에서 비롯되는 독립군의 소멸과, 독립군 내부의 노선갈등에서 빚어지는 세력다툼을 묘사하는 장면이 그것이다. 특히 중요한 것은 두번째 경우이다. 김투만은 독립군 내부의 갈등이 무력 다툼으로 이어지는 와중에서 동포가 쏜 총탄에 맞아 죽음에 이르는 것으로 그려지는데, 그의 허망한 죽음을 통해 시인은 민족적인 슬픔의 일면에 천착하고 있다.

『백두산』이 보여주고 있는 역사적 전망은 비애를 담고 있다. 이는 간도 지방 조선인의 처참한 생활과 독립군 내부의 노선갈등이 빚은 결과였다. 김투만의 아들 바우가 손목이 잘리는 부상에도 불구하고 조국의 독립을 위해 영하 35도까지 내려가는 혹한의 시베리아를 떠돌면서 투쟁을 하다 상황의 악화로 국내로 잠입했을 당시 국내의 풍경을 보면서 느꼈던 심리적 당혹감에 대한 묘사는, 이 작품이 보여주는 감동의 한 자락을 이룬다.

    그들은 원산항에서 놀랐다

    (……)

    저자거리의 인력거가 바쁘고

    교복을 입은 루씨고녀 여학생이

    싱싱한 웃음소리 남기며 지나갔다

    자동차도 지나갔다

    (……)

    두번째로 놀란 것은 서울이었다

    남대문 역전

그 사람 득실거리는 곳에서

어쩔 수 없이

북국의 전사는 한갓 시골 사나이였다(6-228, 229)

　이러한 느낌은 전사들만이 갖는 괴로움의 일종이거나 혹은 전위에 선 사람만이 갖는 외로움으로 이해할 수 있다. 주어진 삶을 혁명을 통해 개선하고자 투쟁하는 이들의 내면에 자리잡은 외로움이란 고통을 견디는 힘이 될 수 있다. 역사에 대한 애정, 민족에 대한 사랑이 클수록 외로움의 깊이는 더하는 것이다. "외로움이라는 것/외로운 신세/나 혼자라는 것/그것은 외로움 자체가 아니었다/실로 모든 것을 갖춘 것/이것도/저것도/다 갖춘 것/하나의 나라인 것/그것이야말로/저 솔개처럼 외로움 그것"(5-77)이라는 진술은 실존의 '놓임'을 외연적인 관계 속에서 이해할 수 있었던 내면적 고투의 결과라고 할 수 있다. 흔히 고은에게 있어 현실의 모순에 대한 인식은 슬픔 혹은 외로움으로 인식되는 경우가 많은데, 이 경우 슬픔은 힘이 되는 것이다. 모순에 대하여 열려 있는 지성만이 슬픔을 생의 활동성으로 전화시킬 수 있다. 김투만 아내의 죽음에서 비롯되는 슬픔조차, 그리하여 "슬픔이란 함부로 달래지 마라/아무도 달랠 수 없는 그 슬픔"(6-136)의 존재마저 투쟁의 동력으로 삼을 수 있었던 것, 여기에 고은 시가 확보하고 있는 내면이 존재한다.

　『백두산』의 문학적 성과는 독립군의 활동을 묘사하는 데 있지 않다. 역사적으로 평가된 자료를 해설하는 것이 문학의 영역은 아니기 때문이다. 문제는 왜 이러한 장편 서사시가 고은에게 필요했는가 하는 점이다. 험열했던 80년대를 지나 1990년대에 접어들어서면서 혁명적 낭만주의를 기저로하는 민족주의 문학이 서사적 긴장력을 차츰 잃어가고 있는 것은 사실이다. 서사시가 민족 내부 모순의 극복과 해소를 위한 충격장치로 작용한다는 생각이 일면 타당성도 지니지만, 정치적인 의미에서 뚜렷하게 맞설 대항세력이 분명한 실체로 존재하지도, 사회 전반이 중요한 전환기적 특징을 드러내지도 않는 것처럼 보이는 90년대에 여전히 장편 서사시가 쓰여지고 있는 실정을 한국적 상황의 특수한 일면이라는 말로 설명할 수 있는가. 결국 이 질문은 『백두산』이 창작된 근본적인 동기는 어디에 있는 것일까 하는 문제로 귀결된다. 이는 『백두산』을 어떻게 읽을 것인가 하는 문제와 동궤에 놓인다고 할 수 있다.

첫째, 서사시라는 장르의 문제를 그 출현 배경과 관련시켜 생각할 수 있다. 시인이 생각하는 현실이 전환기적인 상태에 처해 있어서 새로운 가치기준에 대한 사회적, 정치적 필요성은 증대되지만, 사회가 대안을 제시하지 못할 때, 역사 속의 특정한 시간을 빌어와 현실 모순의 해결을 위한 알레고리로 사용할 수 있다는 점이다. 이 경우 객관적인 상황은 작품의 내적 형식에 종종 부합하는데, 전후에 등장했던 몇 편의 서사시, 『금강』, 『남한강』 그리고 담시라고 불리는 『오적』 등은 대개 그들이 대응하고자 했던 현실적 상황을 상정하고 있다는 공통점이 있다. 서구의 서사시가 인간조건의 보편성의 문제에 닿은 것이라면 한국의 서사시는 민족주의 이데올로기가 강하게 작용하는 특징을 보인다고 한 견해[62]도 이와 같은 맥락에서 이해할 수 있다.

---

[62] 한국의 근대서사시의 특징은 대개 당대현실의 문제점을 비판하기 위한 '거울'로 작용할 때가 많았다. 대표적인 작품인 『국경의 밤』, 『남해찬가』, 『금강』, 『오적』 등의 경우 이 점이 일관되게 드러나고 있음은 주지의 사실이다. 이에 대해서는 김재홍, 앞의글, 참조

둘째, 특정한 주제가 서사시적 형식을 요구하는가, 아니면 작품을 산출하는 시인의 현실적 경험이 미적인 차원을 결정하는가 하는 점이다. 이 경우 작품의 주제는 시인에 의해 선택되는 것으로 경험적 진실성이 '서사적 진실성'(윤리적 역사의식)을 성립시키는 결정인자로 작용하는 경우가 많다.

고은은 후자의 관점에 좀 더 가까이 있다. 80년대의 상황이 『백두산』을 선택하게 했지만 그것을 완성시킨 힘은 열정을 다스리는 고은 특유의 방법에서 유래한다. 그것이 다름아닌 분노를 시로 육화하는 것이다. 이는 어떠한 이념적 논리적 해석보다도 우세한, 민족주의적 애정에서 비롯되고 있다. 가령 시베리아 항일 투쟁에서 바우 일행은 소련 볼셰비키 혁명군에 가담하게 되는데, 고은의 관심은 독립군의 일부가 마르크시즘과 어떻게 연관되는가에 있는 것이 아니고 독립군 사이의 세력다툼의 과정으로 좌익이념을 묘사하는 데 있다. 분파주의를 극복하는 가장 근본적인 대안은 민족주의를 강조하는 일이다. 결국 민족모순의 다양한 극복방식의 모색보다는 미분적 이념형으로서의 민족주의 자체를 강조하는 것, 여기에 『백두산』의 문학적 성과가 놓인다.

따라서 고은이 선택한 서사시 장르는 1990년대적인 의미로서의 중심모색이라고 할 수 있다. 문화와 현실이 퇴행적 담론만을 재생하는 무기력한 모습을 하고 있을 때, 항일 무장 투쟁 시기에 대한 시적 복원은, 현실을 해체적인 전략으로 드러내려는 일련의 '보수주의적인 행태'를 비판하는 데 유효하기 때문이다.

(2) 『만인보』의 문제적 의미

『만인보』 제1권은 1986년에 간행되어 1997년까지 15권까지 출간
된 상태이다.[63] 1권의 서문에서 시인 자신이 『만인보』의 의미를 '민
족을 개체의 생명성으로부터 귀납하는 수작'이라고 밝히고 있듯이,
『만인보』는 인물 하나 하나의 의미에 대한 시적인 복원작업이라고
말할 수 있다. 이 작품은 1980년 신군부의 정권탈취 과정에서 내란
음모죄와 계엄법 및 계엄교사라는 죄목으로 육군교도소 특별감방 7
호실에 구금되었을 당시 고통스러운 나날을 견디기 위해 스스로 어
린 시절의 환경과 자신이 지나온 시대의 사람을 기념해야겠다는 생
각을 하면서 그 기초가 수립된다.[64]

『만인보』는 그 시적 구성원리나 방법에 있어서도 매우 독특한 특
질을 지니고 있는데, 등장인물의 시점과 화자의 시점, 그리고 시인의
시점 등이 교차되면서 시적인 흥미를 더하고 있으며, 또한 이야기의
형식을 취입한 경우도 있어 때로는 서사적인 울림마저 가져다 준다.
뿐만 아니라, 그 내용 역시 평범한 생활인의 모습, 현실과 역사의 문
제, 그리고 초시간성, 종교적인 문제 등에 이르기까지 다양한 층위를
이루고 있다. 가령 다음과 같은 작품에서 『만인보』의 구성원리는 잘
드러나고 있다.

1. 선제리 한량 전병곤씨는
2. 손끝 하나 건들지 않고

---

[63] 고은은 현재에도 '한국시인전'을 비롯한 작품을 『만인보』의 연장에서 계속 발표하고 있다.
[64] 이에 대해서는 『앨범』, pp.114~116, 참조.

3. 쭉정이 마누라 덕에 세월을 보내는데

4. 칠팔월에도 베등거리 따위 걸친 적 없지

5. 꼭 갓두루마기 걸쳐 입고

6. 다듬잇소리 금방 죽은 가는베 중의 적삼 받쳐입고

7. 허어 닥나무 껍질 미투리 신고

8. 행여 진 데 밟을세라

9. 무자위 물길 떨어져

10. 우리 마을 길 의젓잖게 지나가지

11. 하도 자주 다니는 사람이라

12. 마을 어른들 낯익어

13. 어디 또 시조 읊으시러 가시나

14. 임 보러 가시나

15. 고자 처가집 가시나

16. 하고 비스듬히 말 걸어도

17. 태연작약한 대꾸 한번

18. 멋들어지지

19. 허어 산천초목 웃을 줄 알고 울 줄 아는데

20. 산천초목에 거름 주러 간다네

21. 거름이라?

22. 아니 오줌 말이여 똥 말이여 에끼 이 인간 같으니라구

23. 그렇게 주고받다가 벌써 저만치 할미산 고개 넘는데

24. 냅다 뒤쫓아가던 소나기에 다 젖어

25. 점잖은 갓두루마기 다 젖어

26. 전병곤씨 꼭 말라죽은 개구리 꼴이 되어서도

27. 에헴 그 걸음걸이 한번 되게 늘씬 거들먹거리지

28. 저게 왜가리나 황새 종자지 어디 사람인가 원

—「선제리 멋쟁이」 전문(행 번호 표시는 인용자)

이 작품은 시 속에 등장하는 인물들의 목소리와 화자, 그리고 시인의 목소리가 교차하면서 때로는 전통 판소리의 한 대목을 연상하게 하는 호흡과 율격마저 엿보이게 한다. 1행부터 12행까지는 화자의 목소리가 전면에 등장하여 주인공 전병곤 씨에 대한 인상을 서술한다. 그런데 그의 희극적인 외모는 7행의 "허어"라는 감탄사로 인해 해학적 분위기를 더하게 된다. 13∼15행까지는 마을 사람들의 목소리가 등장한다. 그리고 전병곤 씨의 화답이 이루어진다. 즉 19∼20행이 그것이다. 뒤이어 마을사람들의 대답이 21∼22행으로 이어지고, 잘 차려입은 주인공이 소나기에 젖은 모습을 묘사한 대목에 이어 맨 마지막 28행의 "저게 왜가리 황새 종자지 어디 사람인가 원" 하는 말은 화자의 말이면서도 동시에 마을사람들의 이구동성일 수도 있고 또한 시인의 생각이 개입된 진술로 보이기도 한다. 이 작품에서 드러나고 있는 화자와 인물들의 복합적인 시점 배열은, 인물들에 대한 시인의 높은 관심과 개별적 작품이 지닌 시적 완성도를 동시에 평가하게 하는 중요한 요소로 작용하고 있다. 이 작품에서도 확인되는 바와 같이 작품의 서두에서 사건의 내용이 소개되고 후반에 이르러 시인 혹은 화자의 판단이나 정서적 반응이 이어지는 형식이 『만인보』에 두르러지게 나타고 있는 특징이다.[65]

특히 기억 속에 존재하는 인물들에 대한 시적 복원과정에서 담화적 방법론이 광범위하게 사용되고 있다. 이런 이야기의 방법론은 물

론 다양한 시인들에 의해 사용되었고 또한 시라는 장르 자체의 성격
상 하나의 목소리만 등장하는 경우는 드물다는 관점을 수용한다 해
도[66] 『만인보』의 담화적 특징은 구체적인 삶으로부터 귀납된 다양성
과 혼융성, 그리고 지배적인 담론적 권위를 거부하는 형태로 나타난
다.[67]

> 서방 나가면
>
> 바로 욕질이라
>
> 뒈질 인간
>
> 탁 꺼꾸러져 뒈질 인간
>
> 상추에 모래쌈 싸먹고 뒈질 인간
>
>
> (……)

---

65 윤영천은 이 같은 특징을 "조선조 후기 한문학에서 민가(民歌)적인 시적 양식으로 두드러졌
던 악부시(樂府詩)나 다산 등의 서사한시에서 거의 공통으로 드러나는 "연사이발(緣事而發)
의 구조, 즉 '사건의 점묘'와 그에 대한 '시인의 감회' 양상 부분의 결합양상"이라고 진단하
고 있다. 윤영천, 「인물시의 새로운 가능성」, 『고은 문학의 세계』, 참조.

66 이에 관해서는 다음과 같은 통설에 유념할 필요가 있다. "It is unusual for a poem to
present the utterrance of only a single speaker (Bakhtin has suggested the term
'heteroglossia' to refer to the multiple voices or language heard in literary works).
There is no agreement among critics as to which (if any) of these speakers should be
called a persona or as to what her relations to the other voices should be."
(A.Preminger & T.V.F.Brogan, The New Princeton Encyclopedia of Poetry and
Poetics, Princeton Univ. Press, 1993, p.901.)

67 바흐찐은 소설 담론의 특징을 ①混成 ②언어들간의 대화화된 상호관련 ③순수한 대화 등으
로 나눈다. 이 가운데 혼성이란 단일한 언어내에서 두 개의 사회적인 언어가 드러나거나 시
대나 사회적 차이 그리고 상이한 언어형식들의 만남을 의미하는데, 『만인보』의 언어적 사용
은 부분적으로 이 같은 특징을 지니고 있다. 이에 대해서는 M. Bakhtin, 전승희 외 역, 『장
편소설과 민중언어』(창작과비평사, 1988) 참조.

234

이렇게 막 사는 사람 가운데는

으레 코찡찡이 애꾸 아니면 반벙어리

그렇지 임두빈이네 옆 옆집 반벙어리 아낙 나와

광주리장수 편들어 따져도

그 따지는 소리가 반벙어리 소리라

이 세상의 어느 나비인들 하늘하늘 알아들으리요

―「임두빈이 마누라」 부분

단 하루도 욕 안하면 못사는 쌍동이 어머니

동고티 벼랑 갈짓자 내려오며

햇살 새로운 아침부터

저 찢어죽일 년

칵 뒈질 년이

하는 짓이

사발 깨는 짓이여

저 오사육시를 할 년

하고 홑적삼 소매 걷어붙여보아야

(……)

그 앞에 얼빠져

그저 혀 내두를 틈도 없이

욕 얻어먹는 새터 김재룡이

허어허어 하고 뒷걸음치다가 말다가

마른 호박넌출에 걸려 자빠지기도 하다가 일어나다가

―「사낙배기 쌍동이 어머니」 부분

생활 속에서 등장하는 매우 다양한 형태들에 대한 가감없는 묘사[68]를 통해 시인은 자신의 삶이 지향하는 바를 분명하게 드러낸다. 윤리적인 판단이나 도덕률을 넘어서 존재하는 민중적 삶의 실체에 대한 복원의지가 『만인보』의 근간을 이루고 있음을 확인할 수 있다. 등장하는 인물의 실상을 전하면서 그것이 결국은 민족적 보편성을 이루는 삶의 형식이었고 누구도 부인할 수 없었던 과거라는 점에 대한 주장이 우회적으로 드러나고 있다.

『만인보』에서 그려지고 있는 인물들의 모습은 크게 세 가지 형태의 층위를 이룬다. 첫째, 시인 개인의 삶의 맥락과 평범한 민중들의 생활상에 관한 작품, 사회적인 문제와 역사적인 맥락에 닿아 있는 인물에 관한 기록, 셋째, 종교적, 초시간적인 인물에 관한 탐구 등이 그것이다.[69]

『만인보』에는 시인 자신의 체험적 삶이 중요한 시적 형상화의 바탕을 이루고 있다. 실존적 생애에서 각인된 기억을 통해 시인은 가장 가까이에 존재하는 사람들에 대하여 말한다. 아버지/어머니/당숙/고모/외할머니 등 시인 자신의 개별적 체험으로부터 『만인보』는 시작된다.

---

68 시에 원색적인 욕설이 등장하는 작품이 많은 것도 『만인보』의 특징을 이룬다. 가령, "아니! 저런 즈에미 똥구녁에 뭣 박은 놈의 자식 같으니라구"(「유재필」), "어디 보자/자식 둘 낳고 둘 죽인 년의 밑구멍은/얼마난 험한가 보자/네년의 썩은 밑구멍 벌려보아라/이년"(「싸움」) 등이 그렇다. 이 같은 모습을 통해 민중들의 삶의 속내로 깊이 침윤되고자 하는 시인의 의도를 확인할 수 있다.

69 이 같은 내용상의 분류는 김재홍의 논의에 의존한 바 크다. 그는 『만인보』를 ①개인적, 실존적 층위 ②사회적, 역사적 층위 ③종교적, 초월적 층위로 나누어 설명하고 있다. (김재홍, 「『백두산』과 『만인보』, 그리고 고은의 문학사상」, 『고은문학의 세계』)

강 건너 내포 일대

대천장 예산장 서산장

아무리 고달픈 길 걸어도

아버지는 사뭇 꿈꾸는 사람이었습니다

비 오면 두 손으로 비 받으며

아이고 아이고 반가와하는 사람이었습니다

―「아버지」 전문

이 작품은 시인 자신의 성장체험에서 아버지가 차지하는 부분에 대한 언급으로 보여 중요하다. 이 시에 의하면 아버지의 삶은 매우 곤고했으며, 그것은 마치 수일 만에 서는 장날을 위해 떠도는 상인들의 삶에 비유할 만한 것이다. 하지만 아버지는 "꿈꾸는" 사람이었다는 것. 이 말 속에는 물론 가족부양의 책임을 지고 있는 사람으로서 미래에 대한 기대감을 포함하는 의미를 지니지만, 시인의 입장에서 볼 때 '꿈꾸는 자'로서 자신의 삶이 아버지로부터 이어받은 것임을 드러내고자 하는 진술로도 읽힐 수 있다. 뿐만 아니라 아버지는 비가 오면 "두 손으로 비 받으며" 반기는 사람으로, 농촌의 삶이라는 한국적 보편문화의 뿌리에 닿은 존재였다는 점을 드러내고자 한 것이다. 특히 어머니를 그리는 부분에서 시인은 매우 격한 어조로 한국의 여인들이 겪었을 온갖 가지의 시련에 대하여 말한다. 그러면서 시인은 자신의 어머니가 "어찌 나의 어머니인가"(「어머니」)라는 물음 속에 보편적인 어머니의 상을 제시하고자 한다.

시인은 자신의 모습도 『만인보』 속에 그려 놓는다. 「어린 은태」라는 제목의 시인데, 여기서 은태는 고은 자신의 본명이다.[70] 이 작품은 시인이 자신의 유년시절을 '바람'이라는 이미지로 연결하여 표현하고 있다는 점이 특이하다.

세상이

사람이

죽을 지경으로 부끄럽기만 한 아이

처서 지나

큰 바람 비바람 몰아쳐오면

그때야말로 살아난다

소나무가지 짝 찢어지고

개가죽나무 뿌리째 뽑혀버리면

그때야말로 살아난다

온갖 부끄러움 다 버리고

식은 몸뚱이 힘차게 불타오르며 살아난다

바람 속에서 몸이 활처럼 휘어질 때

산마루 돌멩이 날릴 때

그때야말로 살아난다

눈 빛나며 콧등에 땀 나며 살아난다

처음에는 설미친 듯이

미친 듯이 달려간다

큰 바람과 함께 달려간다

---

70 고은은 1933년 8월 1일 생으로 출생 당시의 주소는 전라북도 옥구군 미면 미룡리 용둔부락 (현재, 군산시 미룡동 138-1번지)이다. 아버지 高根植과 어머니 崔點禮의 3남 중 장남으로 출생 당시의 이름은 高銀泰였다.

삶의 끝으로 처음으로

―「어린 은태」 전문

이 작품에서 가장 중요한 이미지로 쓰이고 있는 '바람'은 시인의 성정을 표현하는 데 유효한 의미를 갖는다. "부끄러움"이 많은 아이가 바람으로 인해 힘을 얻고 "미친 듯이 달려간다"는 것은 삶에 대한 열정과 타인에 대한 때로는 무모하기까지 한 관심을 표현하고 있는데, 이는 지난날 「화살」이라는 시에서 보여주었던 현실과 역사에 대한 애정의 강도와 같은 맥락으로 이해된다.[71] 가족과 자신을 실존적 자기이해를 위한 출발로 삼은 시인이 그 관심의 폭을 평범한 삶을 살아가는 무수히 많은 타인으로 옮아가는 과정이 『만인보』에 가장 광범위하게 드러나고 있다.

그런데 시인은 정치나 이데올로기조차도 무시하거나 모른 채 살아가는 많은 사람들의 삶이 결국은 삶의 보편적 규율이나 약속의 체계 내에 존재하는 것임을 드러내고자 한다. 이 같은 방법이 앞에서 말했던 두 번째 층위를 형성한다.

소작료 삼칠제라 하나

---

[71] 이 작품 외에도 「자화상」이라는 시에서 고은은 자신을 훼손된 역사의 한가운데에 존재하고 있음을 드러내려 하였다. 「어린 은태」에서는 비교적 유년기의 성정을 중심으로 관념적 낭만주의에 경도된 자신을 그리고 있지만 『새벽길』(1978)에 실린 「자화상」은 오히려 역사적인 문제에 좀 더 무게를 싣고 있다. 역시 이 작품에서도 그의 과격한 시적 성정은 유감없이 발휘되고 있다. 가령, "내일 모레 우리가 죽어서라도/진리는 우리 역사 해방일 뿐/머슴살이 아버지 무덤에 바칠/진리는 우리 겨레 해방일 뿐/내 몸 염병으로 부글부글 끓는다/왜놈 귀신 썩 물러가라/우리 할머니 잔밥먹고/썩 썩 물러가라"와 같은 표현이 그것이다.

착취는 복잡할 까닭이 없다

수확을 높이 잡으면

사륙제는커녕

반타작 이하인지라

게다가 금비값 종자값 품값 무슨 값 등

영농비가 다 작인 차지니

이런 시절에

식민지 지주는 기생 판소리나 들으며

무릎 치며

얼씨구 얼 얼씨구 하면 된다

—「화양댁」부분

그의 죽음은

너의 시작이었다

나의 시작이었다

하나 둘 모여들어

희뿌옇게

아침바다의 시작이었다

그는 한밤중에도 우리들의 시작이었다

—「전태일」전문

　일제 강점기 토지 제도의 모순은 농업생산양식이 지배적이었던 당시 삶의 정황에 비추어 볼 때 민중들의 생활을 억압하는 가장 중요한 문제로 이해할 수 있다. 이 같은 민족내부의 모순이 좌우 이데올로기의 갈등으로 이어지고 결국은 심각한 민족적 분규를 낳았다는 진단도 가능하지만,[72] 먼저 생각할 수 있는 것은 바로 생활세계의 무거운 짐을 지고 가야 하는 민중들의 개별적인 삶의 현실이다. 가난하여 먹을 것을 찾아 헤매이다 "못 먹는 풀뿌리/잘못 먹고" 쓰러져 눈을 감아야 하는 한 여인네의 비참한 삶의 모습을 통해 일제 강점기의 사회 모순, 즉 소작제의 허상에 대해서 묘파하고 있다. 특히 자기 어미의 죽음을 두고 슬퍼우는 어린 자식들의 모습과 "거기다 맞춰 저놈의 숫적다 숫적다 소리/먹밤 깊어라/모든 연장 낫 괭이 삽 쇠스랑 다 지쳐 잠들어/어느새 먼동 터 번하여라/어린 자식 잠들어"라는 표현에서 비장미마저 감돌게 하고 있다. 1970년 전태일의 분신 자살 사건을 접하고 현실세계의 모순에 대하여 눈뜨게 되었다는 시인의 고백과도 같이 「전태일」 역시 한 낭만주의자를 냉혹한 현실로 인도하는 교량이었음을 드러낸 작품이다.

그의 관심은 시간의 기억 저편으로 지워졌던 인물들을 현실의 문맥으로 이끌어내기도 한다.

미국의 한반도 정책은 야릇하다
한국 지식인들의 역사의식 저항의식까지

---

[72] 브루스 커밍스에 의하면 한국전쟁은 한국사회 내에 잔존하는 지주와 소작인의 토지제도를 둘러싼 모순이 이데올로기의 대리전 성격을 드러내면서 폭발한 것이다. 물론 이 같은 관점은 한국전쟁의 기원을 둘러싼 여러가지 주장 가운데 하나이지만 한국전쟁을 이해하는 중요한 관점임에는 틀림없다. 이에 대해서는 B. Cumings, *The Origin of the Korean War*, 『한국전쟁의 기원』, 김자동 역(일월총서, 1986). 특히 일제 강점기 토지제도에 관해서는 이 책 pp.29~105를 참조할 것.

파고들었다

북한에서 태어나

남한에 사는 계몽지식인들이 뭉치는 쎈터를 후원했다

발행인 장준하는 아내와 함께

잡지를 찍어

리어카에 싣고

서점마다 돌리기도 했다

—「장준하」 부분

일제시대는

형산장 기슭에서

금융조합 다니느라

긴 포플러 길을

자전거 타고 다녔다

발은 유난히 크고 미웠지만

손은 두꺼웠다

눈은 늘 서늘했다

시는 연필로 썼다

(……)

미리 묻힐 데

부인과 함께 정한 뒤

먼저 묻혔다

묻혀

달에 구름 가는가

─「박목월」 부분

　현실과 역사의 맥락에 닿은 인물들에 대한 관심은 1960년대 이후 정치적인 사건과 군부정권에서 발생한 인권유린과 그에 대한 비판의 문제로 이어진다. 김대중(10-20), 김영삼(12-11), 김근태(12-150), 김상현(12-63), 김지하(10-201), 문익환(11-15) 등 정치적인 사건에 연루되어 탄압받았던 인물들에 대한 관심이 10권 이후에 집중적으로 그려지고 있다. 특히 문화에 대한 관심이 커지는 것도 10권 이후인데, 가령, 김병익(12-105), 백낙청(12-130), 이병주(12-122), 김규동(14-208), 손창섭(14-62), 양희은(14-234) 등이 그렇다.

　『만인보』의 세 번째 층위를 이루는 것은 종교와 탈세속적 지평에 섰다고 판단되는 인물들에 대한 기록이다.

평생 한 벌 옷 한 개의 병

한 벌 밥그릇밖에 가진 것 없이

문무왕이 주는 논밭도 노비도 다 돌려보내고

오로지 불법은 평등하여 높고 낮음이 없고

사람의 귀천이 본디 맞지 않은데

어찌 나에게 종이 있을까보냐 재물을 독차지할까보냐

─「화엄 의상」 부분

그 화엄경 통달한 강주
대추 물드는 때
얼굴 불그레데 물들어
팔십 화엄 주룩주룩 외워나가는데

마루 아래 섬돌에 놓인
그의 흰고무신 깨끗한 귀로 듣고 있는데

—「응봉 스님」 부분

하늘에 별이 있음을
땅에 꽃이 있음을
아들을 잉태하기 전의
젊은 마리아처럼 노래했다

그에게는 잔잔한 밤바다가 있다
함께 앉아 있는 동안
어느새 훤히 먼동 튼다

—「김수환」 부분

당나라로 건너가 "화엄학"을 공부했다는 의상선사의 일대기를 매우 함축적으로 그려놓은 작품에서 시인이 강조하는 것은 당나라의 화엄학이 지닌 귀족적 성격을 거부한 채 홀로 "동해의 고독"으로 돌아간 선사의 행위를 통해 민중 지향적 불교, 진정으로 평등한 삶을 위한 헌신의 모습을 보여주는 데 있다. 이름 없는 한 승려의 청렴한 삶과 조국의 민주화와 인권신장을 위해 종교적 양심을 걸고 살아온 성직자들의 모습을 통해 그는 세속에 초월해 보이는 듯한 인물들을 조망하는 근본적인 이유가 역시 현재적 삶의 개선과 유의미성에 대해 묻는 데 있음을 밝히고 있다.

『만인보』는 이같이 한국적 삶의 전형을 사는 평범한 인물로부터 역사, 종교 등의 영역에 이르기까지 시인이 만나고 기억하고 있는 무수한 인물들을 시적으로 복원함으로써 시인의 삶은 단순히 실존적인 범위에만 머무르는 것이 아니라 현실과 역사, 그리고 초월적 지평에 이르기까지 매우 다양한 관계의 그물 속에 존재하는 것임을 실천적으로 보여준 대작이라고 평가할 수 있다.

3) 타자에 대한 이해와 현실주의의 본질

고은의 민주화 투쟁기는 실존적 자기해탈의 지점으로부터 타인에 대한 이해의 폭을 확대, 심화시키는 시간이었다고 볼 수 있다. 그가 만난 타인이란 또 다른 일상의 시간 속에 함몰된 듯한 인물일 수 있지만 그곳에서 그는 자신 앞에 놓인 가장 예민한 질문, 이 땅 위에 존재하는 지식인으로서 역사적 고통에 대하여 무심할 수 없다는 자각과 이로 인한 실천적 방법론에 대해 고심했던 것이다. 그의 시에 보이는 산문적 호흡과 비시적인 요소들을 두고 시적 형식에 미달한다는 비판도 가능하다. 하지만 시인을 지사(志士)와 계몽주의자로 이해하고자 하는 전통적 관점에서 볼 때, 그는 자신의 경험을 미적 질서에 적극적으로 편입시키고자 했던 것이다. 1970, 80년대 그의 작품은 바로 이 같은 그의 생각이 매우 분명하게 드러났던 시기였다. 따라서 그가 억압적인 군부정권에 대항하고 인권유린에 저항했던 삶을 시의 육체를 통해 복원하고자 할 때 시적인 화자는 시인 자신의 맨 얼굴을 대변하는 경우가 잦았다. 그러나 그렇다 해도 이 점이 그의 시를 비예술적으로 만들게 하는 요인은 아니다. 시인 앞에 주어진 시간은 늘 타자에 대한 이해를 동반하는 것임을 그는 누구보다도 깊이 깨닫고 있었던 것이다. 그는 자신의 현존성과 삶의 방향성을 타인과의 만남과 관계 속에서 파악하고자 한다.

　(······) 미래와의 관계, 즉 현재 속에서의 미래의 현존은 타자와 얼굴과 얼굴을 마주한 상황에서 비로소 실현되는 것처럼 보인다. 얼굴과 얼굴을 마주한 상황은 진정한 시간의 실현이다. 미래로 향한 현재의 침식(浸蝕)은 홀로 있는 주체의 일이 아니라 상호 주관적인 관계이다. 시간의 조건은 인간들 사이의 관계 속에 그리고 역사 속에 있다.[73]

서구 사회에서 한때 급진적 이론으로 평가받기도 했던 해체론의 문제점을 지적하고 새로운 인간상에 대한 탐색을 시도했던 한 철학자의 이 같은 논의는, 여전히 많은 문제점을 안고 있는 21세기의 벽두를 반성하는 유효한 척도가 될 수 있다. 이같이 시인 앞에 존재하는 시간이란 타인과의 만남을 통해서 유의미성을 얻을 수 있다는 점에 대해 고은은 이미 자각적인 상태에 있었다.

　사람과 사람 사이의 만남이야말로 그것이 역사와 삶의 사건이다. 그래

---

73 E. Levinas. *Le Temps et L'autre*, 『시간과 타자』, 강영안 역(문예출판사, 1996), p.93.

서 나는 내가 만난 사람들에 대한 시적 의무를 발견할 때가 바로 내가 가
장 고통을 받고 있을 때였다는 사실을 열렬하게 기뻐하고 있는지 모른다.
그것은 죽음이나 공포 그리고 어떤 절망의 정수리에서 만남이라는 것에
대한 절실한 의미를 깨달았기 때문인지도 모른다. (……) 역사 속의 인물
은 내가 만난 사람들과도 그 시대 구분적 시간 또는 지질학적인 시간에도
불구하고 하나의 삶 이라는 연대로서 화해할 수 있는 힘을 낳아서 더 많
은 동시대의 사람들에게 새로운 생명력을 불어넣어 주었다. 머나먼 과거
야말로 새로운 세계의 첫걸음이었다는 것을 왜 내가 모르겠는가.[74]

이 글에서 고은은 고난에 찬 과거의 시간이 단순히 훼손된 정권에
대한 투쟁으로만 이루어진 것은 아니라는 점에 대하여 말하고자 한
다. 구체적인 대상으로 향한 분노, 인권유린과 자유언로에 대한 억압
을 온몸으로 견디고자 했던 시인에게 삶이란 무엇인가라는 문제가
중요한 화두로 떠올랐음을 고백한 것이다. 그가 존재의 실존 가능성
에 대해서 깊은 회의감에 젖을 때『만인보』나『백두산』에 대한 구상
이 있었다는 점 역시 간과하기 어렵다. 그에게는 실제로 죽음에 대한
공포가 깊이 도사리고 있었다. 실존적 생의 유지가 가능할까라는 절
망적인 질문 앞에 자신을 지켜가야만 했던 방법으로 그의 시 쓰기,
즉『만인보』와『백두산』이 설 수 있었던 것이다. 그의 민주화 투쟁기
란 바로 실존의 최저지대에서 타인과의 만남을 희구했던 시간이었
다. 소위 초기시의 허무주의가 역사와 현실 앞에 알몸을 드러내던 시
간이란 다름아닌 폐쇄적인 자기만족의 차원, 감성적 자기확신의 단

---

74 고은,「꿈꾸는 문학」,『광야에서의 사색』(동아출판사, 1993), pp.205~206.

계를 벗어나 타인과 타인을 통한 세계이해의 통로로 접어들고 있음을 뜻한다고 볼 수 있다. 따라서 그에게 그 같은 변모와 존재의 몸바꾸기는 단절이 아니라 자기자신을 증명하는 다른 방법에 대한 자각이고 체화이다.

(외적이건 내적이건) 인간의 존재 자체는 깊은 의사소통이다. 존재한다는 것은 의사소통함을 의미한다. 존재한다는 것은 타자를 통해서, 對自的으로 존재 함을 의미한다. 자기자신의 내면을 바라볼 때 인간은 타자의 시선으로, 타자의 시선을 통해서 바라본다.[75]

이 같은 입장에서 볼 때, 고은에게 타인을 바라보는 것은 여기에 또 다른 의미가 추가된다. 초기시에 드러났던 모더니즘의 탈쓰기 방법 속에 감추어져 있던 낭만적 자기과장과 허무적 표정을 객관적인 거리를 통해 인식하고 있다는 점이다. 타인을 통한 자기이해의 지평 위에서 바라보는 현실을 그는 "슬픔에는 거짓이 없다 어찌 삶으로 울지 않은 사람이 있겠느냐"(「자작나무 숲으로 가서」)에서처럼 '울음'의 이미지로 포착하고자 한다. 특히 과거 자신의 삶을 변증법적으로 부정한 뒤 현실에 눈뜨는 자신을 그린 다음 작품은 눈여겨볼 필요가 있다.

누님 우리는 많은 눈물을 흘려왔습니다

---

75 M. Bakhtin, K pererabotke knigi o Dostoevskom, T. Todorov, Mikhail Bakhtine : le principle dialogiqe, suivi de Ecrits du Cercle de Bakhtine(Editions du Seuil,1981)『바흐찐 : 문학사회학과 대화이론』, 최현무 역(까치, 1987), p.136. 재인용

어렸을 때 누님과 나는 실컷 울고 난 뒤의 맑은 행복을 깨달았지요

그런 눈물이 아닙니다

현대사가 눈물의 역사입니다

(……)

누님 우리는 언제까지나 해마다 눈물만 흘려야 할까요

눈물없는 날 맑은 눈으로

누님까지도 살아와서

우리 둥굴게 얼싸안고 엉엉 우는 날

겨레의 그날이 올 것입니다

기필코 올 것입니다

그날을 찾아 오늘 최루탄 가스의 극한에 파묻힙니다

―「눈물에 대하여」 부분

"누님"의 이미지는 고은 초기시의 감상적 허무주의의 요체였다. '누님'은 시의 발화를 가능하게 하는 요소이면서 병적인 자의식이 낳은 결락을 채워주는 존재였다. 물론 시인에게 현실의 누이는 존재하지 않았다. 누이는 시적 화자의 현실적 고통(가령, 폐결핵 등)을 드러내는 상관물로 등장하거나 때로는 화자의 성적 욕망을 달래는 존재로 나타나기도 했다. 이는 시인의 낭만적 감성의 과잉과 이를 전후 시단의 새로움이라고 이해했던 세대론적 인식으로부터 비롯된 현상이었다. 이제 시인은 그런 누이의 이미지로부터 벗어나고자 한다. "어렸을 때 누님과" "실컷 울고 난 뒤의 맑은 행복"이란 초기시에 자주 등장했던 누이 이미지의 시적 변용을 일컫는 진술로 볼 수 있기

때문에, 그가 이제는 "그런 눈물이 아닙니다"라고 했을 때 그는 이제 자신의 시적 발원지를 스스로 부정하는 지점에 선 것이다.

그러나 그 부정은 민족현실에 대한 깨달음을 동반한다. 1970년대 유신독재와 1980년 5·18광주항쟁으로 이어지는 정치적 암흑기에 언론의 자유와 인권신장을 위해 재야운동을 벌이면서 타인을 만나는 것의 역사적 의미는 시를 통해 공고히 드러났던 것이다. 그가 현실의 모순을 향해 '화살'처럼 질주할 때 간직하고 있던 서정적 울림은 가령,

추운 밤이기로서니

어둡고 추운 밤이기로서니

저 태백산맥 소백산맥 하고많은 골짜기마다

제 집을 이루어

짐승도 잔짐승도 다 숨어버린

추운 밤이기로서니

여기 누가 있어 컹컹 짖거니와

어찌 먼 길이라 가지 않으리이까

가고저

언 땅끝 기어이 물푸레나무 파룻파룻 움트는

거기 가고저

— 「겨울밤」 전문

라고 노래할 때의 그 "물푸레나무 파룻파룻 움트는" '그곳'에 "가고 저"하는 열망의 심도에 비례하고 있다. 그 "먼 길" 위에서 그는 온갖

시련의 시간을 보내야 했고, 그로부터 역사와 현실을 만났으며 그 만남을 타인과 진정으로 화해하는 방법으로 승화시켰던 것이다. 그러므로 시인 앞에 놓인 90년대란 나와 타인의 대자적 만남을 가능하게 한 시간이며, 인간과 삶에 대한 깊은 이해를 동반하는 시적 원융이 현현되는 지점이기도 하다.

1970, 80년대 고은의 시는 시의 현실적 필요성, '유격성'이 긴요했던 시기였다. 불의의 세력과 현실모순에 대한 인식이야말로 이 당시 고은 시의 존재원리였던 것이다. 그가 많은 형태의 추모시, 축시, 기념시를 발표했던 했던 것도 시의 현실적 효용성에 입각한 행위였다. 그러나 그것은 전환기에 처한 삶에 대한 계몽적 태도로부터 비롯된 것이었음을 지적해야 한다. 그의『백두산』은 정치적으로 불행한 상황에 놓인 현실에 대한 가장 적극적인 문학적 대응방식이었으며, 이를 기점으로 그는 인간과 삶에 대한 근본적인 통찰의 길로 접어들었던 것이다.『만인보』의 시적 성취는 그의 저항의식이 삶에 대한 애정, 민족에 대한 사랑으로부터 기원한 것이었음을 증명하는 것이었다. 자기로부터 타인으로 그 관심과 시적 지향성의 방향을 전이하게 되는 계기는 이로부터 만들어지기 시작한다.

3. 다원주의 시대와 진정성의 시학

1990년『아침이슬』의 간행을 시작으로 1990년대에 들어 고은이 출간한 시집은 모두 10권이다.[76] 그의 90년대는 민주화 운동 시절 자신이 보여주었던 시적 위상에 대한 자기반성과 과거에 대한 회상, 그리고 시인으로서 삶의 방향모색에 관한 내용이 주류를 이룬다고 할 수 있다. 정치적 상상력이 지배적이었던 시절로부터 시적 상상력의 원천을 제공받았던 시인에게 삶의 전반적인 변화는 자신의 시쓰기에 대한 근본적인 반성과 삶이란 무엇인가라는 질문 앞에 자신을 서게 한다. 민주화 투쟁기를 거치면서 자신을 인식하는 새로운 방법에 눈을 뜬 시인에게 현실이란 타인을 개체적인 생명성으로서, 아울러 자신을 객체화된 역사 속의 인물로서 인식하게 만든 주체였다. 그의 시와 삶은 같은 무게로 1990년대 고은 시의 의미망을 형성해 간다. 그것은 자신이 존재하는 본질적인 이유를 삶의 목적에 완벽하게 일치시키는 과정이라고 할 수 있다. 따라서 시인으로서 존재한다는 것이 이제 그의 삶의 목적이며, 자신의 삶의 내부에 이미 타인의 존재는 부정할 수 없는 실체로 존재하게 된 것이다. 다시 말해 '즉자적인 존재가 곧 타자를 위한 존재나 또는 바로 자기 눈앞에 펼쳐져 있는 현실과 동일한 것임'[77]을 그는 증명하고자 한다. 그의 이런 깨달음은 지난날 자신의 시 쓰기에 대한 반성과 유년시절 고향의 바다를 향한 추억과 회상, 그리고 새로운 삶이란 무엇인가에 대한 진지한 반성으로 이어진다.

---

76 1990년부터 1999년에 이르기까지 고은이 간행한 시집의 목록은 다음과 같다. 『아침이슬』(1990), 『거리의 노래』(1991), 『해금강』(1991), 『선시 뭐냐』(1991), 『내일의 노래』(1992), 『아직 가지 않은 길』(1993), 『독도』(1995), 『어느 기념비』(1997), 『속삭임』(1998), 『머나먼 길』(1999). 90년대 초반에 간행된 시집에서는 여전히 민중문학운동의 입장에서 현실지향적인 태도가 두드러진 작품들도 많지만, 전반적으로 새로운 시대를 맞이하는 달라진 관점이 지배적으로 드러나고 있다.

77 G. W. F. Hegel, *Phanomenolgie des Geistes*, 『정신현상학』, 임석진 역(지식산업사, 1988), p.483. 또한 고은의 시집 『속삭임』에 대한 평가에서 한 연구자는 고은은 이 시집에 이르러 시와 삶을 운명적으로 일치시키는 흔적을 보여주고 있다는 평가를 내리고 있다. 이에 대해서는 김재홍, 「내성과 자유에의 길」, 『세계의 문학』, 1998. 겨울, 참조.

1) 추억과 회상의 시학

어쩌란 말인가
이제 진지한 시대가 끝나버렸는가

―「잠 깨어나서」 부분

고은의 90년대는 바로 이 같은 물음으로 시작된다. 그 질문으로부터 과거에 대한 회상과 추억, 반성이 이루어지며, 동시에 그로부터 전망을 위한 진지한 성찰이 시도되기도 한다. 그는 한때 바다를 기억하는 일로 실존적 자기정체성을 유지하고자 했다. 1960년대의 '바다'는 고은 삶의 정향점으로 인식되기도 했다. 바다를 기억하는 일만으로도 그는 시인일 수 있었고, 그의 시가 생산되는 중심에 언제나 바다가 존재했던 것이다. 90년의 달라진 삶을 인식하는 과정에서 그는 '존재하는 것'들 사이에서 문득 한때 자신의 삶을 지탱했던, 그러나 이제는 '사라진 것'으로서 '바다'와 그 위에 부표처럼 떠 있는 어떤 불빛을 본다.

때때로 나는 꿈꾼다
인도양 위 펠리컨새 멀리 날아간 뒤
나는 꿈꾼다
내 고향에서 아버지가 그랬던 것처럼
햇빛이 해가 진 뒤 사라져버린 어둠 속에서
나는 꿈꾼다
꿈꾸다가 깨어나

윙윙 바람에 우는 전선처럼 살아 있다.

이제까지 나는 꿈조차 물리쳤다
꿈속에서도
꿈을 물리치려고 바둥거렸다

이럴 바에야
어떤 공상이나
한 시대를 주름잡는 어떤 상상조차도
나는 물리쳤다
<u>있는 것은 오직 있는 것 그것</u>

<u>나는 보았다</u>
<u>밤바다의 인광 불빛이 번쩍거리는 것을</u>
<u>나는 보았다</u>
파도의 하얀 이빨조차
어둠 속에 묻힐 때
가까스로 번쩍거리는 것을

─「나의 약력」 부분(밑줄 강조는 인용자)

　그의 꿈은 과거를 지향한다. 그 꿈은 자신이 살아온 날들에 닿은 것이다. 문제는 왜 그가 꿈을 꾼다고 말하고 있는가 하는 점이다. 그의 현재는 그 꿈조차 "물리치려고 발버둥"치게 하는 시간으로 존재하는 것은 아닐까. 그래서 그는 꿈꾸는 일조차 물리치고자 한다. 그는 다시 현재의 시간을 주목한다. "있는 것은 오직 있는 것 그것"이란 자신이 처한 현실을 냉엄하게 다시 바라보고자 하는 의지를 다지는 일이다. 그때 그가 본 것은 밤바다에서 번쩍이는 "인광의 불빛"이었다. 사라진 것들에 대한 회한과 이를 기억하는 과정에서 문득 떠오른 바다의 불빛이 고은 시의 달라진 지점을 설명하는 중요한 부표가 된다. 바다에 관한 그의 시적 관심이 가장 중점적으로 표출된 시집은 1995년에 발간된 『독도』이다. 이 시집에서 그는 정신의 근원에 대한 탐구를 매우 집요하게 시도한다.

그에게 바다는 '근원적인 것'이었다. 근원에 대한 질문은, 삶이 혼돈에 처했을 때, 혹은 중심을 찾고자 노력하는 삶이 본능적으로 갈망하는 회귀 욕망의 결과물이다. 그 지점은 삶의 신성성을 보지(保持)한 곳이기도 하다. 『만인보』에서 고향 사람들에 대한 기억이 삶의 충일성으로 혹은 건강성으로 그려졌던 것도 이런 문맥과 다르지 않다. 『독도』의 의식구조도 회상에서 비롯되고 있음은 주목할 필요가 있다.

그집 처녀는 진작 미친년이었습니다.
어느 총각하고
바람 부는 호밀밭에서 잤다 하고
어느 불쌍한 홀아비하고
소쩍새의 노란 눈알이 되도록
대낮거리로 몸을 내주었다 합니다.
그런 미친년인데
밤에는 혼자
앞산 소나무 숲으로 들어갑니다

거기만이 그녀에게 가장 알맞았습니다

거기 들어가

밤 이슥히

눈빛 파릇파릇 빛나

이 소나무

저 소나무하고 중언부언 얘기합니다

—「내 고향 미친년의 밤」 부분

정상적이지 않은 듯한 한 인물에 대한 기억이 아름다움을 지니는 이유는 시인의 미적 체험이 윤리적인 차원을 넘어서기 때문이 아니라 그가 그리고자 하는 대상의 건강성, 원시적인 체험이 갖고 있는 생의 시원적(始原的)인 암시가 강하기 때문이다. 인간이 만든 제도와 관습의 한계가 '미친' 여자의 삶을 통해 조롱당하고 더우기 그녀의 삶 가운데는 여전히 "소나무 숲"이라는 비의적(秘義的) 공간이 존재하고 있다. 초기 시의 '바다'가 시인의 실존적인 욕망(생의 의지)에서 비롯된 자기 정체성 확인의 과정에서 비롯된 것이라면, 이 작품은 생의 보편적인 의미에서 존재의 근원 속에 숨겨진 신성성에 대하여 말하고자 한다.

『독도』에서 보여주고 있는 지속적인 '회귀' 욕망의 근원에는 물리적 환경인 고향으로 다가서려는 태도가 두드러진다. 그의 이러한 회귀의 욕망은 언제나 바다와 관련된다. 자신이 존재했던 현실적 공간으로서의 바다가 삶의 정체성을 찾고자 하는 과정에서 부정적으로 인식되는 것 역시, 긍정으로 나아가기 위한 통로였다. 바다를 부정하는 것은 자기존재의 근원에 대한 반성과 실존적인 한계에 대한 성찰

을 의미하지만, 주어진 삶의 어려움을 극복하려는 정신의 고투과정
에서도 바다는 늘 시인 곁에 놓인다. 가령,

> 그 누구의 고향도 아니었다
>
> 단 한번도 갓난아기 없이
>
> 동해 난바다 한복판
>
> 목쉰 늙은 갈매기 울음조차
>
> 쌓이는 파도소리에 묻혀
>
> 그 누구의 고향도 아니었다
>
>
> (……)
>
>
> 그러나 그 누구 있어 먼 곳으로 길 떠나
>
> 함부로 돌아올 수 없을 때
>
> 그곳이야말로 고향을 넘어
>
> 어쩔 수 없는 패배로부터 일어서서
>
> 하늘가 뜨거운 낙조에 담겨 파도소리 이상이었다
>
> —「독도」부분

처럼 바다는 "패배"를 극복하게 하는 활동력의 근원이 된다. 이제 바
다는 시인 개인의 실존 조건으로 작용하는 것이 아니라 보편적인 의
미를 갖고 있음을 확인할 수 있다. 달라진 삶의 환경을 인식하는 시
인의 내면이 찾아낸 지점이 바로 꺼질 듯이 홀로 존재하는 '독도'였
을 때, 그것은 무화(無化)된 원점(바다)을 지키는 부표이기도 하다. 어

떠한 통로도 갖지 못한 존재, 오직 파도소리에만 의지하는 독도는 시인 스스로 현실에 어떠한 방식으로 존재하고 있는지를 말하고 있다. 정신의 시원으로 회귀하고자 하는 노력의 결과물이 독도였음을 아는 것은, 회귀의 지점이 물리적 환경을 넘어선 신화적 이미지로 환원되고 있음을 보는 일과 같다. 그 신화 속에 인간이 잃어버린 삶의 고결성, 원시적인 생의 발랄함이 존재하는 것이다. 그곳은 어느 한 사람의 생을 위한 공간이 아니라, 이 시대를 사는 많은 사람들을 위로할 수 있는 곳이다. 그렇기 때문에 그 "독도"는 "그 누구도 태어나지 않은 곳"이지만 "먼 곳 자지러지게 떠도는 동안/그 누구에게도 끝내 고향"일 수 있었다. 바다의 침묵으로 되돌아오는 것, 그 감춰진 힘의 내면 속으로 회귀하는 모습 속에서 시인이 찾고자 하는 자기 삶의 정향점을 엿볼 수 있다.

그의 회귀가 물리적으로는 고향의 바다(가령, 그의 고향인 군산 앞바다)로, 정신적인 의미에서는 자기 존재가 형성된 원체험적인 신화적 지점으로 돌아가는 것이라 할 때 그가 지금, 여기에서 견뎌야 할 것은 무엇이며 그가 보이고 있는 시원 모색은 어떤 의미를 지니는 것일까.[78] 그에게 삶은 이제 더 이상 맞서 싸워야 할 대상이 아니다. 적어도 자신의 정체성 모색이 더 이상 정치적일 필요가 없다는 판단이 그

---

[78] 시집 『독도』 이후에 간행된 『어느 기념비』(1977)에서 자신의 젊은 날의 신화가 존재했던 제주도를 상기하면서 그는 이렇게 노래하고 있다. "나는 제주도에 가지 않으면 안 된다/그 커다란 수역(水域) 떠돌아/어떤 쭈뼛거리는 이성(理性)보다/오랜 경험을 담았다가 꺼내어/첫 도둑질처럼 가슴 방망이질 해대는/그 긴장의 허무로 달려가/이제부터 내가 꿈꾸는 것은/시간의 확대이다"(「제주도」). 그가 말한 '시간의 확대'란 자신의 체험적 한계를 보편적인 삶의 지평으로 넓히고자 하는 욕망으로 볼 수 있는데, 실제로『어느 기념비』, 『속삭임』(1998)에서 이 같은 욕망이 매우 밀도있게 그려지고 있다.

의 변화를 감지하게 한다. 되돌아오는 것, 세계로 향한 열린 정신이 되돌아오는 지점에 서는 것, 그래서 "어찌 항구가 떠나는 곳일 따름인가"(「귀향」)라는 강한 회귀의지를 보이는 것이야말로 그가 선택한 존재방법이었다. "하늘에 뭇 별 반짝여 유치찬란한 밤/땅 위의 돌멩이 하나하나/하늘로 날아가/뭇 별 떨어뜨릴 듯/온 힘을 주고 있는 벙어리 어둠"(「별이 총총」)이라고 노래할 때 그는 현실의 부침을 거듭하는 고뇌의 자세에서 벗어나는 듯하다. 그러나 한편으로 그는 여전히 그의 앞에 존재하는 난관, 가령 변화를 인식하는 방법에 대하여 고뇌하고 있다. 그 고민의 과정에서 과거에 대한 반성과 시인 앞에 놓인 현실 수용문제가 본격적으로 대두되고 있다.

2) 선시와 초월지향성

고은의 문단 등단은 그의 승려시절에 이루어졌다. 「천은사운(泉隱寺韻)」에서 나타났던 탈속적 풍경에 대한 감각이 그의 시적 세계를 은밀히 관류하는 것이었음을 부정하기 어렵다.

> 그이들끼리/살데.//골짜구니 아래도 그 위에도/그들의 얼얼이 떠서/바람으로 들리데.//그이들은 밤 솔바람소리//바위보아/비인 산허리//가을이 오데.//바위를 골라/나앉아 우는 추녀 끝/뜰에 떠러지는 풍경소리에,//그이들 끼리/살데.//그이들은 늙데.//돌아와 한번 잊은제/도로 가고 싶은 그이들의 얼 바람 진/산 허리.//그이들은 살데.
>
> —「泉隱寺韻」 전문

여기서 화자는, 화자가 바라보고 있는 대상 즉 "그이들"과 얼마만큼의 거리를 두고 있다. 그 거리는 물리적인 거리일 수도 있고 심리적인 그것일 수도 있다. 화자와 그 대상은 가을이 오는 시간 앞에 놓여 있다. 화자는 절의 추녀 끝에 달린 "풍경소리"가 뜰에 떨어지는 소리를 듣는다. 중요한 것은 "그이들"에 대한 정보가 가장 구체적으로 드러나는 부분은 "그이들의 얼 바람 진/산 허리"라는 구절이다. '얼 바람 진'은 『고은 전집』에 보면 "얼바람진"으로 붙여쓴 것으로 나타나는데, 이는 '혼백이 실린 바람이 덮였다는 뜻의 조어'로 해석된다.[79] 이렇게 보면 화자와 시적 대상은 어떤 관계 속에 놓여 있다기보다는, 자연의 대상을 "그이들"로 호칭하면서 화자가 바라보는 탈속적 신비로움에 대한 정서적 반응으로써 이 시가 형상화되었다는 점을 알게 된다.

고은의 불교적 세계관은 초기시에서 다분히 경험적 세계에 대한 시적 추체험의 양식으로 드러나고 있다. 이후 민주화 투쟁기의 현실주의적 시작 태도에서도 그의 불교적 세계관은 그 일단을 드러낸다. 『만인보』에서 드러나는 민중성, 생명성, 평등과 자유의 문제는 문학을 통해 사회와 역사의 총화를 이루는 원융적 세계관의 드러냄[80]으로 보아 손색이 없다고 판단된다. 90년대 들어서 고은의 시는 불교적 세계관이 결합된 선시적 층위에 자주 연결되기도 한다. 선시는 그 개념에 있어 매우 포괄적이고 다양한 의미로 사용되지만 대개 역설적 방법을 통해 삶의 본질을 직관적으로 드러내는 양식으로 볼

---

79 김재홍 편저, 『시어사전』(고려대학교출판부, 1997) p.769.
80 김재홍, 「한국 현대 불교문학의 반성과 전망」, 『한국 현대시의 사적탐구』(일지사, 1998), p.140.

수 있다.[81]

　선시라는 이름을 달고 있는 시집 『禪詩 뭐냐』(1991)에서 고은은 삶의 본질에 대한 깨달음, 일상의 느낌, 그리고 남북 분단의 문제, 그리고 초월적 지평에 대한 관심에 이르기까지 다양한 넓이를 드러낸다. 선시의 형식을 빌어서 관심의 폭을 넓힌 이 시집 역시 고은 시 쓰기의 특질을 잘 보여주고 있다.

　　①한 점 눈송이 기다린 지 몇 십 년

　　내 몸은 숯불 이글이글거리다

　　다 꺼졌다

　　따라서 매미 쓰르라미 소리 있다 없어졌구나

　　　　　　　　　　　　　　　　　　　　　　　　ー「감회」 전문

　　②묘향산 보현사 주지가 전화를 걸었다

81　한 연구자에 의하면 '禪이 자아와 본질을 깊게 탐구케하며 풍부한 상상력과 예리한 관찰, 심도있는 투시력 幽深玄妙한 경지에 이르고자 하며 시와 어떤 공통점을' 드러낸다고 하면서, '禪과 시는 세계과 자아를 깊이있게 탐구하는 정신작용이란 점에서 압축된 언어와 비약적이고 비유적이며, 고도의 상징화된 언어를 사용' 하는 특징을 보인다고 설명하고 있다. 이에 대해서는 정광수, 『禪의 論理와 超越的 象徵』(한누리, 1993), pp.77~79. 참조. 또한 시어가 지니고 있는 다양한 함의와 축약이 선적인 언어와 유사점을 지니고 있어서 인간의식을 넘어서는 세계에 대한 탐구에 있어서 시어와 선어는 만나고 있다는 주장도 가능하다고 판단된다. 이에 대해서는 권기호, 『선시의 세계』(경북대출판부, 1991), p.27. 참조. 뿐만아니라 선시의 세계는 '證心相照, 洞然自得의 깨달음이 있을 뿐, 언어와 사변으로는 도달할 길이 없다' 는 표현으로 선시의 구성방법과 존재원리를 설명하는 주장도 있다. (정민, 『한시미학 산책』, 솔, 1996, p.385.) 이들의 주장은, 선시의 구성방법이 정신면에서는 삶의 구경에 대한 탐구, 기법적인 면에서는 역설적 표현에 닿아 있다는 근거 위에 서 있다고 판단할 수 있다.

해남 대흥사 주지가 전화를 받았다
요새 어떤가 여기 부처가 돌아앉았네
여기도 돌아 앉았다네

거기뿐이 아니었다
남과 북 모든 부처가 돌아앉았다
제법이로군 놈들

—「남과 북」 전문

③낯추고 낮추어라
  잔물결에 닿을 듯 말 듯

  거기 문수보살마하살

—「잔물결」 전문

①의 시는 자신의 욕망의 근원과 그것의 부질없음에 대한 고백이라고 할 수 있다. "한 점 눈송이"를 기다리느라 몇십 년을 보내고 보니 자신의 몸 안에 불타는 이글거리는 "숯불"은 다 꺼지고 말았다는 진술 뒤에, "매미 쓰르라미 소리 있다 없어졌"다는 비유가 따라온다. 그것은 기다림과 욕망으로 점철된 시간이 지난 후에 비로소 적막한 세계가 보인다는 깨달음의 표현이라고 할 수 있다. ②의 시는 분단현실의 문제를 묘파한 작품인데, 정치적인 대립으로 인한 삶의 고단함, 권력과 지배집단의 부도덕 등의 문제를 "부처들이 돌아앉았다"는 진술 속에 함축하고 있는데, 마지막 연의 "제법이로군 놈들"이라는 진

술에서 비약이 이루어진다. 이 마지막 연은 시인의 생각이 직접적으로 개입된 형태로 볼 수 있다. 따라서 이 시는 화자의 개입과 진술의 방식에 따라서 크게 세 부분으로 나뉘는데, 1연에서는 남북의 사찰 주지들의 전화통화 내용이 비교적 사실적인 형태로 재현되고 2연에서는 1연의 개별적인 판단을 좀 더 확대하는 일반적인 진술, 그리고 3연에서는 이 상황을 바라보고 있는 시인의 직접진술 등으로 이루어진 것이다. 이 마지막 연에서 이 시의 핵심이 드러난다. 즉 사찰에만 머물고 있는 승려들의 정치적 관심이랄까, 혹은 불교의 현실감각 등에 대한 시인의 관심을 잘 드러내고 있기 때문이다. ③의 시는 좀 더 초월적 지평에 대한 시각이 드러나고 있다. 이는 삶의 자세에 대한 일갈이라고 볼 수 있다. 낮은 곳을 향한 자세, 겸허한 삶의 태도를 통해서만 비로소 도달할 수 있는 자재(自在)의 세계에 대한 깨달음이 표현되고 있다.

이 같은 선시적 방법은 이후 90년대 고은을 규정하는 중요한 시적 구성원리로 자리잡고 있다. 경험적 삶의 세계로부터 배태되는 삶의 감각을 보편적 형식의 차원으로 구현하고자 하는 노력은, 60년대의 실존적 자기해탈과 민주화 투쟁기의 타인과 현실에 대한 관심을 통합적 관점에서 종합하고자 하는 의지의 결과로 볼 수 있다. 이러한 의지는 생의 일반적인 속성, 혹은 범 생명주의적 시각에서 삶의 소중함으로 노래하거나, 시인으로 살아가는 길만이 자신의 삶을 의미있게 한다는 깊은 자각을 동반하기도 한다. 즉

어찌 내가 태어나고 자라난 일에만 내가 있는가
아버지 어머니라는 것은 아무래도 잠깐 동안의

　　우주 가운데 한 점
　　빗방울인지 몰라

—「한 점 빗방울」 부분

와 같은 작품에서, 무수히 많은 타인들의 삶 속에서 자신을 인식하는
태도로 드러나기도 하며,

　　양자강 기슭에서 저녁 죽 먹고 나서
　　노자는 가지 말라고 말하였다
　　강 건너 개 짖는 소리
　　오고 가면
　　어느새 무위 그것이 아닐 터이지

　　쑥대머리 달밤이었다

　　나는 가고 또 갔다
　　가는 무위 그것이 하도 좋아서

—「노자와 달리」 전문

와 같은 작품에서 무위의 삶, 무위의 시쓰기를 강조하는 형식으로 등
장하기도 한다.

　그의 이 같은 시는 불교체험에서 비롯된 삶의 원리(보편적 수준에서
생을 이해하기)를 현실적인 맥락에서 확인하고자 하는 의도에서 비롯
된 것이다. 자신에 대한 이해과정에서 드러나는 한계와 모순을 타인

과 역사 속에서 해결하고자 한 후, 그 과정에서 문학과 역사, 시와 삶을 통합적 관점에서 이해하고자 했던 고은의 시력에서 90년대 선시와 선시의 변형이 지속적으로 등장한다는 것은 매우 의미있는 현상으로 이해된다.

3) '시원'을 향한 성찰과 전망

그가 바다로 향하는 자신을 바라본다는 것은 자신이 지나온 길에 대한 반성과 동궤에 놓인다. 그것은 여전히 맞서 싸워야 하는 실체가 존재하느냐의 여부보다는 시인으로서 열정적인 힘을 기울일 대상이 존재하는가라는 확대된 질문 앞에 그가 서 있다는 뜻이다. 그는 새벽에 들려오는 종소리를 듣고 깨어 일어나 그 종소리를 누군가에게 보내는 "경고"의 의미로 받아들이고 있다.

저 종소리는 경고하고 있다
그렇게도 엄숙한 진리들을
삭은 울바자인 양 걷어차버린 뒤
이때다 하고
무작정 탐욕만이 퇴폐만이
쓰라려 본 적 없는 가슴을 채워
한밤중을 지켜온 사상 따위
그따위
쓰레기통에 넣어버린 시대
이것을 분노를 억눌러 경고하고 있다.

ー「새벽 종소리」 부분

그 앞에 바로 다가선 변화된 상황, 혹은 "한밤중을 지켜온 사상"을 하루 아침에 버려야 하는 현실을 두고 그는 "분노"한다. 이 작품이 발표된 시점이 1992년이라고 할 때 그의 이런 비판과 울분이 새삼스러운 것은 아니었다. 이후 그의 시 쓰기는 이 같은 분노를 인간에 대한 이해와 자기성찰, 그리고 삶의 근본적인 질문으로 치환해가는 과정이라고 할 수 있다.

「참여시」라는 제목의 다음 작품은 그의 시가 지향하는 바를 분명하게 보여준다. 노동운동이나 재야단체에서 행한 집회에 자주 참석했던 그가 "하염없는 즉흥 참여시"로 "눈물의 거리"에 섰던 지난 시절을 회상한 뒤 이렇게 술회한다.

세월이란 가는 것이나 오는 것이 아닐지라도
내가 노래한 참여시에 담긴
수많은 내일들은 무엇이었던가
알알이 영롱한 꿈을 품어
어느새 알을 깨고 나온 새 새끼들은
그렇다치고

오늘 후두둑 날아 오르는 것은
잘 길들여진
비둘기 몇백 마리일 뿐
텅 빈 광장은
언제 그곳이 그토록 거룩한 곳이었던가를 통 모르고 있습니다.

―「참여시」 부분

그는 자신이 노래한 "참여시"가 세월의 부침에 따라 그 의미가 달
리 전해지거나 혹은 진정성을 상실한 것은 아닌가 하고 생각한다. 그
는 "참여시"를 통해 "폭풍우의 밤바다", 혹은 "땅 위의 피", "우연에
떨어지는 벼락"이 되고자 했다는 것이다. 그의 이 같은 행동주의[82]는
"참여시"가 지향하는 현실 대응력을 강조한다는 의미로 이해될 수
있을 것이다. 문제는 이런 표현 속에는 정치적 상상력이 초래한 시적
빈곤화에 대한 시인 자신의 자괴감이 포함되어 있다는 점이다. 그 같
은 후회에 이어 시인은 "알을 깨고 나온 새 새끼들"을 바라본다. 그
러나 이런 이미지의 연관관계는 고은 시에는 상당히 특이한 현상이
라고 할 수 있다. 고은의 시는 대개 산문적 진술이 우세한 표현이 많
다는 점 때문이다. 이미지의 연관을 따라 상상력이 이동하는 형식은
고은 시에서는 상당히 드문 경우에 해당된다. 그러나 이 시의 경우
시인이 자신이 노래한 "수많은 내일들은 무엇이었던가"라는 회한과
"영롱한 꿈을 품어" 알을 깨고 나오는 새 새끼들은 모종의 연관을 갖
고 있다. 다시 말해 시인의 회한과는 달리 삶은 조금씩 나아지고 있
다는 판단이 그것이다. 그런데 이 같은 판단의 이면에 좀 더 깊은 좌
절감이 자리잡고 있는 것도 사실이다. 시인은 비둘기가 날아가 버린
뒤의 "텅 빈 광장"의 고독을 알고 있기 때문이다. 비둘기들은 자신이
기거했던 광장이 "그토록 거룩한 곳"이었음을 알지 못한 채 날아가
버리고, 시인은 그들이 사라진 빈 광장을 바라본다. 그러나 시인은
그 광장이 갖고 있는 신성성을 알고 있기에 다시 "새로운 시절의 북
소리가/둥둥둥" 들려온다고 말하게 된다. 따라서 그는 "참여란 어제

---

82 김우창, 「오늘의 북소리」, 『어느 기념비』, 발문.

까지도 오늘"이며, "내일에 이르는 오늘"이라고 결론을 내린다. 그의
이같은 반성과 회한은 여전히 모순은 사라지지 않고 있으며 다만 새
롭고 다양한 모순들의 확산이 존재하므로 역사 속에 존재하는 시인
이야말로 지속적으로 삶을 개선하려는 의지를 가져야 한다는 진술로
읽을 수 있다. 그래서 그는

    내가 부른 노래
    내가 부르지 못한 노래들이
    우르르
    불 켜들고 내달려오는
    나일 줄이야
    이 찬란한 후회가 나일 줄이야

—「자화상」 전문

라고 반성하면서도 그러한 반성을 새로운 시 쓰기의 출발로 삼으려
는 강한 의지를 보이기도 한다.

    오랜만이다
    "그러나"로 시작하는 글을 쓰고 싶다

    한갓 기쁨은
    쏜 화살처럼 휭 날아가버렸다
    날아가
    박힌 곳 몰라

도대체 그 화살이 떨어진 지점 어디란 말인가
거기 가서
〈그러나〉로 시작하는 글을 쓰고 싶다

―「그러나」 전문

　'화살'이 되어 온몸으로 날아가자고 외치던 과거의 삶을 근본적으로 반성하는 부정적 자기이해와 그로부터 진정한 삶은 무엇이며, 자신의 시 쓰기란 무엇인가라는 질문에 이 작품만큼 명료하게 자신을 맞세운 작품도 없다. "그러나"로 상징화된 전환과 회귀가 지향하는 곳은 내성의 목소리가 한층 깊어지고, 미시적인 통찰과 삶의 아름다움에 대한 각성이 예각적으로 드러나는 세계이다. 최근 간행된『속삭임』(1998)에서 이 점은 매우 아름답게 표출된다. 그의 이런 변화를 가장 먼저 설명하고 있는 작품은 「들길」이라는 시이다.

사람들에게는 이런 들길이 이따금 있어야 합니다
늘 하는 일밖에 모르다가도
수시로 있다가 없어지는 구름 아래
까닭없이 나서는 들길
그러다가 먼 데 가 있는 사람이듯
무엇인가 그리워할
들길이 있어야 합니다
그 길 오다가다 하늘 속인가 땅 속인가 모르게
누구의 울음소리와 만나야 합니다

―「들길」 부분

사람들은 누구나 살아오면서 마음속 깊이 회한과 슬픔을 간직하는 법이라고 시인은 생각한다. 그 슬픔은 "10년 20년의 가파로운 단련으로/이루어지지 않는" 것이다. 오랜 시간의 흐름과 삶의 부침을 통해 타인과 만나고 헤어지고 혹은 자신과 헤어지는 결별의 아픔을 경험하면서 쌓인 슬픔은, 단순한 고통이기도 하면서 삶을 이해하고 바라보는 안목과 시각이기도 하다. 시인은 바로 그 "울음"을 만나기 위해 길을 나선다고 한다. 하지만 그가 만난 것은 타인, 혹은 타인의 삶의 방식과 울음이 아니라 자신의 내면, 자신의 '맨얼굴'이었다. "무엇인가 그리워할" 대상을 찾아 길을 나선 자가 결국 바라본 것은, 겨울의 성긴 나무가지들 사이로 새의 깃털이 하나 떨어지는 순간에 떠오른 자신의 실체였다.

그렇게 잃어버려라

다른 나무들과 함께

몇 개의 마른 잎새를 가까스로 달고 있다

새가 숨을 곳이 별로 없어서인지

제 터럭 하나를 떨어뜨리며

저쪽으로 날아간다

그 가난의 순간 나는 뜻밖에 해골을 밟았다

―「나 자신과의 만남」 부분

시인이 발견한 자신의 맨얼굴과 내면이란 삶을 미시적인 관점에서 파악하는 출발점이면서 동시에 방법일 수 있다. 세계를 인식하는 관점의 변화를 극명하게 드러낸 것이다. 이 같은 관점에서 자신의 실존적 존재를 가능하게 했던 부모, 나아가서는 삶 자체가 "우주 가운데 한 점/빗방울"(「한 점 빗방울」)일 수 있으며, "푸른 갈대와 나 사이", "겨울잠 깊은 개구리와 나 사이" 그리고 "얼음장 아래 한 마리 피라 미와 나 사이"(「말에 대하여」)의 거리를 인식할 수 있었던 것이다. 그 의 이러한 변화는 이미 1991년의 "나는 네가 되어 사라지기 위하여 간다"(「서울역 광장」)라는 진술과 "바라건대/나는 남이 되고 싶습니다 /단 한 번이라도"(「소원」)이라는 고백에서 드러나듯 타인에 대한 사 랑과 인간이해에서 비롯된 필연적 귀착점이라고 할 수 있다.

고은이 걸어온 기나 긴 시적 여정은 그가 미국으로 떠나면서 동시 에 출간된 『머나먼 길』(1999)로 일단락된다. 하지만 그것은 새로운 출발과 미지의 삶을 준비하는 행위로 이해할 수 있다. 90년대 그의 시가 자주 유년의 바다와 그에 얽힌 기억으로 회귀하고 있다면, 이번 에 발표된 『머나먼 길』은 이 같은 회귀가 좀 더 근본적인 지점을 지 향하고 있다는 점에서 중요하다.

그가 지향하는 곳은 실존적 해탈을 지향하는 자연인으로서의 삶의 방향과 시인으로서의 가야할 길에 대한 물음이 공존하는 지점이다. 그가 지향하는 근원 혹은 시원(始原)⁸³에의 회귀는 단순히 기존의 관 습과 체계에 순응하는 것을 의미하지 않는다. 이 점에 대해서 시인

---

83 '시원' Anfang이라는 용어는 하나의 철학적 체계가 출발하는 근본이라는 의미로 자주 쓰이 는데 특히 헤겔『논리학』이 성립되는 근본원리를 설명할 때 이 용어는 유효하게 사용되기도 하였다. 이에 대해서는 D. Henrich, *Hegel im Kontext*, Frankfurt/M. 1975. 「논리학의 시원과 방법」, 김옥경 역, 『헤겔연구 · 2』(중원문화, 1986). 여기서는 시와 시인의 정신이 지 향하는 가장 근본적인 지점, 혹은 태도를 의미하는 말로 사용하기로 한다. 문학적 '진성성' 의 문제가 다시 대두되고 있는 시점에서 자신의 글쓰기에 대한 근본적 반성과 새로운 방향 성에 대한 성찰과정에서 '시원' 에 대한 물음은 오늘날 시인들에게 매우 긴요한 일이 될 것이 다.

스스로도 밝히고 있다.

회귀가 보수, 안정, 인습, 기득권, 오래된 규범 등을 뜻할 위험이 있을
때 바로 그런 위험의 대열에서 연어를 이끌어내어 연어의 대운동장인 북
태평양에서 모천으로 돌아오지 않고 어디론가 떠나는 그 6년, 7년 동안
북시베리아 해역에서의 전진적이기까지 한 순례를 통해서 자아와 자유
혹은 전생(轉生)과 신생(新生)의 세계 개척을 일삼았다.[84]

『머나먼 길』은 14개의 소제목으로 구성된 장시이다. 표면적으로
볼 때 이 시집은 연어라는 생물의 모천회귀 습성을 시화한 것이지만,
이 작품 속에는 시인 자신의 삶과 시의 역정이 고스란히 담겨 있어
그 의미가 매우 포괄적이다. 뿐만 아니라 90년대 말에서 21세기로
이어지는 시점에서 과거에 대한 진정한 이해가 미래를 준비하는 중
요한 척도가 될 것이라는 시적인 각성과 함께 자연인으로서의 삶에
대한 깊은 통찰이 엿보이기도 한다.
시인에게 기억이란 "모든 부재로부터 건져올린 실재"(p.30)이다.
그것은 현존하는 현실, 시간적인 현재가 어떤 가치보다도 우선한다
는 믿음으로부터 비롯된다. 그에게 현재란 자신이 발딛고 선 현실을
보다 객관적이고 냉철한 입장에서 수용하고 바라본다는 의미를 내포
한다.

과거로부터 뛰쳐나가라

---

[84] 고은, 「연어에게 바치는 노래」, 『머나먼 길』, 서문.

과거는

너를 끝까지 갇힌 굴레로 만들 것이다.

네 상처투성이의 자유란

현재에만 있다

자유란 꿈꾸는 일도 포기한다

그것은 과거도 아니지만 과거의 흔적도 아니다(p.127)

철저하게 현재성을 강조하는 것은 과거와의 단절을 뜻하는 것이
아니라 오히려 과거를 냉혹하게 인식한 후에야 가능한 일이다. 그는
이미 "나는 나의 역사이다/수많은 나로 태어나고 죽은/헤아릴 수 없
는 역사/길고 긴 역사"(p.115)라는 사실을 깨닫고 있었던 것이다. 질
곡의 현실을 살아오면서 억압적인 권력과 부정에 대항하여 싸우는
과정에서 진정으로 인간과 삶을 이해한 후에야 비로소 열리는 개안
이라고 할 수 있기 때문이다. 삶의 환경과 더불어 변한 자신의 모습
을 보고 시인은 이렇게 말한다.

이 변신이야말로

내가 이룬 완성이었다

완성 이후의 허무로

어떤 권위도

어떤 강요도 거부하는

단단한 무신론(p.97)

이 같은 결의에 찬 자기확신은 고은의 시가 도달한 깨달음의 지평

이었다. "모든 존재는 존재이자마자/그것은 어디론가 가고 있다/존재가 아니라/행(行)!"(p.149)이라는 제행무상(諸行無常)의 불교적 가르침이나 "정신의 중심은 무거운 것이 아니다/가벼워야 하는 것/가벼워지리라"(p.63)라는 자기해탈의 염원이 고은의 시가 최종적으로 지향한 목적은 아닐지라도, 그는 이제 한 시대를 마감하면서 시인으로서의 자신의 입장과 생각을 명료하게 정리한 것이다. 그가 앞으로 꿈꾸는 세계는 "철학과 과학과 종교와/허울좋은 도덕따위를 버린/알몸의 연어"와 같이 "그 형용사 없는 세계"(p.239)인 것이 분명하다. 이 시집의 첫머리가 "떠나야 한다/떠나야 한다"(p.11)라고 시작하는 것은 다시 철저하게 현실로 되돌아오기 위한 이탈임이 분명해진 것이다. 먼 바다로 나가 푸른 삶의 시간을 보낸 후 탄생의 기억이 존재하는 곳으로 회귀하는 연어처럼 시인 고은에게도 그런 준비된 회귀가 필요했던 것이다. 완성된 자아에 대한 갈증과 아름다움 삶에 대한 그리움이 동반된 그러한 이탈은 그에게 더 폭넓은 인간이해, 세계이해를 동반하는 것이리라. 그래서 그의 시원으로의 회귀는 방법적이며 제의적인 성격을 갖는 것이다. 새로운 세기를 맞이하는 고은의 시 쓰기는 이 같은 원융의 세계, 인간과 삶에 대한 깊은 애정, 혹은 해탈의 정점을 향한 피어린 자기와의 고투로 이어질 것임이 틀림없다.

Ⅲ. 고은 시의 문학사적 의미

한국 현대 시문학사상 고은의 시 세계는 매우 여러 층위에 관련된
다. 불교문학적 관점에서 고은의 초기시가 설명될 가능성은 매우 높
다. 그의 전기적 이력이 말해주듯 불교적 사유형식과 시 쓰기가 분리
되기 힘든 것도 사실이다. 세계의 허무함을 언어적 형식을 빌어 표현
하는 일 자체의 유한성을 깨닫고 직접적으로 삶의 문제에 직면하고
자 했던 것이다. 출가와 환속, 제주행 등 무수한 방황이 이를 말해준
다. 그의 이런 의식은 죽음에 대한 매우 강한 집착이나 병적이거나
낭만적 상상력이 강하게 삼투된 시 쓰기로 나타난 것이다.

불교문학적 관점에서 그의 이 같은 경향은 미당 서정주, 조지훈 등
의 시 세계와 접점을 이루고 있으며, 특히 정신적인 편향이라는 점에
서 볼 때 만해 한용운의 그것과 공유하는 면을 갖고 있다. 미적 형식
의 아름다움이나 삶을 인식하는 시각에서도 지속적으로 성장해 가는
과정에 있다고 할 수 있기 때문이다. 특히 자기만족과 낭만적 과잉의
상태로부터 역사와 현실에 대한 관심으로 바꾸어가는 과정, 그리고
최근 더욱 깊어진 시적 울림을 가져다주는 과정에서 그는 일관되게
시를 통한 삶의 이해, 시를 통한 역사 이해라는 태도를 견지해 왔다.
그의 이 같은 태도는 그의 불교적 세계관을 표출하는 중요한 증거가
될 수 있다.

그것은 완성을 지향하지 않는 태도, 끊임없이 변화되는 삶의 가운
데서 자신을 완성형으로 보지 않고 지향형으로 생각하려는 태도로
드러난다.

　내가 마시는 물은

　언제나 흐르는 물이다[85]

라는 언급처럼, 그는 언제나 유동적인 상태에 자신의 생과 문학을 위
치시켜 왔던 것이다. 자신의 시적 편력에 대한 이 같은 고백은 시인
이 지나온 과거에서도 찾아질 수 있거니와, 지난날 그의 방황과 편
력, 죽음에 경도된 의식의 편향과 출가, 그리고 환속, 민주화 투쟁,
투옥과 감금 등은 일제강점기 만해 한용운의 생애와 상당히 유사한
면을 지니고 있다. 또한 그는 만해의 문학적, 사상적 자장의 범위 내
에 자신을 위치시키고자 했다.[86]

　만해는 승려로서 한국불교의 문제점을 비판하면서 불교개혁론을
주창했으며, 실천적인 민족운동가이기도 했다. 또한 일제강점기의
불운한 시대상황을 미학적 차원으로 승화시킨 『님의 침묵』을 남긴
시인이기도 하다. 따라서 만해는 불교사상사와 민족운동사, 그리고
문학사적인 면에서 동시에 고려되어야 할 인물로 평가될 수 있다. 고
은의 경우 승려시절 불교개혁에 대한 논리적인 접근을 시도하였으
며, 인권 유린과 억압적인 권력에 대항하여 자유 언로의 개척을 민
중, 민주주의 운동론적 관점에서 이해하고 실천하였고, 이를 자신의
시 쓰기에 적극적으로 수렴시키고자 했다. 따라서 전환기 삶의 문제
와 문학의 문제를 동시에 조망하고자 했다는 점, 그리고 지식인의 현
실참여라는 관점에서 만해와 고은은 일치점을 갖는다고 판단된다.

---

85 고은, 「회상으로서의 전진―내 시적 자화상」, 『살아있는 광장에 서서』(신원문화사, 1997)
86 그의 한용운에 대한 관심이 체계적으로 드러나고 있는 『한용운 평전』(민음사, 1975)에서 그
　는 자신을 만해의 정신적 영향권 내에 놓고 싶은 욕망을 강하게 드러내고 있다.

특히 만해가 항일 무장투쟁에서 현실주의적 시각을 획득했다면, 고은은 민주화 투쟁기를 거치면서 자신의 시 쓰기에 대한 정체성을 확보했으며, 특히 변혁을 지향하는 운동가로의 모습과 그것을 미학적 차원으로 승화시켜 시와 삶, 문학과 역사를 통합적 관점에서 이해하고 수용하려 했다는 점은 주목을 필요로 하는 사항으로 보인다.

또한 민족문학론의 관점에서 볼 때 고은의 시 쓰기는 사회 변혁의지를 적극적으로 형상화의 원리에 입각하여 설명하고자 했다는 점에서 한국민중운동사와 민중문학사를 동시에 관류하는 특징을 보이고 있다. 1970년대 말과 80년대 중반으로 이어지는 한국문학의 전개과정에서 고은의 시는 문학의 대현실관, 역사주의적 안목을 정립하는데 중요한 영향을 미쳤던 것이 사실이다. 『만인보』와 『백두산』은 역사적 경험을 미학적 경험으로 환치시키는 데 성공한 작품이라는 판단은 이 때문에 가능하다. 특히 『만인보』와 『백두산』은 서정시 중심의 한국시사에서 볼 때 매우 이례적인 작품으로 평가될 필요가 있다.

그것은 첫째, 한국시의 대형화의 틀을 보여주었다는 점에서 주목된다. 이 작품이 구상되고 창작된 시대적인 상황을 고려할 때 이 작품은 시를 통한 현실대응이라는 명제를 실천적으로 형상화했다는 점을 인정해야 한다. 둘째, 『백두산』의 항일 무장투쟁사에 대한 시적 복원은 한국시사에도 전례를 찾기 힘든 시도였으며, 조기천의 『백두산』보다 그 미학적 형상성에서 앞서고 있다는 판단이 가능하다. 셋째, 『만인보』는 인물한국사에 대한 시적인 시도였다는 점을 주목해야 한다. 이는 인간에 대한 총체적인 이해와 만인평등의 문제에 대한 시인의 관심이 집약된 결과로 볼 수 있다. 넷째, 『백두산』과 『만인보』는 장시의 영역을 새롭게 개척했다는 면과 함께 우리말에 대한 발견, 혹은 그 쓰임새에 대한 각성이 이루어졌다는 점에서 의미있다. 이는 암울한 시대를 민족어에 대한 애정을 통해 극복하고자 했던 시인의 태도에서 비롯되었다고 볼 수 있다.

결국 고은의 시는 ①일제 강점기의 만해가 보여주었던 불교사상사적, 민족운동론적, 그리고 문학예술사적 성취를 해방 이후 오늘의 삶과 문학에 창조적으로 계승 발전시켰으며 ②현실과 역사 이해라는 관점에서 고은의 시는 한국문학의 근대성 구현에 일조하였으며 ③ 통일 문학의 가능성을 열어보였다는 점을 중요하게 평가해야 할 것이다. 따라서 고은은 일제강점기에서 분단시대로 그리고 통일시대로 이행하는 흐름과 자신의 시 쓰기를 조우시키고자 했던 것이다.

1990년대의 고은의 시가 자기반성적, 내성적 성찰의 깊이를 심화시키면서도 현실과 역사에 대한 관심을 버리지 않고 있다는 점을 주목할 때 그의 시 쓰기는 당분간 한국시의 중심문제로부터 벗어나지 않을 것이며, 동시에 그의 시 쓰기는 동시대 한국문학의 '거울'로써 작용할 것이라고 판단된다.

V. 결론

1958년 25세의 나이에 승려 신분으로 시단에 등단한 고은은 이후 40여 년 간 지속된 시 쓰기를 통해 시집 권수로만 46권, 시선집과 전집 10권, 그리고 산문, 수필집과 장편소설 약 60여 권 등 모두 110여 권의 저서를 간행하였다. 그의 이러한 글쓰기는 그 양적인 면에서 전례를 찾기 힘들 뿐 아니라, 시대별로 그가 마주친 현실에 대한 시적 대응양상 또한 깊이있는 논의의 필요성을 제기하는 것이었다.

본고에서는 그의 시를 중심으로 1960년대부터 1990년대 말에 이르기까지 고은 문학의 전개양상에 대하여 살펴보았다. 그는 현재에도 지속적으로 작품활동을 진행하고 있기 때문에 그의 작품양상을 논리적으로 규명하는 데 현실적인 어려움이 따르는 것도 사실이다. 그러나 ①그는 시쓰기 40여 년간 뚜렷한 시적 변모 양상을 보여왔고 이에 대한 체계적인 문학적 평가가 이루어져야 한다는 필요성이 제기되었으며 ②소위 '허무주의-역사주의-문학주의'라는 방식으로 고은 시를 단절적으로 이해하고 있는 기존의 관점을 수정하여 작품 전개 양상의 전체성을 확보하는 작업이 이루어져야 하고 ③ 1990년대 한국시의 중요한 경향, 즉 자본주의 일상성에 깊이 침윤되어 비판의 무력화 현상을 노정하거나 자기해탈이나 초월적 욕망에 쉽게 사로잡혀 현실문제에 대해 무관심한 듯한 흐름에 대하여 일종의 생산적인 '반담론'으로 작용하는 작품에 대한 미적 고찰의 요구가 대두되었는데, 고은이 이에 해당한다고 판단되었으며 ④생산되는 작품에 대한 비평적 평가를 문학연구에 접목시킴으로써 창작과 비평의 유기적인 관계를 제고할 수 있다는 판단이 고은 시 연구를 가능하게 하였다.

이와 같은 연구를 진행함에 있어서 먼저 고려해야 할 사항으로 고은 초기시의 원본을 확정하는 문제가 대두되었다. 고은은 1983년 민음사에서 1, 2권의 전집을 간행하면서 그간에 발표되었던 거의 모든 작품에 대하여 개작을 하여 실었다. 몇몇 평자들을 중심으로 이를 둘러싼 찬반의 논의가 진행되기도 하였다. 가령, 시인은 자신의 생각과 관점을 지속적으로 바꿀 수 있으므로 새롭게 간행되는 시집에서 개작을 시도할 수 있다는 찬성론과 원본 발표 당시 시인의 사고유형을 훼손할 수 있다는 문제 때문에 이미 발표된 작품을 개작한다는 일은 불가능하다는 반대론이 그것이다. 이 같은 주장을 고려하여 개작의 형태와 유형을 살펴보았다. 그 결과 1983년이라는 전집본 발표 당시의 현실적인 분위기가 개작과정에서 우세하게 작용하여 민중적인 관점이 깊이 삼투되는 흔적을 여러 곳에서 드러내고 있음을 확인할 수 있었다. 따라서 이미 발표된 작품에 대한 개작은 근본적으로 '세계관의 변화'를 전제하지 않을 수 없다는 결론이 도출되었다.

그런데 이 같은 초기시의 개작은 일정한 원칙에 따라 이루어진 것이 아니기 때문에 개작 전후를 명료하게 제시하는 대조표 작성이 사실상 불가능했다. 따라서 개작을 유형별로 묶어서 제시함으로써 개작의 이유과 형태를 보이고자 하였다. 그 결과 초기시는 네 가지 형태로 개작되었음이 드러났다. ①시 구성상의 필요에 따른 개작 : 이 유형은 초기시의 언어미학적 결여형태에 대한 시인의 자각이 있었음을 증명하고 있다. ②개작 당시의 시대상황이 강하게 작용하여 이루어진 개작 : 이 유형은 1980년대라는 시대적 특수성이 시인에게 강하게 의식된 예에 속한다. 따라서 초기시의 낭만적 감성이 상당히 약화된 형태로 이루어진 개작도 있어 시를 바라보는 관점에 따라서는 개악이 될 가능성도 지니고 있다. ③초기시의 세계를 부정하면서 새로운 시적 방향모색에 따른 개작 : 고은 초기시를 허무주의로 명명한 대표적인 비평가로 김현을 들 수 있는데 김현은 고은의 시를 '누이 콤플렉스'의 변용태라고 설명한 바 있다. 이 유형에서 고은은 이같은 '누이' 이미지가 꾸며낸 허상에 불과하다고 자기비판하면서 누이의 이미지를 역사, 현실 속으로 이행시키고자 한다. 이는 『입산』 이후 현실에 대한 높아진 시인의 관심이 반영된 형태라고 볼 수 있다. ④자기부정의 논리와 민중적 상상력이 결합된 유형.

이 같은 개작 유형의 고찰 결과 고은 시 연구의 원본은 개작 이전에 발표된 시집을 정본으로 삼고 이후 선집이나 전집에 개작된 것을 참고한다는 원칙을 세우게 되었다. 그러나 원시집과 전집본 사이의 개작을 시집별로 대조하면서 위에서 든 네 가지 유형을 바탕으로 하여 개작과정에서 드러난 시인의 내면적 변화의 추이를 함께 살피는 일은 여전히 과제로 남는다.

1960년대 고은의 시는 방황과 좌절의식, 죽음에의 집착 등을 강하게 드러내고 있다. 대다수의 연구자들은 고은의 이 같은 특징에 주목하여 그의 초기시를 허무주의로 부르게 된 것이다. 그러나 그의 이러한 특질은 허무주의 본래의 생산성, 즉 모든 가치를 일정한 관점 하에서 부정하여 기존의 지배적인 권위에 봉사하려는 가치질서에 대한 회의를 바탕으로 해야 한다는 관점에 미달하는 형식이었다. 초기 고은 시에 지배적으로 드러난 '바다'와 '죽음'의 이미져리는 감상적 낭만주의의 결과였으며, 이 같은 형태는 오히려 전후 모더니즘의 방법론에 시인 자신이 좀 더 자각적이었음을 반증한 것이었다. 고은은

1958년에 등단한 전후 신세대에 속하는 시인이었다. 그가 「폐결핵」 등의 시에 자주 등장시켰던 '누이' 이미지는 삶에 대한 절망과 이로부터 파생되는 끝없는 그리움과 열망의 심리적 공황을 상쇄시키는 시적 상관물이었다. 이 같은 시 쓰기는 전후 한국 시단의 새로움에 대한 갈망에 효과적으로 부응한 것이었으며 그의 이러한 방법론은 자기 자신을 문학 상상력의 중요한 '거울'로 삼는 자기텍스트화, 혹은 '자기 참조적 구성물(self-referential construct)'이라는 모더니즘의 기법에 수렴된 것이었다. 그러나 고은 자신은 이같은 미학적 원리보다는 세대론적 관점, 전 시대의 문학적 전통으로부터 자기 자신을 차별화하려는 의지를 강하게 가졌다고 판단된다.

전태일의 분신을 체험했던 시인이 현실과 역사에 대하여 깊은 관심을 갖고 투사로서의 시쓰기를 지속했던 1970, 80년대는 시인의 경험적 세계가 미적 세계를 압도하여 미적 구조의 자율성이 상당히 침해된 시기였다는 견해를 성립시키기도 하였다. 이로 인하여 화자의 목소리를 곧바로 시인 자신의 목소리로 등치시키는 관점이 등장하게 된다. 그러나 경험세계와 미적 질서 사이의 대응관계는 일정한 굴절과 변용이 존재하고 있다는 점이 중요하게 지적될 필요가 있다. 민주화 투쟁기 고은의 시를 민중, 민주주의에 대한 옹호, 혹은 억압적이며 정당성을 상실한 정권에 대한 투쟁이라는 주제로 묶어낼 경우 부분적인 의미는 확보될 수 있지만, 당시에 발표되었던 더 많은 작품들을 버릴 수밖에 없는 오류를 범하게 된다. 그가 민주화 투쟁의 일선에 섰다는 점은 중요하지만 그것은 한국문학사에 뿌리가 깊은 계몽적 지식인의 면모를 통한 것이었으며, 그의 시는 정치적 상상력에서 비롯된 깊은 서정성을 확보하고 있었던 것이다. 뿐만 아니라 삶과 인간에 대한 광범위한 탐구형식인 『만인보』에서는 인간의 계급적 조건보다 개별 인간의 존재론적 문제에 깊이 천착함으로써 역사적 맥락과 삶 속의 시인이 되어야 한다는 자신의 신념을 탁월하게 보여주고 있다. 이는 지나간 시간 속에 묻혀버린 항일 무장투쟁사와 그 고통의 세월 앞에 속수무책으로 사라져갈 수밖에 없었던 이름없는 삶에 대한 서사적 복원형식인 『백두산』과 함께 민주화 투쟁기 고은이 열어 보인 아름다운 시적 지평에 해당된다.

탈정치주의, 탈중심주의 시대라고 명명되기도 하는 1990년대에도 고은의 시는 여전히 현실과 인간에 대한 관심을 버리지 않고 있다. 다만, 시인으로서 자신의 위상과 미래지향적인 시 쓰기란 무엇인가라는 질문이 그 앞에 중요하게 떠오른다. 바로 80년대 『만인보』를 통해 경험했던 타인에 대한 진정한 이해야말로 시인을 역사 속의 인물로 만든다는 사실을 그는 명료하게 깨닫고 있었던 것이다. 그럴 때 중요한 것은 자신의 존재에 대한 부정적 이해를 도모하는 일이었다. 1990년대 중반 들어 그의 시는 현저히 자신의 내면세계에 대한 관심으로 기울어진다. 그러나 이러한 모습은 최근 빈번하게 나타나는 현실문제로부터의 이탈, 자연과 초월적 대상에 대한 무매개적 탐닉 등의 경향과는 근본적으로 다른 것이었다. 그에게는 여전히 개선해야 할 현실의 모순과 분단 극복이라는 시대적 사명이 존재하고 있었던 것이다. 가장 최근에 발표된 시집 『속삭임』(1998)과 『머나먼 길』(1999), 그리고 『남과 북』(2000), 『히말라야 시편』(2000) 등을 통해 그는 역사와 현실, 그리고 시인으로서의 운명을 통합적 관점에서 바라보고자 시도한 것이다. 이런 관점에 설 때, 그가 2000년대에 개진할 시적 지평은 인간에 대한 열린 시각, 여전히 지속되고 있는 민족모순에 대한 아픔과 극복의지, 한 자연인으로서의 자아 완성에 대한 갈망으로 충만할 것이라는 예측이 가능하다. 이런 모습은, 민족문학이라는 개별적인 단위가 세계문학의 영역으로 이행하면서 좀더 보편적인 긴장력을 지닐 가능성을 열어보이고 있다는 점에서 주목된다.

고은의 계몽적 지식인상은 물론 억압적 권력과 인간에 대한 왜곡이 만연되던 당시에 더 큰 의미를 지니는 것이기는 하지만, 한국지성사의 맥락에서 보면 일제강점기 만해의 문학사상에 닿아 있다는 점을 발견할 수 있다. 만해는 문학을, 인간의 감성을 존중하는 쾌락적 도구와 함께 '광범위한 지식의 양태(樣態)'[87]로 이해하고 있었다. 만해의 그것과 고은의 계몽적 태도는 추상성과 사변성을 극복하고 구체적이며 실천적인 역사적 지성[88]으로서 그 위상을 뚜렷하게 보여주고 있다는 점에서 일치점을 찾을 수 있을 것이다. 고은 시에 자주 등장했던 불교적 태도는 엄밀히 말해 자기해탈을 지향하면서도 실은 자기를 부정하는 것, '고요한 세계와 움직이는 세계의 변증법, 출세간과 출출세간을 넘나드는 변증법적 원리가 문학적 차원으로 변용된 것'[89]이었다. 뿐만 아니라 정치적으로 암울했던 시기에 지배이데올로기를 부정하고 참된 자유를 위해 맞섰던 현실주의적 태도로부터, 진정한 인간 이해의 차원, 시와 삶을 하나의 지평으로 통합하는 힘을 보여주고 있는 최근에 이르기까지 그의 시적 여정은 매우 중요한 문학사적 의미를 갖는 것이며, 한국 지성사의 흐름에서도 커다란 울림을 줄 것이라고 판단된다. 결국 고은 시 연구를 통해 본고에서 다음

---

87 김재홍, 『한용운 문학 연구』(일지사, 1982), p.37.
88 송건호, 『民族知性의 探究』(창작과비평사, 1992)
89 고재석, 『韓國近代文學知性史』(깊은샘, 1991), p.298.

몇 가지 사실을 확인할 수 있었다.

첫째, 방황과 죽음의식 등으로 점철된 그의 초기시는 전후 한국시에 새로운 감수성과 기법을 도입한 것으로, 이를 통해 시인은 새로운 세대로서 문학적 헤게모니를 성취하고자 하였다. 둘째, 민주화 투쟁기 그의 시는 현장성을 강조하기도 하였지만, 시의 언어예술적 측면도 결코 등한시하지 않았으며, 발표된 시기의 차이는 있지만 80년대에 쓰여지기 시작한 『만인보』와 『백두산』은 매우 탁월한 시적 성취물이었다. 셋째, 90년대에 발표된 그의 시는 자본주의적 일상성과 방만한 '문화주의적' 세례를 받은 일련의 시적 경향에 대하여 비판적 척도로 작용하고 있고, 넷째, 고은의 시는 '새로운 감수성과 기법을 통한 세대의식의 발현—현실과 역사에 대한 관심—시와 삶에 대한 통합적 인식'이라는 과정을 통해 연속성을 확보해 왔으며, 다섯째, 그의 시는 만해 한용운의 문학적 성취에 비견되는 넓이와 폭을 지닌 것으로 한국 지성사의 흐름에 비춰 평가해야 한다는 점이다.

그러나 고은의 시는 주제의식이 형식을 압도는 경향을 자주 드러내는 단점을 지니고 있다. 이런 경향은 시의 완성도를 고려하기보다 창작에 대한 열정이 지나치게 앞선 데서 기인하는 현상으로 볼 수 있다. 작품의 양이 많다는 것과 미적 완성도가 높다는 것은 전혀 별개의 문제라는 점을 고려할 때 고은의 시는 앞으로 미적 완성도에 대한 더욱 철저한 자기반성이 요구되는 것도 사실이다.

본고는 앞으로 고은 시에 대한 연구가 좀 더 성숙되어야 한다는 관점에서 여기서 다루지 못한 부분을 다음 몇 가지 과제로 남기고자 한다. 첫째, 고은의 불교사상을 시적 변모과정에 적극적으로 반영하여 고찰하는 방법과 둘째, 고은과 동시대의 비평가 사이에 이루어졌던 정신적 상관관계에 대한 실증적 검토가 이루어져야 한다는 점, 셋째, 고은의 소설작품과 시의 상관성을 동시에 고려하는 연구가 이루어져 한다는 점이다. 이 같은 논의가 다양하게 이루어질 때 고은 연구의 차원은 한층 제고될 것이다.

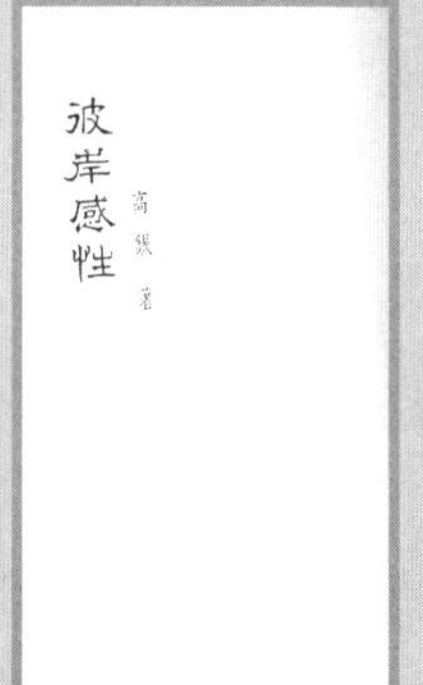

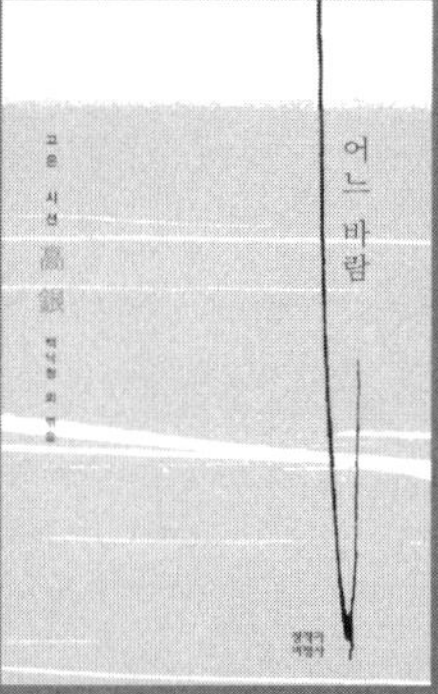

『피안감성』 속표지, 7권으로 이루어진 『백두산』,
『해변의 산문집』 속표지, 시선집 『어느 바람』

등단 50주년의 두 시인
―고은과 황동규

1.

한 시인이 50년이 넘는 시간 동안 시를 써왔다는 점은 어떤 수사에도 앞서는 경외할 만한 사건임에 틀림없다. 특히 정치·사회적으로 격변의 시기로 규정할 수 있었던 20세기 후반부를 자기 문학의 모태로 삼으면서 나름대로 시적 일관성을 유지한다는 일은 어려운 일이다.

한국전쟁의 상처와 혹독한 가난을 극복하는 문제가 특정인에게만 주어진 조건은 아닐지라도 이를 내면화하는 주체의 삶과 무관하지 않기 때문에 시인은 상처에 반응하는 자기세계를 드러내 보일 수밖에 없었다. 독재정권 시절을 지나면서 시인은 어떤 형태로든 시대와 길항관계를 유지하고, 그 시대를 견디는 방법론을 만들어내지 않으면 안 되었다. 또한 탈근대의 담론이 난무했던 시기에 시인은 자기 삶의 정향점을 재탐색해야만 했다. 따라서 20세기 후반부를 지나온 시인에게 시쓰기란, 의식적이든 무의식적이든 시대적 상황에 대한 반응양상의 표출이라고 규정할 수 있을 것이다.

이러한 관점에서 고은과 황동규 시인은 시적 존재론의 전범을 보여준 중요한 예에 속한다. 그것은 한국현대시사가 놓이는 맥락이면서 동시에 한국 시단의 현재를 반추하는 거울이라는 판단 때문이다.

고은과 황동규는 1958년에 『현대문학』으로 등단했다는 공통점을 지닌다.[1] 그 해에 고은은 25세였으며 황동규는 20세였다. 전쟁의 상처가 아물지 않았던 폐허 속에서 이들은 청소년기를 보낸 셈인데, 고은의 경우 19세 때 '출가'하여 승려의 길을 걸었으며 황동규는 비교적 무난한 '출세'의 길을 걸었다는[2] 차이점은 매우 중요하다.

이후 고은에게는 민주화 투쟁기가 연결되고 황동규는 교수직을 수행하면서 현실문제와 일정한 거리를 유지하는 시쓰기가 이어진다. 자기 삶의 개별적 특성이 이들 시인에게 각각 투사되는 세밀한 차이를 논증하는 일은 본고의 범위를 벗어난다. 다만, 이들이 어떤 방식으로 자기시대와 소통했는지를 밝히는 것으로 시력 50주년을 맞은 고은과 황동규의 시세계를 일별하고자 한다.

---

1 고은은 한국시인협회 기관지에 「폐결핵」이라는 작품이 친구가 대신 응모하여 실렸으며, 이를 조지훈이 천거하여 『현대시』 1집에 발표되기도 했지만, 미당의 단회 추천으로 『현대문학』 1958년 11월호에 「봄밤의 말씀」, 「천운사운」, 「눈길」 등 3편의 시를 발표한다. 황동규는 「시월」, 「즐거운 편지」 등으로 같은 해에 『현대문학』으로 등단한다.

2 평론가 김현의 회고에 의하면 황동규에게는 보이지 않는 자부심이 있었다고 한다. 20세에 등단했다는 것과 부친이 소설가 황순원 씨였다는 점, 그리고 서울고등학교를 2등으로 졸업하고 서울대 문리대에 수석으로 입학했다는 것이 그로 하여금 수재, 천재의식을 갖게 했다는 것이다. 이에 대해서는 김현, 「황동규를 찾아서」, 『전집 3』, 문학과지성사, 1993, 참조.

2.

　황동규는 순수한 감성의 세계로부터 자기시의 근원을 찾고자 했다. 감정의 순수성이란 세계를 비교적 일면적으로 인식하는 태도로부터 기인하는데, 낭만적 단순성과 큰 차이를 보이지 않는다. 황동규 초기시를 특징적으로 드러내는 사랑과, 기다림, 외로움의 이미지들은 매개항을 거치지 않은 순수 표상 그 자체를 의미하는 것으로 보인다.

　　진실로 진실로 내가 그대를 사랑하는 까닭은 내 나의 사랑을 한없이 잇닿은 그 기다림으로 바꾸어 버린 데 있었다. 밤이 들면서 골짜기엔 눈이 퍼붓기 시작했다. 내 사랑도 어디 쯤에선 반드시 그칠 것을 믿는다. 다만 그때 내 기다림의 자세를 생각하는 것 뿐이다. 그 동안에 눈이 그치고 꽃이 피어나고 낙엽이 떨어지고 또 눈이 퍼붓고 할 것을 믿는다.

―「즐거운 편지」, 2연

　이때의 기다림이란 사랑의 완성을 위한 행위인데, 그것은 사랑을 영원하게 지속시키기는 일종의 제의라고 볼 수 있다. 이는 다분히 서양의 설화적 모티프에 닿아 있다. 즉, 백일 동안 공주의 창 밖에서 공주를 기다리던 왕자는 백일이 되는 날 아침 공주의 창문을 떠난다. 그것은 자신이 백일 동안 공주를 기다렸다는 사실과 그만큼의 사랑을 영원한 시간 속으로 가져감으로써 사랑을 완성하겠다는 의도로 풀이된다. 하지만 이러한 노력은 사랑을 매우 추상적이고 상징적인 것으로 이해한 결과라 볼 수 있다. 사랑은 구체적인 것이고 현실적인 것이다. 황동규의 "내 나의 사랑을 한없이 잇닿은 그 기다림으로 바꾸어" 놓음으로써 사랑을 확인하고자 하는 행위는, 기다림을 사회적 관계가 형성되는 방향으로 나아가는 관계형성의 기초가 아니라, '사적이며 비확산적인'[3] 방향으로 이해했기 때문에 가능했던 진술이다.

이후 황동규는 겨울, 눈, 밤의 이미지가 직조하는 세계, 즉「삼남에 내리는 눈」,「전봉준」,「계엄령 속의 눈」 등의 작품에서 불안한 삶의 초상을 그려낸다. 그의 불안을 공적인 문제와 결부하여 이해하는 방법의 타당성을 문제삼기보다는 다음과 같은 진술을 찾아볼 수 있다는 점이 더욱 중요한 듯하다.

> 나는 요새 무서워져요. 모든 것의 안만 보여요. 풀잎 뜬 강에는 살없는 고기들이 놀고 있고 강물 위에 피었다가 스러지는 구름에선 문득 암호만 비쳐요. 읽어봐야 소용없어요. 혀잘린 꽃들이 모두 고개 들고, 불행한 살들이 겁 없이 서있는 것을 보고 있어요. 달아난들 추울 뿐이예요. 곳곳에 쳐 있는 細그물을 보세요. 황홀하게 무서워요. 미치는 것도 미치지 않고 잔 구름처럼 떠 있는 것도 두렵잖아요.
>
> —「楚歌」 전문

이러한 불안의식은「풍장」 연작을 지나면서 삶과 죽음의 문제, 정확히 말하면 '죽음 길들이기'라는 주제의식으로 변모한다. 불안한 삶의 가장 극명한 상징은 죽음이다. 죽음을 순치하기 위한 방법론이 '여행하기'와 이를 상징화(시쓰기)하는 일이다. 가령,

---

3 김현,「의미없는 세계에서 살기」,『황동규문학선 풍장』, 나남, 1984, p.417.

나에겐 여행이 악기다

—「지방도에서」, 2행

라는 진술은 그의 시가 태어나는 방법론을 극명하게 보여준다. 자동차를 스스로 운전할 수 있다는 사실은 최근에는 관심의 대상조차 될 수 없지만, 황동규에겐 이것이 시를 생산하는 중요한 메커니즘이라는 점에서 그에게는 가장 모던한 글쓰기이자, 내면성이다. 그래서 그는 이렇게 노래한다.

운명이여, 그대가 만약 존재한다면,

이수교와 총신대 역 사이에서

차를 몰고 있는 나를 잠시 잊어다오.

잊어다오. 내 나이와 주민등록번호를.

지나가는 여자를 보고 잠시 음심에 빠져

남해(南海) 해변 달리듯 차를 몰고 있는 나를 잊어다오.

—「이백(李白) 주제에 의한 일곱 개의 변주곡」, 4연

운전을 하면서 여행하고 틈틈이 메모하는 시인의 모습[4]은 보들레르의 그것에 견줄 만한 산책자의 표정과 다르지 않다. 자본주의의 일

---

4 하응백은 황동규에 대해서 이렇게 말한 적이 있다. "(어떤 여행길에서―인용자) 황동규가 즉시 종이와 펜을 꺼내 메모를 했음은 물론이다. 황동규는 가끔 술자리에서 파안대소를 갑자기 그치고 심각하게 종이와 펜을 꺼내 간단히 메모를 한다. 주위의 사람은 이때 잠시 머쓱해지기도 하지만 그의 그 메모는 대개 빠른 시간 안에 끝난다"(하응백, 「풍장과 더불어」, 『문학으로 가는 길』, 문학과지성사, 1996, p.281.)

상성을 가장 치열하게 살아가는 방법 가운데 하나는 메모하고 산책하는 일이었음을 시인은 잘 보여준 셈이다.

이제 그의 산책은 일정한 귀착점에 도달한 느낌을 갖게 한다. 그가 도달한 세계는 저 외로움의 절대성을 추구하던 「즐거운 편지」의 세계에 다시 닿은 듯하다. 다만, 청춘의 한때가 막연한 상실감의 표상이었다면, 이제는 존재하는 것들의 이면을 바라볼 수 있는 시적 지평에 도달했다는 분명한 차이가 있을 것이다. 그래서 그는 "누군가 조용히/풍경 속으로 들어온다./하늘가에 별이 하나 돋는다./별이 말하기 시작했다."(「홀로움」)라고 전할 수 있는 것이다. 이 '홀로움'의 세계가 그가 도달한 지점이라는 판단이 이래서 가능하다.

3.

한국전쟁으로 인한 폐허와 상실감을 시의 진원지로 삼는 전후 문인 가운데 고은만큼 자각적인 시인도 없다. 한국 근대문학이 부재의식에서 출발하고, 그로부터 문학적 자양분을 얻었다는 점에 이견은 크지 않겠지만, 고은은 종종 이렇게 회고한다.

전쟁은 국토 전체를 휩쓸었다. 도시는 폐허가 되고 산야는 초토가 되었다. (……) 사람들의 심정 가운데도 폐허가 자리잡았다. 심지어 사람과 함께 살아남은 가축들의 심정도 사나워져 있었다. 이런 곳에서의 존재는 모두 짙은 허무에 감싸여 있었다. 나 역시 허무의 자식이었다. 어떤 기의도 어떤 기표도 무의미했다.[5]

이러한 좌절감과 허무의식은 초기 고은을 사로잡는 은유였다. 이후 몇 번에 걸친 자살 시도와 출가, 환속을 거듭하면서 한국 전후시의 낭만적 허무주의의 극단을 보여주었다. 하지만 그에게는 신세대로서의 세대감각이 은밀하게 자리잡고 있었다. "내 말을 듣는 손님은 이제 내 고막일 뿐입니다"(「비오롱 G선을 고르다가」)라는 진술의 인식론적 태도가 전후의 폐허의식과 결합되어 새로운 세대론을 형성하고 있다는 판단이 가능하다.[6]

민주화에 대한 열망의 시간은 시인 고은의 모습을 한국문학사에 가장 강렬하게 각인하는 계기가 된다. 「화살」로 대표되는 격정과 울분은 역사 인식의 문제와 결합되어 그에게 많은 작품을 탄생하게 만들었고, 『만인보』 연작은 시를 통한 인물론, 다층의 인물을 통한 역사읽기라는 평가를 가능하게 했다.

내려갈 때 보았네
올라갈 때 보지 못한
그 꽃

—『순간의 꽃』 연작 중

세월이 흐르면서 그의 시가 보여주는 선적인 직관은 최근 뚜렷한 지평 하나를 열어 보이는데 그것은 초기시에 무수히 점철되었던 바다, 잠, 죽음 등의 이미지가 극도로 절제된 공간을 보여주는 것이다.

---

5 고은, 「체험으로서의 시」, 『우주의 사투리』, 민음사, 2007, p.86.
6 이에 대해서는 졸저, 『고은 시의 미학』, 한길사, 2001, pp.100~103 참조.

이로부터 내 어이없는 백지들을 훨훨 날려보낸다
맨몸
맨넋으로 쓴다
허공에 쓴다

(…)

여기에 이르기까지 그 얼마나 헤매었던가
이제 여기에 이르러
허공의 고금(古今)에 고개 숙여 한줄로 쓴다 그 무엇을 쓴다

─「허공에 쓴다」, 1연. 8연

'허공'은 이제 고은이 도달한 지점이기도 하지만, 이제부터 새로운 시를 쓸 수 있는 "백지"이기도 하다. "허공에 쓴다"라는 고은의 선언에 응수라도 하듯, "어두운 가을바람 속에 눈물 흔적처럼 지워지지 않는 적막한 새소리"를 들으며 황동규는 이렇게 노래한다. "시여 터져라"(「시여 터져라」)

시집 『순간의 꽃』(2001)